Ori Shwarzman

Mondscheinmädchen

Ori Shwarzman

Mondscheinmädchen

Meine Zeit in Afrika

Aus dem Hebräischen
von Helene Seidler

MALIK

Die Originalausgabe erschien 2002 unter dem Titel
»אישה של אור ירח«
bei Aryeh Nir Publishers Ltd in Tel Aviv.

ISBN 3-89029-298-4

Satz: Satz für Satz. Barbara Reischmann, Leutkirch
Druck und Bindung: Ebner & Spiegel, Ulm
Printed in Germany

www.malik.de

wo sunsum ye duru a, obavifo ntumi wo.
Ist deine Seele stark, kriegt keine Hexe dich klein.

Für Britta, Amarell und Abena,
die mein Leben mit Freude füllen

INHALT

I

Der feuerrote Teufelsmagen

»Wag dich nur nicht in den Regenwald! Zwischen den mächtigen Baumstämmen erwischt der Teufel dich mit Leichtigkeit, saugt dir die Seele aus und verleibt sie seinem feuerroten Magen ein.«

Ich hatte Moses Liberti, dem katholischen Priester aus dem Stamm der Fanti, gerade von meiner Absicht erzählt, tief im Regenwald in einem Missionshospital zu arbeiten. Moses Liberti fungierte im Dorf als das geistige Oberhaupt einer kleinen Gruppe von Gläubigen, die sich an jedem Samstagabend um ihn scharten, um den Teufel aus ihren gequälten Leibern zu vertreiben. Selbst für fromme Christen keine leichte Aufgabe, denn der Teufel klebt wie eine zweite Fleischschicht am menschlichen Körper und weigert sich hartnäckig, von seinem Opfer abzulassen. Zum Glück der Gläubigen waren Pater Liberti die tückischen Listen seines Widersachers so vertraut, als hockte er allnächtlich neben ihm in den Schwefelsümpfen der Hölle, wenn die Poren der Satanshaut sich wie Schleusen öffnen und sämtliche Geheimnisse herausströmen.

Ich schlenderte mit dem Pater über den breitesten Pfad des Dorfes Odjobi, vorbei an Marktständen mit Kassave, Yams und Haufen gegrillter Fische. September in Ghana,

Westafrika. Die Bananenernte war in vollem Gang. Etliche Frauen wiegten sich, die grünlichen Stauden auf dem Kopf, an uns vorbei. Keine von ihnen wagte es, dem Priester in die Augen zu sehen. War das Ehrfurcht vor dem kahlgeschorenen heiligen Mann im glänzenden weißen Umhang? Oder vielleicht Angst? Jüngst hatten zwischen den Hütten höchst erstaunliche Gerüchte ihren Weg von tuschelnden Lippen in lauschende Ohren gefunden: Wenn die letzten Bananen an den Sträuchern verrottet seien, würde der Priester den Satan zum entscheidenden Kampf auffordern.

»Du bist ein Unschuldslamm, Doktor«, Liberti machte halt vor einem der Stände, einer umgekippten Kiste, auf der sechs gefleckte Eier lagen. Er ließ die Eier zwischen seinen langen Fingern hin und her rollen und entschied sich schließlich für das bräunlichste. »Deine Augen sind blau und still wie die Odjobi-Bucht vor dem Wirbelsturm. Deine Augen verraten jedes Geheimnis. Du hast keine Ahnung, wie hart das Leben im Regenwald ist.«

Im verbleichenden Licht der untergehenden Sonne musterte der Priester das braune Ei prüfend und schien sich an der glatten Schale zu erfreuen. Erst nachdem er von der Qualität des Produkts völlig überzeugt war, legte er einen zusammengefalteten Hundert-Cedis-Schein auf die Kiste. Mit einem prächtigen langen Fingernagel pickte er ein Loch in die Schale, führte das Ei an die Lippen und saugte den seimigen Inhalt mit einem Zug in sich hinein. Mit einem flink aus dem Ärmel hervorgezauberten Taschentuch tupfte er sich Dotterreste aus den Mundwinkeln und starrte mich dabei an, als hätte er mich noch nie gesehen.

»Genauso wird dir der Teufel deine Seele absaugen, Doktor. Ohne Erbarmen. Ein Obroni wie du, ein schwacher Weißer, ist dem Teufel in den Wäldern völlig ausgeliefert.

Selbst wenn dein Körper heil davonkommen sollte, deine Seele wird in den schwarzen Magensäften Satans ersaufen. Und solltest du einmal in deine Heimat zurückkehren, so wirst du dort elend und armselig umherirren.«

In jener Nacht versammelte der Priester seine Getreuen in der verlassenen Schule. Es sollte ein letzter Versuch unternommen werden, mich, den merkwürdigen Weißen, vor Wahnsinn oder Tod im Regenwald zu bewahren. Zwei verrußte Petroleumfunzeln verbreiteten Ölgeruch. Neun Personen kauerten auf den kleinen Holzhockern der Schüler, darunter drei uralte Frauen, denen ich im Dorf noch nie begegnet war, in roten Trauerumhängen. Sie hockten dicht zusammengedrängt am ersten Tisch und kauten in aller Ruhe auf getrockneten Maiskörnern. Vermutlich hatten sie einen langen Weg zurückgelegt, um der Austreibungszeremonie beizuwohnen.

Die Hütte, die tagsüber als Klassenzimmer diente, besaß nur einen Eingang an der Vorderseite, eine schmale Öffnung, die nur einer schlanken Person Durchschlupf bot. In Erwartung des Priesters spähte ich aufgeregt durch diesen Spalt nach draußen in die Finsternis, und ich wußte nicht, wie Libertis Ankunft mir völlig entgangen sein konnte, aber plötzlich erschien er hinter mir. »Geh nicht in die Wälder!« Er beugte sich über mich und blies mir seine Sprüche ins Ohr. »Auf vier Wegen dringt der Satan in deinen Körper ein. Er bemächtigt sich des Schattens, den du auf die Erde wirfst. Er verführt dich mit seinen gleißenden Augen, bis du dir wie irre die Kleider vom Leib reißt und ihm folgst. Er kommt zu dir, wenn du klagst, und fährt mit der Atemluft in dich hinein. Er kann sich sogar, im Bierschaum versteckt, in dein Inneres einschmuggeln.«

Während meines ganzen Jahres im Regenwald beherzigte

ich Libertis Warnung. Niemals ging ich der Sonne entgegen, um nur ja keinen Schatten zu werfen. Wenn die Sonne in den Mittagsstunden hoch vom Himmel brannte und ich keine Möglichkeit sah, meinem Schatten auszuweichen, floh ich in den Wald und folgte verborgenen Pfaden, auch wenn der Umweg mich Stunden kostete. Ich klagte niemals, ich unterdrückte meine Tränen, ich vertrieb jeden Anflug von Selbstmitleid, selbst als die Malaria mich schüttelte und ich mich dem Tode nahe glaubte. Und Bier rührte ich nicht an, weder das im Handel erhältliche noch das im Dorf gebraute. Doch in die gleißenden Satansaugen blickte ich unzählige Male, und immer wieder mußte ich gegen den verführerischen Sog kämpfen, ihnen blindlings zu folgen.

Aus der Dunkelheit tauchten drei Burschen auf und traten hinter riesige Trommeln. Ihre Blicke waren starr auf Liberti gerichtet, als warteten sie auf sein Zeichen. Der Priester neigte seinen Kopf leicht zur Seite, und die drei schlugen im Takt auf ihre Instrumente ein: rechte Hand, linke Hand, und dann begannen ihre Arme plötzlich wie wild zu tanzen und durch die Luft zu wirbeln wie die riesigen Stämme des Baobabs, des Affenbrotbaums, aus denen weitere Stämme hervortreiben. Das Trommeln wurde rasend und ekstatisch. Druckwellen ließen meinen Körper erzittern, mein Herz schlug so heftig, als wollte es den Brustkorb sprengen, mein Atem ging rascher und flacher. Wie ein Wurm kroch die Angst durch meine angespannten Muskeln, und als sie wie ein Feuerwerk in meinem Inneren explodierte, hatte ich schon nicht mehr die Kraft, mich zum Ausgang zu schleppen, um allem zu entkommen. Meine Beine verweigerten mir den Dienst, als stünden sie unter einem Bann. Der Priester flehte unterdessen in einem fort den Heiligen Geist an, meine Seele zu retten: »Heiliger Geist, rette deinen Sklaven!« Anfangs flüsterte er nur und sein ganzer Körper erbebte vor Gottesfurcht. Dann wandte er sich immer lauter und eindringlicher an die höheren Mächte. »Holy Spirit«, die Gläubigen fielen andächtig in sein Gebet ein. Sie bedienten sich abwechselnd des Englischen und des einheimischen Tewei. Zu spät zur Umkehr, jetzt gab es kein Entrinnen mehr. Noch heute nacht würde Liberti die Spuren des Satans aus meinem Körper entfernen, wie ein geübter Operateur ein Krebsgeschwür entfernt.

Mit einem Wink, die langen Finger gespreizt, den Daumen gekrümmt, brachte der Teufelsaustreiber die Trommeln zum Schweigen. Plötzlich Stille. Wie ein Mann erhoben sich alle von ihren Sitzen, preßten sich an die Hüttenwände und riefen Jesus, dem Erlöser, zu, er solle ihre sündigen Seelen läutern. »Purify us, Jesus«, dröhnte es durch den Regenwald und übertönte selbst die Schreckensschreie der Affen. Der Priester drückte seine Handflächen fest gegen die Wand, als ob seine Finger durch den gebrannten Lehm stoßen sollten. Das Zittern setzte in den Fingergelenken ein, strömte durch die Unterarme und erfaßte die Ellenbogen, die Schultern und die Schulterblätter, bis der ganze lange Körper sich wie in einem Epilepsieanfall verrenkte. Seine Gliedmaßen wanden sich vor der Mauer wie vier Schlangen, und die Gewißheit, daß sie gleich nach mir greifen würden, ließ auch mich erbeben.

»Fahr aus mir, Satan!« röhrte der Priester heiser, »scher dich zu deinen Huren und ihren haarigen Bälgern.« »Fahr aus mir, Satan!« respondierten die Gläubigen in ihrer eigenen Sprache. Der kritische Augenblick war gekommen.

Während die Gemeindemitglieder ihren Gesang »Holy Spirit!« fortsetzten und sich in den Heiligen Geist wie in einen luftigen Umhang hüllten, wandelte der Priester zwischen ihnen umher und widmete sich jedem seiner Opfer persönlich. Den Kopf nahm er in die riesigen Hände, drückte mit den Daumen die Augenlider zu, schüttelte den Körper und warf ihn wie einen Maiskolben auf den nächsten Stuhl oder Tisch. Erst wenn der Gequälte erschlafft zu Boden sank, ließ der Priester von ihm ab. Adjoa, eine uralte Greisin, kroch bitterlich weinend zu ihrem Stuhl. Assi rappelte sich schwankend auf und stürzte auf ihr Gesicht, als wäre ihr Kinn mit Blei gefüllt. Assanti stolperte und strauchelte wie ein Blinder und fiel über die Stuhlreihe. Gegen Mitternacht lagen alle jammernd am Boden und flehten den Heiligen Geist um die Rettung ihrer Seelen an.

Dann war ich dran. Wie eine mit schwarzem Humor gesegnete Spinne, die einen kleinen Tanz vollführt, bevor sie die im Netz gefangene Fliege verspeist, wankte Moses Liberti auf mich zu. Plötzlich stand er vor mir, preßte seine Handflächen an meinen Kopf und drückte seine beiden Daumen gegen meine Augäpfel. Schwäche überkam mich, meine Beine schienen unter meinem Gewicht zu schmelzen.

»Satan, fahr aus!« donnerte der Priester, stampfte mit den Füßen auf und schleuderte mich durch die Luft, als wäre ich nicht schwerer als ein Federsack. »Satan, fahr aus!« flehte auch ich und betete, der gespenstische Zug, dem ich mich aus freien Stücken angeschlossen hatte, möchte sein Ziel bald erreicht haben.

Nach einer Weile kehrte mein Bewußtsein zurück. Der Südwind trug die betäubenden Düfte des Dorfes zu mir in die Hütte. In der Glut gegrillte Fische, getrockneter, zum Heizen verwendeter Dung und Menschenschweiß – all diese

Gerüche vermischten sich mit dem fauligen Dunst, der aus dem Golf von Guinea aufstieg.

Eine schuppige Eidechse leckte hingebungsvoll an meinem Ohrläppchen, und ich schlug die Augen auf. Die Nachfahrin der Dinosaurier kroch an meinem Hals entlang. Am Kinn angekommen, richtete sie ihren Oberkörper auf und musterte mich neugierig aus gelblichen Augen. Im Nebel, der mich umgab, beschlich mich das Gefühl, ich wäre mit diesem seltsamen Geschöpf allein und es wartete nur darauf, daß ich den Mund öffnete und zu sprechen anfing. »Ich muß zugeben«, erklärte ich der Eidechse, »daß der Teufel trotz allen Schüttelns, Schlagens, Flehens und Beschwörens noch immer in mir steckt und mich zum Aufbruch ins Missionshospital drängt. Ich weiß, ich bin nur ein junger Arzt ohne Erfahrung, ein ›grünes Blatt‹, wie man hier in Ghana sagt. Aber ich will alles tun, was ich kann, um denen beizustehen, die in der Tiefe des Regenwaldes ärztliche Hilfe brauchen. Und außerdem will ich mich nach Kräften bemühen, am Leben zu bleiben.«

Vielleicht war der Priester gescheitert, weil der Teufel eben nicht so leicht zu ziehen ist wie ein Champagnerkorken. Vielleicht aber läßt Libertis Versagen sich auch aus dem erklären, was der Schriftsteller Jeremy Leven einmal im Namen des Teufels schrieb: »Ich stehe nicht zu Füßen der Sterbenden und kämpfe nicht mit den Engeln um die Seelen. Das habe ich gar nicht nötig. Die Leute kommen freiwillig in die Hölle, weil es ihnen dort gefällt.«

Dunkelheit senkt sich herab. Gleich wird der Mond hinter den Baobabs aufsteigen, gleich werden die Glühwürmchen im Blätterdickicht vor dem Balkon aufschimmern. Ich stehe im Zimmer, entzünde die Petroleumlampe und stelle sie behutsam neben das Bett. Unter dem Holzkreuz, das ihr die nigerianischen Nonnen verehrt haben, liegt Akuja auf weißen Laken. Ihre Körpertemperatur steigt unaufhaltsam und hat heute abend schon mehr als einundvierzig Grad erreicht. Ein weiteres Zeichen für das Herannahen des Todes? Ich berühre den verführerischen Spalt zwischen ihren Brüsten. Dort brennt die schwarze Haut, als läge Akuja auf glühenden Kohlen. Vielleicht ist es ihre letzte Nacht. Sie kämpft schon seit zwei Wochen mit den Malariaerregern, die ihre roten Blutkörperchen vertilgen, und hat es bis jetzt überlebt. Seit zwei Wochen verliert sie Blut im Urin, den die weißen Laken aufsaugen, und sie ist noch nicht gestorben. Doch die Bindehaut unter ihren Augen, die ich jeden Morgen einer peniblen Prüfung unterziehe, wird immer weißer. In dem einen Jahr, das seit meiner Ankunft im Missionshospital von Asankangrwaa vergangen ist, habe ich gelernt, daß sich die Chancen eines Malariakranken am besten an der Bindehaut seiner Augen ablesen lassen. Anfangs ist sie noch rötlich und von Blutkapillaren durchzogen, doch in den Folgetagen wird sie mit tödlicher Konsequenz immer bleicher. Wenn ich zu einem Kranken gerufen werde und feststellen muß, daß die Farbe seiner Bindehaut weißem Marmor gleicht, weiß ich, daß der Unglückliche in den letzten Zügen liegt.

Akuja atmet schwer. Ihre Brustmuskeln können die Lungen nicht mehr heben. Nur mit Hilfe der Bauchmuskulatur gelingt es ihr, noch etwas Luft einzusaugen. Ich nähere die Petroleumlampe ihrem Gesicht, um die krampfartigen Verzerrungen besser beobachten zu können. Sie liegt seit drei Tagen im Koma und leidet ganz gewiß in den Tiefen ihres Unbewußten. Ich zwicke sie in die rosa Brustwarze und sehe ihren Körper schmerzhaft zucken. Ich kneife sie mit bedachter Brutalität, zwirbele die feine kleine Warze zwischen Daumen und Zeigefinger und höre erst auf, als Akujas Körper eindeutig auf den Reiz reagiert. Mir fallen die langen Nächte ein, in denen ich mit feuchten Lippen an diesen Brüsten hing.

Die schwarze Haut ist von Schweißperlen übersät, sie schimmern matt im fahlen Licht der Petroleumfunzel. Alle paar Stunden ziehe ich das nasse Laken unter Akujas Körper hervor und wringe es in der Ecke über einem Blecheimer aus, der sich bis zur Hälfte mit salzigem Schweiß füllt. Ein verlorener Kampf. Über Infusionen in beiden Händen führe ich ihr verstärkt Flüssigkeit zu, doch die sickert im gleichen Tempo durch die Haut ins Laken. Akuja geht mir verloren. Sie ist sehr mager geworden. Sie schrumpft zusammen wie die Hennen des Dorfes, die in der Trockenzeit von einer mysteriösen Seuche befallen wurden und die Lust am Körnerpicken verloren. Ich bemerke es jedesmal, wenn ich ihren nackten Körper zur Seite drehe, um das Laken wegzuziehen. Die Prozedur wird von Tag zu Tag einfacher. Aber obwohl sie so dürr ist und die Knochen dermaßen hervorstehen, daß man den alten Bruch in der Mitte des rechten Beckenknochens ertasten kann, ist Akuja schön. O ja. So schön wie in jener Nacht, als sie mir vom reichsten Mann des Dorfes zum Geschenk gemacht wurde.

Ich glaube, daß Akuja immer schön war, die ganzen siebzehn Jahre ihres Lebens lang. Ungefähr siebzehn. Ihr genaues Alter ist nicht bekannt. Solche Frauen gibt es. Sie wachsen von frühester Kindheit an in einer Linie unerschütterlicher Schönheit heran. Fotos, auf denen sie mir zeigen könnte, wie beeindruckend sie war, schon bevor wir uns trafen, gibt es von Akuja nicht. In Asankangrwaa besitzt niemand eine Kamera, und selbst wenn jemand eine besäße, hätte er sich nicht die Mühe gemacht, ausgerechnet Akuja zu fotografieren, die niedrigste Dienerin im Haus des Herrn Danssu.

Akujas Vater arbeitete in den Goldbergwerken. Er sammelte mit bloßen Händen Felsbruchstücke in riesigen Strohkörben. Anfangs hatte er eine schwerere Arbeit gehabt. Da hatte er die Strohkörbe durch enge Stollen zum Hauptstollen schleppen müssen, von wo sie mit dem Förderrad nach oben transportiert wurden. Nachdem er jedoch an Auszehrung erkrankte und blutigen Schleim hinter sich herzog, wurde ihm eine weniger harte Arbeit zugeteilt. Als ein Erdrutsch ihn unter sich begrub, war er zweiunddreißig Jahre alt. Die Nachricht von der Katastrophe erreichte Asankangrwaa in Windeseile, denn mit Akujas Vater fanden dort weitere sechs Männer aus dem Dorf den Tod. Akujas Mutter blieb keine Wahl. Noch am gleichen Tag vertraute sie ihren Säugling einer der Dienerinnen des Herrn Danssu an und verschwand.

Akuja hatte Glück. Gerade an dem Tag, als sie der Dienerin ausgehändigt wurde, versprach die Priesterin der Erdgöttin Assasse Afija der Gemahlin des Herrn Danssu reichen Kindersegen. Deshalb hatte die Dame des Hauses an jenem Tag ein mitleidiges Herz. Als sie das vergnügt strampelnde pummelige Baby erblickte, erlaubte sie ihrer Dienerin, Akuja in der Hütte neben der Alkoholbrennerei aufzuziehen. Vier junge Dienerinnen nahmen die Kleine unter ihre Fittiche und stillten sie nacheinander im Rhythmus ihrer eigenen Geburten. Akuja nannte alle vier Mama und liebte sie ohne Unterschied. Mit ihr wuchsen in der engen Hütte auch die Kinder der Dienerinnen heran. Wenn der Regen draußen heftiger als normal niederprasselte, gesellten sich noch zwei Kühe hinzu. Doch Akuja beklagte sich nicht. Sie liebte ihre zwanzig Geschwister, die sich nachts auf einer einzigen Matte zu einem warmen Knäuel zusammenrollten. Und wie gierig suchten ihre Lippen sich eine freie Brustwarze und saugten die seimige Milch. Manchmal fanden sie eine Euterzitze und ergötzten sich an der säuerlichen Kuhmilch, die nach wilden Kräutern roch.

Akuja vergaß die Gutherzigkeit der Herrin Danssu nicht. Und wenn sie während der Sonntagsmesse eine Zehn-Centis-Münze in die Kollektenschale der Kirche gleiten ließ, erbat sie nie etwas für sich selbst, sondern betete für das Wohlergehen der Herrin. Sie wußte nur zu gut, daß sie großes Glück gehabt hatte, als man sie nicht im Dickicht des Waldes sterben ließ, und dabei gehörte sie noch nicht einmal zum Stamm der Fanti. Ihre Eltern waren wegen irgendeines Krieges aus dem Hunderte von Kilometern entfernten Benin zugewandert. Nachdem sie drei Staaten und das Gebiet von acht Stämmen durchquert hatten, erreichten sie, bis auf die Knochen abgemagert, Asankangrwaa. Der Häuptling erlaubte ihnen großzügig, sich am Rand des Dorfes eine Hütte zu bauen. Er teilte ihnen sogar ein Stückchen Land zum Anbau von Kassave zu. Drei Jahre verbrachten Akujas Eltern im Dorf, und als der Vater tödlich verunglückte und die Mutter verschwand, hinterließen sie ihrer kleinen Tochter rein gar nichts, weder einen Tausend-Cedis-Schein noch ein buntes Stück Stoff. Das einzige, was sie ihr vererbten, war die breite flache Nase, die sie im Dorf sofort als Fremdling auswies.

Fremde Mädchen zu verschenken ist nicht weiter schwer.

In Asankangrwaa sagt man: Gleiche Familie, gleiches Blut, und vermischt das Blut fremder Mädchen nicht mit dem eigenen. Niemand fühlt sich ihnen verpflichtet, niemand beschützt sie. Akuja wurde mir völlig natürlich präsentiert, eine Dankesgabe wie ein gefesseltes Huhn, gebratene Bananen oder ein Laib frisches Brot, die ich in Anerkennung meiner ärztlichen Dienste erhielt.

Die Weibchen der Anopheles-Mücke hatten Akuja schon unzählige Male gestochen, und wie alle Dorfbewohner litt sie in Abständen von einigen Wochen an Malariaanfällen. Das war für sie jedoch kein Grund, nicht zur Arbeit bei ihrer Herrin zu erscheinen, so wie es niemandem einfiel, wegen der Malaria bei der Bananenernte oder beim Einsammeln der Kakaobohnen zu fehlen. Akujas junger Körper gesundete innerhalb von zwei, drei Tagen, und anschließend löschte sie das Leiden aus ihrem Gedächtnis. Da ich dies wußte, nahm ich fälschlicherweise an, Akuja sei gegen den aggressiven Malariaerreger vom Typus Plasmodium falciparum immun. In jenem wunderbaren Jahr, in dem wir nackt und umarmt miteinander schliefen, breitete sie gutmütig ein Moskitonetz über unser Bett, denn ihr Obroni war nun einmal empfindlich wie ein neugeborenes schwarzes Baby, aber sie weigerte sich strikt, vorsorglich mit mir die Chloroquin-Tabletten gegen Malaria zu schlucken. »Vielleicht fürchtet sich der Saad der Obronis vor dem weißen Futter«, sie wies spöttisch auf die riesigen weißen Tabletten, »aber unser Saad würde es unerschrocken verschlingen.«

Vor zehn Tagen brachten vier Männer aus dem Nachbardorf Akuja zu mir, nachdem ich selbst sie überall gesucht hatte, sogar in den abgelegenen Dörfern jenseits des Flusses Tano. Hundertmal war mir der Jeep auf den schlammigen Urwaldpfaden steckengeblieben. Ich hatte das verlassene

Heiligtum der Erdgöttin Assasse Afija besucht, in der Hoffnung, Akuja könnte sich in ihren Schutz begeben haben. In Takoradi, der Hauptstadt des Bezirks, hielt ich unter den Novizinnen nach ihr Ausschau. Und während ich wie ein Irrer nach ihr fahndete, verbarg Akuja sich nur einen Atemzug entfernt im Nachbardorf, von dem mich in östlicher Richtung lediglich eine Bananenpflanzung, ein ausgetrockneter Brunnen und die Hütte des Totengräbers trennten.

Eines Morgens erschienen also vier Männer auf meiner Veranda. Sie trugen ein langes weißes Bündel. Ich kannte nur einen von ihnen, Philip, den Holzhacker des Klosters. Jeden Morgen schleppte er klobige Palmenstämme zur Statue der heiligen Madonna, die im gemeinsamen Vorhof von Kloster und Krankenhaus stand. Er kniete demütig nieder und bat die Madonna, seine Arbeit zu segnen. Dann erhob er sich und schwang seine Axt in allerlei kunstvollen Kreisen geschickt wie ein Jongleur durch die Luft, ließ sie in den nächsten Palmenstamm fahren und hieb dann im Takt und ohne Unterlaß auf ihn ein, bis sich der ganze mächtige Stamm in handliche Scheite verwandelt hatte. Auf meinem Weg zum Krankenhaus hielt ich manchmal inne und sah ihm wie gebannt zu, als wären seine rhythmischen Hiebe und der wachsende Holzhaufen Zauberei und keine Schwerstarbeit.

»Memvadjo, guten Morgen«, begrüßte er mich mit ehrerbietig gesenktem Blick. Die Füße der vier waren mit feuchtem Schlamm bedeckt; sie hatten also nicht den Pfad benutzt, sondern waren durch die Bananenplantage gestapft. Aus der Ferse des einen sickerte Blut. Höchstwahrscheinlich war er in der Pflanzung aus Versehen in eine der dort aufgestellten Nagetierfallen getreten. Diese Fallen bestehen aus gefeilten Bambusrohren, die schärfer sein können als Metallschneiden. Ich nahm an, die vier seien wegen dieser Verletzung so unversehens bei mir aufgetaucht.

In aller Ruhe untersuchte ich die Wunde. Ich würde die Schnitte nähen müssen. Sie klafften weit auseinander und gaben Muskelfasern frei. Ich untersuchte die Verletzung so penibel, als hätte ich alle Zeit der Welt, und beachtete das Bündel nicht weiter. Es war in weißes Tuch gewickelt und mit zwei langen Bananenblättern verschnürt. Ich kam gar nicht auf die Idee, es könnte mich irgend etwas angehen. Vielleicht eine Leiche, die die Dörfler im Krankenhaus abliefern wollten. In meinen Anfangstagen in Asankangrwaa hätte ich mich vielleicht noch gefragt, warum die Männer sich die Mühe machten, eine Leiche anzuschleppen, wo doch die meisten Einheimischen, die wirklich Hilfe brauchten, in ihren Hütten starben und nicht zu mir in die Klinik gebracht wurden. Aber das Jahr im Regenwald hatte mich gelehrt zuzuhören, anstatt zu fragen.

Philip wartete darauf, daß ich mich dem Bündel zuwandte. Doch da ich keinerlei Neugier zeigte und mich den Schnittwunden widmete, bückte er sich, und seine starken Hände zerrissen die Blätter, die das Bündel zusammenhielten. Ich fuhr erschrocken zurück und wollte meinen Augen nicht trauen, als sich der Inhalt offenbarte: Nackt, bis auf einen roten Stoffetzen über den Schenkeln, lag Akuja auf dem weißen Laken. Nackt und schön wie die Göttin Assasse Afija, die der Legende nach auf einem weißen Laken ruht. So hatte ich Akuja in der Nacht, in der sie mir geschenkt wurde, zum erstenmal gesehen. Anfangs befürchtete ich, sie würde nicht mehr atmen, aber sie schlug die Augen auf und sah mich an. Viele Emotionen tobten in mir: Angst und Entsetzen, Freude, sie wiederzusehen, doch auch übermächtiger dunkler Ärger, weil sie es gewagt hatte, vor mir zu fliehen. Ich legte meine Finger an ihre roten Lippen. Sie fühlten sich trocken und rauh an wie in der Sonne gedörrte Kokosschalen, wie die Lippen der Malariakranken, die hilflos auf den Hüttenböden dahinsiechten, wo die Flüssigkeit aus ihren Körpern direkt in die Erde sickerte.

»Sie tauchte in der Sturmnacht bei uns auf, als die Vögel in den Himmel flohen, und fragte, ob sie bei uns schlafen dürfe«, erklärte Philip, »und am nächsten Tag fing sie schon an zu zittern. Meine Frau wollte sie zum Doktor schicken, doch wir mußten ihr schwören, dem Doktor nicht zu verraten, wo sie war. Sie sagte, die Krankheit sei Gottes Strafe, weil sie sich gegen den Doktor versündigt hatte. Aber sie sagte auch, daß sie den Betrug nicht bereute.«

Ich wußte sehr wohl, wovon er sprach. Wenn ich in den folgenden Nächten neben ihr saß und ihren unaufhaltsamen Niedergang ohnmächtig verfolgte, hieb der Schmerz über ihren Betrug wieder und wieder auf mich ein. Dann war es mir, als würde noch ein Bündel vor meinen Augen aufspringen, und die Schnüre peitschten mir blutige Striemen ins Gesicht. Und dennoch wollte ich in diesen Augenblicken nur eins: Akuja am Leben erhalten.

»Meine Frau hat mir heute morgen aufgetragen, Akuja einzuwickeln und dem Doktor zurückzubringen. ›Du mußt sie fest verschnüren‹, sagte meine Frau, ›damit der Saad sie nicht in den Schlamm zieht und ertränkt.‹ Akuja hat nämlich heute morgen ihre Milch nicht getrunken. Sie berührte die Schale, und die Milch wurde auf der Stelle sauer. Meine Frau sagte, der Saad kann aus Akuja schon nicht mehr rausgeholt werden. Er sitzt in ihrem Gesicht, er starrt aus ihren Augen. Aber meine Frau weiß, daß der Doktor seine eigenen Mittel und Wege hat.«

Meine eigenen Mittel und Wege. Ab und zu, und besonders in den schwülen Mittagsstunden, wenn tropische Schauer ohne Vorwarnung auf das Dorf niederprasselten, nachdem nur dunkle, aus dem Süden herantreibende Wolken und erschrockene Hühner, die schutzsuchend umherrannten, ihr Nahen angekündigt hatten, stand ich auf der Veranda vor meinem Haus und starrte durch den strömenden Regen auf die verschwommenen Dorfpfade. In diesen Augenblicken schien es mir, als würden auch meine Wege tief im Inneren der Seele verschwimmen und sich verlieren. Dann fühlte ich mich unglücklich und allein, sehnte mich nach meiner Familie, nach meinen Freunden, nach dem Leben, das ich hinter mir gelassen hatte, und wußte nicht mehr, was ich hier am Ende der Welt verloren hatte. Schon ein ganzes Jahr arbeitete ich als Arzt im Regenwald, dabei hatte ich nicht vorgehabt, so lange in diesem abgelegenen Nest hängenzubleiben. Ein paar Monate, vielleicht ein halbes Jahr, mehr nicht. Ich hatte meine alten Eltern zurückgelassen, meinen Bruder, meine Schwester, Nichten und Neffen, jede Menge Freunde und Daniela, mit der ich in jenem Sommer, als ich in Asankangrwaa eintraf, eigentlich hatte Hochzeit feiern wollen. Daniela, die meinem Dasein anscheinend ohne Vorankündigung entzogen worden war, doch in Wirklichkeit glich sie eher einem lockeren, seit längerem wackligen Zahn, den man eines Morgens neben sich auf dem Kissen findet.

Anfangs hatte ich meiner Familie, meinen Freunden und sogar Daniela noch Briefe geschrieben, in denen ich von meinen Erlebnissen zu erzählen versuchte, und zum Schluß versicherte ich jedesmal, daß ich bald zurückkehren würde. Doch dann hatte ich die Abreise immer wieder verschoben: bis nach den bevorstehenden Yams-Festen. Wenn die Cholera-Epidemie abgeflaut ist. Wenn die Grüne Mamba erledigt ist, die schon drei Männer im Dorf gebissen hat. Und natürlich: wenn Akuja mich aus eigenen Stücken verläßt. Doch meine Briefe wurden immer kürzer und seltener, und vom Zeitpunkt meiner Rückkehr schrieb ich bald gar nichts mehr. Ich beschränkte mich auf eine knappe Wiedergabe der Neuigkeiten aus Asankangrwaa, und neben meinen Namen setzte ich ein traditionelles Zeichen, das soviel bedeutete wie: »Geh zurück und hole, was du verlassen hast.«

Und dann klarte der Himmel plötzlich auf, als wäre er neu erschaffen worden, der Regen versiegte, und die Hennen hüpften flügelschlagend über die Pfützen. Dann sah ich die Pfade des Dorfes in aller Deutlichkeit vor mir, und wie sie boten sich auch die Ströme in meiner Seele der Sonne dar. Sie mochten gewunden und morastig sein, doch sie führten mich irgendwohin.

Die vier Männer halfen mir, Akuja in mein Badezimmer zu bringen, und legten sie dort auf den Betonboden. Sie wendeten verschämt die Augen ab, als ich den Stoffetzen fortzog, der ihr schwarzes Schamhaar bedeckte. Ihr Körper war entsetzlich schmutzig. Dunkle Schlammbrocken und klebrige Blätter des Niam-Baumes hafteten an ihrer Haut. Milch, die man ihr anscheinend vergeblich einzuflößen versucht hatte, war über ihren Hals geronnen und getrocknet. Zwischen ihren Schenkeln lugten Kräuter hervor, die schwer nach Weinessig rochen, ein volkstümliches Heilmittel gegen Malaria. Sie waren wohl nicht zufällig dorthin gelangt, denn sie steckten auch in ihrer Vagina, höchstwahrscheinlich das Werk eines der Priester.

Ich löste drei Chlortabletten in einem Eimer mit Wasser auf und schrubbte Akujas Haut mit einem groben Lappen ab. Ich säuberte und desinfizierte jede Wunde und jeden kleinen Kratzer mit dem hochprozentigen Gin, den ich stets in einer Schreibtischschublade aufbewahrte, bis es im ganzen Badezimmer wie in der Hütte eines Schnapshändlers roch.

Während ich sie säuberte und desinfizierte, waren Akujas Augen weit geöffnet. Sie zitterte die ganze Zeit. »Obroni«, lallte sie mit schwerer Zunge, »ich habe mich nach dir gesehnt.« Auch nachdem ich sie ins Bett gelegt hatte, blieb sie benommen und schläfrig. Ich hatte schon viele Kranke mit ähnlichen Komplikationen gesehen; sie traten in der Regel auf, wenn die Malariaparasiten in die Gehirnflüssigkeit eingedrungen waren. Ich legte meine Handflächen unter Akujas Schädel und drückte ihren Kopf nach vorn. Wie erwartet ließ er sich nur schwer bewegen. Nackensteife ist ein weiteres Anzeichen der Gehirnhautentzündung. Akuja verlor noch am gleichen Abend das Bewußtsein. In der Nacht war sie kurz bei Sinnen, um gleich darauf wieder abzutauchen, das geschah noch einige Male ohne erkennbare Regelmäßigkeit. Als ich aufstand, um mir etwas zu essen zu machen, dachte ich, daß ihr Bewußtsein dem Rührei glich, das ich in einer Holzschale schlug. Eiweiß und Eidotter vermischten sich zu einem gelblichen Brei, und auch, wenn im Brei noch ein rein weißer oder ein rein gelber Fleck auftauchte, so versank er doch gleich wieder. Manchmal öffnete Akuja die Augen und schenkte mir einen langen Blick, als suchte sie mich in den leeren Räumen der Erinnerung, und manchmal schüttelte sie, soweit die erstarrten Halsmuskeln es ihr erlaubten, leicht den Kopf und gab schwache Laute von sich.

Josef-Dewamne der Dritte ist Bischof des Gebiets Sekondi-Takoradi. Der demütige Diener Gottes hat im Verlauf von vierzig Jahren Stufe um Stufe erklommen und ist von der bescheidenen Position eines staubwischenden Kirchendieners in den Rang des Bischofs und geistlichen Oberhaupts von ganz Westghana aufgestiegen. Seine Diözese umfaßt das gewaltige Gebiet zwischen dem Strom Tano, der sich aus Nordosten heranwindet, bevor eine weite Lagune ihn aufnimmt, und dem träge dahinfließenden, an der Goldküste mündenden Pera. Zwischen diesen beiden Strömen erstreckt sich tropischer Regenwald und breitet eine dichte grüne Decke über das Land.

Der Bischof selbst hat das Licht der Welt in diesem Gebiet erblickt, in einer der Strohhütten am Fluß Pera, doch er kann nicht sagen, wie viele Menschen im Regenwald leben. Viele hausen in abgelegenen Dörfern, die auf keiner Karte zu finden sind und zu denen keine eindeutigen Pfade führen. Manche müssen bis zum nächsten Markt zwei oder drei Tage zu Fuß gehen, und in der Regenzeit sind sie manchmal wochenlang eingeschlossen. Unter den hier Lebenden gibt es Leute, die ihr Dorf noch nie verlassen haben.

Die Krankenhäuser seines Amtgebiets sind dem Bischof allerdings genauestens bekannt, denn die Mehrzahl untersteht der katholischen Kirche. Zwar finanziert die Regierung ein Krankenhaus in der Stadt, wo die meisten ihrer Beamten wohnen, und die belgische Gesellschaft, die die Goldminen ausbeutet, erstellte für die Familien der Bergarbeiter ein weiteres Hospital, doch beide Institutionen funktionieren kaum noch, wie sie sollten. Viele Ärzte haben ihren Arbeitsplatz wegen der haarsträubenden Bedingungen verlassen. Deswegen baten die Vorgänger des Bischofs Josef-Dewamne katholische Missionare aus Europa um Hilfe, und diese errichteten daraufhin Krankenhäuser mitten im Regenwald. Diese Spitäler waren der Anlaß meines Besuches beim Bischof.

Das Haus des Bischofs erhebt sich auf einem Hügel in Takoradi mit Blick auf die Mole der Fischer. Aus der Nähe entpuppt es sich als sehr einfaches Holzhaus mit etlichen faulenden Balken, im Dachstuhl fehlen Pfannen, und die Wände sind mit verdünnter Farbe geweißt. Es paßt eigentlich besser zu einem Dorfpfarrer und soll wohl gottgefällige Bescheidenheit bekunden.

Ich traf in der trägen Mittagsstunde ein, und im Haus schien alles still. Eine Kuh fläzte sich mitten auf dem Pfad und versperrte mir den Zugang zum Tor. Wie alle ihre afrikanischen Schwestern, die mir bisher über den Weg gelaufen waren, war auch sie erschreckend mager. Die Rippen hoben sich fächerartig unter der Haut ab, und über dem Halsansatz ragten spitze Schulterblätter auf. Ihre träge Gleichgültigkeit erregte mein Mitleid. Ein Schwarm grüner Schmeißfliegen bedeckte ihren Rücken und saugte ihr Blut, ohne daß sie sich rührte. Sie schien zu müde, um mit dem Schwanz um sich zu schlagen.

Ein junger Priester kam mir entgegen. Ungerührt wich er der verendenden Kuh aus und öffnete schon von weitem grüßend beide Arme. »Henri Okopo«, stellte er sich vor, »persönlicher Sekretär des Bischofs.« Er führte mich in das Büro des hohen Mannes und ließ mich Platz nehmen. Auf den Tisch vor mir stellte er ein Messingtablett mit einem Becher Tee und einem Teller, auf dem gezuckerte Ananaswürfel angerichtet waren. »Probieren Sie etwas Süßes, Doktor. Friska, unsere Köchin, hat es heute morgen aus frisch gepflückten Früchten zubereitet«, ermunterte er mich und verließ den Raum, um nach einigen Minuten wieder zu erscheinen. Er steuerte den Bischof, dessen Arm er ergriffen hatte, in meine Richtung.

Der Bischof war blind. Seine getrübte Hornhaut hatte die Farbe in der Sonne getrockneten Pergaments. Er rollte mit den Augen, als würde er nach einem verfügbaren Sehfeld suchen. Er begrüßte mich mit einem warmen »Gott segne Sie« und setzte sich neben mich auf das stroherne Sofa.

Könnte ich doch die erste Stunde unseres Gesprächs aus meiner Erinnerung löschen! Wir traten mit ungleichen Kräften an. Ich war ein anmaßender junger Spund, unerfahren genug zu glauben, ich besäße die Fähigkeit, alle Kranken der Welt zu kurieren. Ich war das, was man in Asankangrwaa »eine doppelte Trommel« nennt, ein Mann, dem es nicht genügt, daß das Echo seiner Stimme gemäßigt wie der Klang einer Trommel erschallt. Ich redete wie ein Wasserfall von meinem dringenden Wunsch, in einem der Missionshospitäler zu arbeiten. Mit kindlicher Begeisterung plapperte ich von dem naturnahen Leben in den Wäldern, als hätte ich vor, in die Baumwipfel zu klettern wie auf ein Riesenrad und den Dschungel von oben zu betrachten. Vom wirklichen Leben in den ärmlichen Dörfern, von dem unendlichen Leid, das sich dort verbarg, hatte ich damals keine Ahnung. Der Bischof war zu feinfühlig, um mich auf meine Ignoranz hinzuweisen.

Erst der dritte Becher Tee ließ mich für einen Moment verstummen. Der Bischof nutzte die Unterbrechung. Seine feinen Finger streichelten die aus Holz geschnitzte Elefantenfamilie, die in hierarchischer Ordnung über den Tisch zog: der riesige Vater an der Spitze, hinter ihm die Elefantenmutter und, ihren Spuren folgend, der Größe nach eine lange Reihe von Elefantenkälbern. Ohne mit einem Wort auf meinen langen, aufgeregten Sermon einzugehen, sprach Josef-Dwamne der Dritte von seiner Hilflosigkeit angesichts der Schwierigkeiten der Missionshospitäler. »Die Probleme flammen so plötzlich auf wie die Feuersbrünste, die ganze Waldstücke vernichten«, sagte er leise, »sie brennen für etliche Tage und zerstören Pflanzen aller Art, riesige Gummibäume ebenso wie Parasitenpilze, um dann von allein zu erlöschen. Aber einen Tag, eine Woche oder einen Monat später lodert der Brand, viele Kilometer von seinem ursprünglichen Herd entfernt, in einem Haufen trockener Blätter wieder auf. Die Probleme in unseren Krankenhäusern entfalten sich in ähnlicher Regelmäßigkeit, und ich muß gestehen, daß mich dieses beständige Aufflammen, Abklingen, Wiederaufbauen und erneute Verlassen äußerst ermattet. Doch uns bleibt keine Wahl. Dank dieser Krankenhäuser überleben wir. Und dank der Güte des Herrn natürlich.«

Ich schwieg. In der sich im Zimmer ausbreitenden Stille hörte ich, wie das Kreuz an Pater Henris Brust sich bei jedem seiner Atemzüge raschelnd am Talar rieb. Ich errötete vor Scham. Mir war, als durchschaute Bischof Josef-Dewamne die wirklichen, weniger ehrenhaften Beweggründe, die mich nach Afrika gebracht hatten, jene, die mir selbst verborgen waren, von denen ich nicht einmal ahnte, daß sie existierten.

Der Bischof hob seine Hände von der hölzernen Elefantenherde und legte sie auf mein Gesicht. Er betastete meine Züge ausgiebig und verweilte bei den Charakterlinien, die mein Gesicht schön oder häßlich machen: die kurze Nasenwurzel, die vorstehenden Backenknochen, die langen Wimpern, die jene Frau, vor der ich floh, Schmetterlingsflügel genannt hatte. »Du gefällst mir, mein Sohn«, sagte der Bischof. Es war das einzige Mal, daß er sich mir gegenüber dieser christlichen Anrede bediente.

»Ein Priester der Neuen Afrikanischen Kirche aus dem Dorf Odjobi hat mir prophezeit, daß der Teufel mich in den Regenwäldern vom rechten Weg abbringen würde«, weihte ich den Bischof ein.

»Der Teufel? Ich kenne das Glaubensbekenntnis, und ich kenne die Gebete. Ich kenne auch die heilige Frau aus meinem Dorf, die im Fluß ein Kleid wusch, auf dem sich das gequälte Antlitz Jesu ganz deutlich abzeichnete, und gleich darauf wirbelten an der gleichen Stelle blutige Strudel auf. Aber dem Teufel bin ich bis heute nicht begegnet, und ich kenne ihn nicht.«

Der Bischof starrte mit seinen milchigen Augen in die Leere des Raums und räusperte sich kräftig.

»Die Fanti-Stämme im Dschungel behaupten, der Teufel stinke wie eine läufige Äffin. Die Ewe-Stämme erzählen, er rieche wie die fauligen Gräser am Ufer des Volta, und die Mole-Dagbani in den nördlichen Territorien meinen, die Ausdünstungen des Teufels glichen dem Tigeratem. Aber vielleicht hat der Teufel gar keinen bestimmten Geruch und auch keine bestimmte Gestalt, sondern schlüpft in die Hüllen, die die Menschen je nach ihrer Vorstellungskraft und ihrer Welterfahrung für ihn ersinnen.«

Der Bischof strich mit zwei aneinandergelegten Fingern über das Kreuz auf seiner Brust, eine Geste, deren Bedeutung ich nicht verstand. »Ich werde Sie in das armseligste Hospital des ganzen Westbezirks schicken. Ghanaische Ärzte, die in Strohhütten auf einem Bett aus Hühnerdung geboren wurden, haben es dort nicht ausgehalten und sind abgehauen. Aber ich vertraue Ihnen. Schwester Viktoria, die Äbtissin des Klosters, wird Sie im Krankenhaus von Asankangrwaa in Empfang nehmen. Ich rate Ihnen, heute früh schlafen zu gehen. Der Weg dorthin ist lang und beschwerlich.«

Ein leichtes Streicheln ließ meine Haut erschauern und weckte mich. Es war Morgen. Der Südwind drang durch die Löcher in der Tür und strich sanft über meinen nackten Leib, als wollte er ein Liebesspiel mit mir beginnen. Ich stieß die Tür auf und kniff angesichts des hellen Lichts und des Tumults im Hof instinktiv die Augen zu. Nichts erinnerte mehr an die stille Bischofsresidenz, die ich gestern angetroffen hatte. Ein Fächer bunter Stoffe, in die alle einheimischen Frauen sich wickeln, wedelte durch den Hof. Viele Frauen drängten sich um den Brunnen, andere knieten vor Lehmöfen und entfachten mit scharfem kurzen Blasen die Glut. Ihre muskulösen Hände kneteten Teig und warfen ihn geschickt auf Backbleche. In der Luft breitete sich weißer Rauch aus und mischte sich mit dem köstlichen Duft frisch gebackenen Brots. Einige Frauen trugen ihre Säuglinge in einem über der Brust verknoteten Tuch auf dem Rücken. Sie beäugten mich neugierig, als ich vor dem Wassertrog niederkniete und meinen Kopf hineintauchte. Nach der Reinigungsaktion schüttelte ich mein nasses Haar und riskierte erst jetzt einen vorsichtigen Blick in die Runde. Alle lächelten mir freundlich zu.

Die Kuh, dieselbe Kuh, die mich gestern empfangen hatte, lag immer noch auf dem Weg und atmete schwer. Zu meiner großen Überraschung drückte sich ein Kälbchen an ihren Bauch und suchte mit der Zunge verzweifelt nach einer Zitze. Ich hätte nicht gedacht, daß die Gebärmutter einer sterbenden Kuh ein lebendes Kalb hervorbringen kann. Der Schmerz, den ich beim Anblick des Neugeborenen empfand, das unbedingt Milch aus dem verdorrten Euter saugen wollte, sollte mich im kommenden Jahr des öfteren und in verschärftem Maß immer dann heimsuchen, wenn ich ein vom Fruchtwasser noch feuchtes Baby behutsam auf den Bauch seiner sterbenden Mutter bettete.

»Der Herr segne Sie!« Pater Henri erschien hinter mir, seine Brillengläser reflektierten die Sonnenstrahlen. Eiligst streckte ich ihm meine Hand entgegen, doch meine Finger glitten an seiner Handfläche ab, als hätte ich sie in Butter getaucht. Mit diesem Händedruck stimmte etwas nicht.

»Wenn Sie erlauben, Doktor, möchte ich Ihnen eine kleine Lektion erteilen.«

Ohne mein Einverständnis abzuwarten, drängte der Pater mich in die Büsche, und als wir den Augen der Frauen entzogen waren, zeigte er mir, wie man sich in diesen Gegenden begrüßt. Ich mußte meine Handfläche leicht über seine gleiten lassen, so, als würden sich zwei Papierbogen aneinander reiben. Vollendet wurde die Prozedur mit einem lauten Schnalzen von Daumen und Mittelfinger. Anfangs wollte es mir absolut nicht gelingen, mit dem Mittelfinger zu schnipsen.

»Blicken Sie mir ins Gesicht, Doktor«, Pater Henri blieb geduldig, »der Mensch besteht nicht nur aus Fingern.«

Nun achtete ich auf sein Mienenspiel, seine Körperhaltung und seine Atmung, und siehe, das Mirakel geschah: Ohne die Bewegung selbst zu verfolgen, hörte ich meinen Daumen und meinen Mittelfinger einigermaßen respektabel schnipsen.

»So, Doktor, jetzt sind Sie reisefertig«, versicherte mir der Pater lächelnd.

Viktor, der Fahrer, schlief im Schatten des Ompelokerpum, eines wahren Wunders von Baum: Seine Früchte ähneln alten Kanonenkugeln und wachsen direkt aus dem Stamm. »Viktor wird Sie nach Asankangrwaa bringen«, sagte der Pater betont. Von der Hitze benommen, hob Viktor seine schweren Lider und streckte mir seine Hand entgegen. Wahrscheinlich wollte er mich reinlegen, doch ich schnipste deutlich vernehmbar. Viktor schmunzelte breit. »Gott segne Sie, Doktor, ich werde Sie behüten, als wären Sie mein Sohn.«

Wir waren noch nicht besonders tief in den tropischen Regenwald vorgedrungen, als uns schon die erste offizielle Sperre aufhielt. Drei Polizisten in verwaschenen braunen Uniformen und mächtigen Schirmmützen brüteten, vor der glühenden Sonne geschützt, unter einem Strohdach. Die Gewehre neben ihnen auf einem Haufen Bananenblätter waren veraltet und unvollständig, bei zweien fehlte der Kolben, beim dritten die Sicherungsvorrichtung. Unter dem Strohdach hockten auch drei Mädchen, die auf schmutzigen, am Boden ausgebreiteten Stoffbahnen pyramidenartig aufgeschichtete Apfelsinen feilboten. Die Genehmigung zum Handel unter polizeilicher Aufsicht war ihnen nicht aus reiner Güte gewährt worden. Als Gegenleistung bedienten sie die Polizisten, wuschen ihnen die Uniformen und schliefen mit ihnen hinter der Strohhütte. Ein an den örtlichen Sperren allgemein gebilligtes Arrangement, aus dem alle Beteiligten Vorteile ziehen: die Mädchen gelangen in den Genuß eines bescheidenen Einkommens, und die Polizisten versüßen sich ihren monatelangen Aufenthalt fern von Frau und Kind. Diese Sperre etwa sechzig Kilometer vor der

»Minenstraße«, die von der Bergwerksstadt Tarkwa zu den nördlichen Dörfern führte, unterschied sich in nichts von Dutzenden anderer Sperren im Westbezirk, die fremde, aus der Elfenbeinküste ins Land kommende Händler oder andere vermeintliche Feinde abfangen sollten.

Zermürbt von der Hitze, der drückenden Feuchtigkeit und den Wolken grüner Fliegen musterten die Polizisten uns träge. Den Kontrollpunkt-Arrangements zufolge durften die Mädchen uns belagern, noch bevor unsere Identität überprüft worden war. Im Handumdrehen hatten sie ihre Orangen in die Tücher gerafft und stürmten auf den Landrover zu. Sie zweifelten nicht einen Augenblick daran, daß der Obroni ein wichtiger Reisender war, der sich eine ganze Apfelsine für fünfzig Cedis ohne weiteres leisten konnte. Die junge Frau, die als erste das Fenster erreichte, zwängte sich hinein, bis sie mit ihren Brüsten meine Schulter berührte und von dort Zugang zu meinem Herzen und meiner Börse zu finden hoffte. Blitzschnell zog sie ein Messer aus den Falten ihres Kleides hervor und schnitt die Schale an der Spitze der Orange ab. Mit der gleichen Entschlossenheit ließ sie die Frucht in meinen Schoß fallen und warf gleich zwei weitere hinterher. Sie lehnte sich noch weiter vor und holte sich eine Orange zurück, wobei ihre Hand auf meinem Schenkel verweilte. Verlegenheit und Begehren durchfluteten mich. Abschätzend musterte sie meine Miene. Hatte sie mich bereits zum Kauf der beiden saftigen Orangen zwischen meinen Beinen verführen können? Da ich nicht reagierte, griff sie schmollend auch nach der zweiten Frucht. Mein Blick haftete unbehaglich an ihren großen braunen Augen. Schließlich kaufte ich ihr eine ihrer Apfelsinen ab.

Erst nachdem Viktor zwei weitere Früchte erstanden hatte, schnallte sich einer der Polizisten sein Gewehr um, setzte den fehlenden Kolben mit einem Hieb seiner großen Hand wieder ein und schritt gemächlich auf uns zu. Meine Anwesenheit schien ihn zu irritieren. Nicht jeden Tag passierte ein junger Weißer die Sperre. Was mochte der Fremde in den abgeschiedenen Dörfern jenseits der Strohhütte zu suchen haben?

Der Polizist durchforstete unsere Papiere und widmete sich insbesondere meinem blauen Paß, den er hin und her wendete. Das Dokument erschien ihm kompliziert und bedrohlich, möglicherweise konnte er es nicht einmal lesen. Je mehr Zeit verstrich, desto aggressiver wurden seine Gebärden. Er wechselte aufgeregte Sätze mit Viktor, schlug ein paarmal mit der flachen Hand und mit der Faust auf Motorhaube und Wagendach und entsicherte ganz plötzlich sein Gewehr. Viktor blickte verängstigt drein.

»Wo kommt der Obroni her?« schrie der Polizist.

»Aus Jerusalem«, gab Viktor auf Anhieb zurück.

Der Polizist schüttelte ungläubig den Kopf, stieß ein paar ärgerliche Worte aus und deutete nach oben.

»Das ist unmöglich. Jerusalem befindet sich im Himmel!« übersetzte mir Viktor.

»Sag ihm, daß ich wirklich aus Jerusalem bin. Hier, es steht ja in meinem Paß.« Ich wollte ihn mit ausgestrecktem Finger auf die richtige Seite hinweisen, doch der Grenzpolizist preßte den Paß eigensinnig an sich. »Durch Jerusalem zieht Jesus mit dem Kreuz auf dem Rücken. Und du, Obroni, willst du etwa behaupten, daß du neben ihm gehst?« spottete er.

»Erklär ihm bitte, daß es ein himmlisches Jerusalem gibt, in dem Jesus wohnt. Und dann gibt es noch ein irdisches wirkliches Jerusalem, dort wohne ich«, wandte ich mich an Viktor und behielt dabei besorgt die Finger des Polizisten im Auge, die mit dem Sicherungsbolzen des Gewehrs spielten.

Viktor beschloß, die theologische Diskussion an dieser Stelle abzubrechen. Er zog einen Tausend-Cedis-Schein aus seiner Hemdtasche, faltete ihn in der Mitte, steckte ihn zwischen zwei Finger und hielt ihn dem Polizisten unter die Nase. Der nahm das Geld in aller Offenheit entgegen, als handelte es sich auch hier um eins der üblichen Arrangements, und gab uns das Zeichen zur Weiterfahrt.

Der Polizist am nächsten und letzten Kontrollpunkt in der Nähe der alten verlassenen Goldminen war sehr viel umgänglicher. Anscheinend dürstete es ihn nach einer Unterhaltung und nach Alkohol. »Äh tä ssen? Wie geht's?« fragte er Viktor freundlich und steckte seinen Kopf durchs offene Fenster. »Äh jä, alles in Ordnung«, gab Viktor zurück und überreichte ihm eine Flasche Gin, die der Polizist sogleich gierig an den Mund setzte. Dann rollte er den mächtigen Baumstamm, der als Barriere diente, eifrig zur Seite und gab den letzten Abschnitt unserer Reise frei. »Die Strecke ist trotz der schweren Regenfälle befahrbar«, informierte er uns gutgelaunt und schwenkte seine Flasche, »erst gestern ist ein Lastwagen aus der Gegenrichtung durchgekommen.«

Der Sandweg, der sich von hier aus durch das Unterholz des Regenwalds bis nach Asankangrwaa wand, erwies sich als einer der schwierigsten und schönsten Wege in ganz Westafrika. Manchmal war er nicht mehr als ein heller Streifen im dunklen Wald, die Spur eines mächtigen Tiers, das zertrampelte Bäume und einen weißlichen, aus dem Euter gespritzten Milchpfad zurückgelassen hatte, manchmal verlor er sich ganz und gar und ließ sich erst nach scharfem Wenden des Wagens im Dickicht wiederfinden. Oft wurde der Landrover in die Luft geschleudert und wild durchgeschüttelt, schrammte an Baumstämmen vorbei und riß dabei weißliche Stücke der Rinde und grüne Zweige mit. Viktor schwitzte und starrte angestrengt durch die Windschutzscheibe. Nicht selten bäumte sich das Auto in gefährlich steilem Winkel auf, um in den vom Lastwagen im Schlamm hinterlassenen Reifenspuren Halt zu finden. Dann lag der Urwald schräg vor meinem Fenster. Ich selbst wurde immer wieder gegen die Wände der Fahrerkabine geschleudert. »Dscheja nejame«, murmelte Viktor unzählige Male, und einmal übersetzte er mir diesen Spruch ins Englische, denn der Gute meinte, so würde sein Gemurmel auch mich beschützen: »Ich fürchte nichts und niemanden, nur Gott.«

Und dann, plötzlich, öffnete sich der Weg wie ein Fächer, und auf einer Lichtung bot sich ein ansehnliches Dorf unseren Blicken dar. Einige zwanzig, in Kreisen angeordnete Hütten, in entsprechendem Abstand von Kaffeeplantagen eingerahmt. Hühner, Ziegen und Schafe liefen frei umher, kreuzten unseren Weg und nahmen vor den Reifen des Rovers Reißaus. Ein kleines, sonderbares Ackerstück Gottes namens Asankangrwaa. Viktor steuerte den Wagen steil bergan. Auf dem Gipfel erwartete mich das Missionshospital.

2

Nimm mich in deine Arme

Ein Priester der Erdgöttin Assasse Afija erzählte mir einmal, daß ein Neugeborenes, während es aus der Gebärmutter rutscht, blitzschnell die ganze Welt erschaut. Wenn ein Säugling aus dem Gebärkanal gezogen wird, so der Priester, dann sieht er alle Grenzen der Welt, vom oberen Meer bis zum unteren Meer, ganz deutlich vor sich, dazu alle Lebewesen, alle Pflanzen, alle Farben, er riecht alle Düfte, er hört alle Töne. Und nicht nur das, er überblickt auch sein eigenes Schicksal, seinen Lebenslauf von der Wiege bis ins Grab. Das Wunder hält nur für einen kurzen Augenblick an, bis die Hebamme die Nabelschnur ergreift, sie zur Blutstillung mit Kräutern umwickelt und sie dann mit einem scharfen Messer schwungvoll durchtrennt. Dann fegt der Schmerz das Staunen aus dem Gesicht des Säuglings, er fängt an zu schreien, und die wunderbaren Ansichten der Welt verschwinden für immer.

Eine ähnlich blitzartige Erleuchtung durchfuhr mich beim ersten Anblick des Missionshospitals in Asankangrwaa, in jenen Sekunden, als wir die Marienstatue passierten und vor dem Wohntrakt der Nonnen anhielten. In meiner Erregung schien es mir, ich hätte schon mein ganzes Leben hier verbracht. Ein längliches Gebäude aus gebranntem Lehm mit einigen Fensterlöchern und offenstehenden Türen, das Dach aus Palmwedeln geflochten. Auf Eisenbetten und nackten Matratzen Kranke, Kinder und Erwachsene.

Der zweite, kleinere Bau bestand aus zwei modrig-feuchten Räumen. Im ersten, der höchstens zwölf Betten faßte, lagen frisch entbundene Mütter in zwei parallelen Reihen, neben jedem Bett eine Holzwiege. Das gegenüberliegende winzige Zimmer mit dem blutbespritzten Betonfußboden diente als Kreißsaal. In der nördlichen Ecke des Krankenhausgeländes, dort, wo der tropische Wald den Innenhof zu erobern drohte, erhob sich ein weiteres Gebäude. Ein einziger Raum, wohl vier Schritte lang und vier Schritte breit, in der Mitte ein einfacher Holztisch: der Operationssaal. Nebenan lagern in einer offenen Strohhütte vier weiße Plastiktonnen. Jeden Morgen schleppen die Arbeiter des Krankenhauses diese Behälter zum einige hundert Meter entfernten Brunnen, füllen sie und rollen sie den steilen Hang hinauf: die Wasserversorgung des Hospitals. Die Stromversorgung hängt von der Kraft eines rostigen Generators ab, die nur für eine Stunde Beleuchtung täglich reicht.

Neben dem Baobab in der Mitte des Vorplatzes steht die Ebenholzstatue der Heiligen Jungfrau. Maria neigt ihr Antlitz den beiden Hügeln am Hang zu, der Begräbnisstätte der totgeborenen Säuglinge. Zeigt sich in der schmerzerfüllten Miene der Madonna die Kunst des Holzschnitzers, oder hat das Mitleid mit den trauernden jungen Müttern, die ohne Blick zurück den Berg hinabtaumeln, sich im Laufe der Zeit auf die hölzernen Züge gelegt?

Wir gingen zu dem U-förmigen rötlichen Gebäude auf der Anhöhe hinüber, das die anderen knapp überragte. Seine Fassade war dem Krankenhaus zugewandt, seine beiden Seitenflügel setzten sich in den Wald hinein fort. In der sich rasch ausbreitenden Finsternis gewahrten wir hinter den Fenstern schwache, im Wind flackernde Kerzenflämmchen. Wir standen vor dem Kloster.

Viktor erklomm vor mir die Stufen, die uns auf eine weitläufige Veranda führten, blieb vor der Eingangstür stehen und senkte ehrfürchtig den Kopf, bevor er dem zierlichen Glöckchen neben dem Kreuz ein zartes Bimmeln entlockte, das sich jedoch gleich im Gesang verlor, der durch die geschlossene Tür und durch die Holzwände zu uns drang. »Erlöser mein, nimm mich in deine Arme«, sangen die Nonnen, und ihre Stimmen verwoben sich seidenen Fäden gleich zu einem weichen, gleißenden Gespinst. Dann knirschten winzige Steinchen unter einem festen Tritt. Innerhalb weniger Sekunden öffnete sich die Tür, und eine dunkelhäutige Nonne erschien auf der Schwelle. In strahlendweißem Gewand und Haube leuchtete sie in der Finsternis wie ein heller Fleck, wie der Vollmond in einer bewölkten Nacht. Viktor riß sich sofort ehrerbietig den Hut vom Kopf und versteckte ihn hinter seinem Rücken.

»Dja niame«, flüsterte er.

Die Nonne schwieg.

»Ich bringe den Doktor, auf Anordnung des Bischofs von Takoradi, Josef-Dewamne des Dritten. Der Bischof persönlich hat mich gebeten, den Doktor bei Schwester Viktoria, und nur bei ihr persönlich, abzuliefern.«

»Gott segne Sie«, begrüßte mich die Schwester. »Bitte, treten Sie ein.« Viktor zog sich in die Dunkelheit zurück und achtete darauf, Schwester Viktoria nicht den Rücken zuzukehren.

Ich folgte ihr schweigend. Es war nicht so, daß ich das Kloster einfach betrat, mir schien es eher, als würde ich dort eindringen. Unser Weg führte durch einen engen, nach abgestandenem Weihrauch riechenden Gang in den Innenhof. Dort erhellte sich die Finsternis ein wenig. Fasziniert heftete sich mein Blick auf die bloßen Fesseln der Nonne. Sie waren schlank und braun, doch ich fand die beiden weißlichen Lederstreifen ihrer Sandalen, die sie wie Reifen umspannten. besonders berückend. Gleichzeitig fühlte ich mich unbehaglich, als enthielte dieser Augenblick etwas Unmoralisches und Schädigendes.

Die Nonne führte mich in eins der kleinen Zimmer, deren Fenster auf den Innenhof blickten. Sie bedeutete mir, in einem geflochtenen Strohsessel Platz zu nehmen, und verschwand, um gleich darauf mit einem Glas Tee und einem Tonschälchen zurückzukehren. Dann verschluckte die Dunkelheit sie wieder.

Der Tee war unglaublich bitter. Damals wußte ich noch nichts von der ortsüblichen Sitte, in das Getränk ein Stückchen Baumrinde, ein Heilmittel gegen die Malaria, zu geben. Ich tastete nach dem Inhalt des Schälchens. Meine Finger trafen auf klebrige Brocken. Ohne zu wissen, was ich da aß, stopfte ich mir den Mund mit gesüßten Papayawürfeln voll und begann zu kauen. Der Gesang der Nonnen setzte erneut ein, diesmal ganz in meiner Nähe. In der Dunkelheit schloß ich die Augen. Ich war erschöpft. Mein Körper entspannte sich, und es kam mir vor, als wäre ich nackt und die jungen Nonnen kühlten meine verschwitzte Haut mit ihrem Atem.

Die plötzliche Stille muß mich geweckt haben – oder war es Schwester Viktoria, die sich mit einem brennenden Öllämpchen näherte? Die Flamme tauchte ihr Gesicht in gelbliches Licht. Zwischen Traum und Wachsein nahm ich eine andere Viktoria wahr. Sie mochte geschworen haben, bis zu ihrem Tod allein Jesu Braut zu sein, doch ich fand sie appetitlich und süß wie eine von Honig tropfende, just aus dem Bienenstock gezogene Wabe. Ich weiß gar nicht, was mich mehr bezauberte, der mandelbraune Teint oder die jungfräuliche Glätte ihrer Haut, die schweißfeuchte Oberlippe oder die brauen Augen, die mich freundlich anblickten.

Eine seltsame Kolonne kroch in völliger Dunkelheit den Hang hinab. Nie im Leben hatte mich eine solche Finsternis umgeben. In meiner Heimatstadt vertreiben Straßenlaternen, blinkende Reklameflächen und beleuchtete Schaufenster die Nacht. In Asankangrwaa herrschte tiefste Schwärze. Als wären alle Lichter des Universums erloschen und kein einziges übriggeblieben, um dir deinen Platz zu weisen. Vor mir ging eine junge Dienerin der Nonnen. Sehen konnte ich sie nicht. Ich setzte Fuß um Fuß zögernd auf den Boden und lauschte auf ihr Luftholen. Gleichzeitig spürte ich Viktors Atem in meinem Nacken. Mein Körpergefühl verriet mir, daß wir uns bergab tasteten, doch ich hatte keine Ahnung, wann der Weg wieder ebenerdig geradeaus führen würde. Plötzlich berührte die Hand der Dienerin meinen Ellenbogen. Sie dirigierte mich sanft auf einen ebeneren Nebenpfad. Unvermittelt leuchteten vor uns in der Dunkelheit tausend winzige Funken auf. Glühwürmchen. Ich spürte Gras unter meinen Füßen.

»Ihr Haus, Doktor«, sagte Viktor hinter mir. Als ich die Hand ausstreckte, berührte ich eine steinerne Mauer. Ich hatte nur einen Meter davor gestanden und das Gebäude nicht bemerkt. Ich hätte mir an der rauhen Wand die Nase schrammen können.

Die Dienerin entzündete eine Petroleumlampe auf der

Veranda. Erst dann öffnete sie die Tür, einen Holzrahmen mit einem engmaschigen Netz gegen die gefährlichen Malariamücken. »Das ist Ihr Haus, Doktor«, erklärte sie. »Sie haben Glück. Bei uns im Dorf wohnen außer dem Doktor nur der Häuptling und der Herr Danssu in einem Steinbau.«

Mein Haus. Mit wieviel Stolz trat ich meinen ersten Erkundungsgang an. Rechts vom Eingang lagen zwei geräumige Zimmer. Im einen befanden sich nur ein einfacher Tisch und ein Stuhl. Im zweiten stand ein breites Bett, in dem Platz für mindestens zwei war. Links vom Eingang fand ich das Badezimmer. Der Betonboden war rauh, wie eine Mondlandschaft voller Blasen, kleiner Löcher und Erhebungen. Die eingelassene Abflußrinne führte zu einem bescheidenen Gemüsebeet hinter dem Haus. Dort sah ich auch einen riesigen Plastikbehälter, meinen Wasservorrat. Das alles war nur für mich da. Ich fühlte mich wie die ehrenwerte Häuptlingsmutter des Assanti-Stammes, der sich immerhin sämtlichen königlich britischen Truppen widersetzt hatte.

Mit einer gewissen Feierlichkeit stellte die Dienerin eine Thermoskanne mit Tee und eine gutgefüllte blecherne Keksdose auf den Tisch. Wo hatte sie diese Dinge so plötzlich hergezaubert? Ich wußte es nicht, doch sollte sich diese kleine Zeremonie jeden Abend wiederholen. Erst jetzt bemerkte ich, wie jung das Mädchen war. Fast noch ein Kind. Mit ihren dicken zausigen Locken wirkte sie wie ein schwarzes Schaf. »Memwadjo«, kicherte sie verlegen.

»Auch dir eine gute Nacht«, antwortete ich auf hebräisch, aber sie war schon verschwunden. Ich ging hinaus auf die Veranda, um mich auch von Viktor, der dort bis jetzt gewartet hatte, zu verabschieden. Ich wollte allein sein. Viktor sah mich fragend an.

»Der Bischof hat mich persönlich beauftragt, für Sie zu sorgen, Doktor. Ich werde Ihnen eine junge Frau bringen. Ich bleibe heute nacht hier im Dorf und trinke Bier, und dann vergnüge ich mich mit einem schönen Weib. Sie hat eine jüngere Schwester mit knospigen Brüsten. Fast noch ein kleines Mädchen, aber voller Saft, wie eine frische Ananas.«

Ich winkte erschrocken ab. »Ich gehe schlafen, Viktor. Ich bin müde.«

»Sie brauchen ihr nichts zu zahlen, Doktor. Bei Ihnen zu schlafen ist für sie eine Ehre. Sie sind nicht ihr erster, aber sie ist unten noch so rosig wie eine Jungfrau.«

»Viktor, ich gehe allein schlafen.«

Ich setzte mich aufs Bett und strich über die weiße Decke. Die Nonnen hatten sie in feinen Stichen mit zwei riesigen blauen Hähnen bestickt. Ich untersuchte das Moskitonetz nach Rissen, die einer Mücke Durchschlupf gewähren könnten. Dann streifte ich meine Kleider ab und legte mich nackt zwischen die erfrischenden Laken. Kurz vor dem Einschlafen vernahm ich aus der Tiefe des Urwalds einen Schrei. War ein wildes Tier in eine Falle geraten? Mein erster Abend in Asankangrwaa.

Mitten in der Nacht rüttelte jemand an der Gittertür. Fäuste hämmerten verzweifelt gegen den wackligen Holzrahmen. Ein starker Schlag, zwei schwächere. Ein starker Schlag, zwei schwächere. Hier sind alle geborene Trommler, dachte ich schlaftrunken, und fast alles kann als Trommel dienen. Baobab-Stämme, zum Trocknen über Steine gespannte Schafshäute, leere Coca-Cola-Flaschen, Kokosnüsse und auch meine Tür.

Es fiel mir schwer, die Lider zu öffnen.

»Doktor, wachen Sie auf. Das Baby steckt fest.«

Nie im Leben hatte ich eine so rauhe weibliche Stimme gehört. Sie klang, als würde eine Kuhherde trockene Zweige zertrampeln. War die Frau auf meiner Veranda mit Stimmbändern anderer Art ausgestattet?

»Doktor, bitte wachen Sie auf. Ich bin's, Ema, die Hebamme.«

Ganz allmählich wurde ich ins Wachsein gesaugt. So saugt man widerstrebende Säuglinge aus der Gebärmutter. Man preßt eine Saugglocke gegen den nackten Schädel und zieht mit Hilfe des Vakuums. Benommen und schwerfällig stieg ich aus dem Bett. Von unzähligen Nachtschichten als Bereitschaftsarzt in den Krankenhäusern daheim war ich das jähe Gewecktwerden gewohnt. Auch bei uns hämmern die Schwestern mitten in der Nacht grob gegen die Tür des Ärztezimmers. Ich schlug das Netz zurück, bot den Mücken kurz mein Fleisch dar und rieb mir mit einem kleinen Handtuch rasch den Schweiß ab.

Das Glas der Petroleumlampe war schwarz verrußt und beleuchtete vor allem die nackten Füße der Hebamme. Damals wußte ich noch nicht, nach welchen Kriterien die Nonnen die Krankenschwestern für ihr Hospital ausgewählt hatten. Sie fahndeten auf den Märkten nach jungen Frauen, die Sandalen trugen, in der Annahme, daß diese, anders als unbedarfte barfüßige Geschöpfe, fähig wären, als Schwestern zu fungieren und vor Gott und den Nonnen Rechenschaft abzulegen. Allein der Hebamme Ema wurde alles nachgesehen, sogar ihre Angewohnheit, barfuß zu gehen.

»Die Entbindung der Kleinen geht nicht voran. Sie quält sich seit heute morgen mit einer Öffnung von einer Fingerbreite.«

»Die Entbindung der Kleinen?«

»Sie ist erst dreizehn und gebärt zum erstenmal.«

»Bittet der Arzt des Krankenhauses mich um Assistenz?«

Die Hebamme Ema schwieg. Eine plötzliche Brise trug mir den säuerlichen Geruch frischen Bluts zu.

»Ist ein Arzt bei der Gebärenden?«

»Meinen Sie Doktor Okjagau?«

»Offensichtlich.«

»Gott behüte ihn und seinen kleinen Sohn Kuwassi. Als Doktor Okjagau hörte, daß ein Arzt aus dem Heiligen Land hierherkommen würde, hat er den Bus nach Accra genommen.«

»Wie bedauerlich, daß er gerade an dem Tag abgereist ist, an dem ich ankam.«

»Nehmen Sie es ihm nicht übel, Doktor. Wenn er nicht vor Sonnenaufgang aufgebrochen wäre, hätte er für sich, seine Frau und seinen kleinen Sohn keinen Platz mehr gefunden, denn der Autobus wird sofort mit Stoffen und Hühnern vollgeladen. Sie müssen wissen, daß die Reise nach Accra zwei oder drei Tage dauern kann, wenn der Bus im Schlamm steckenbleibt.«

»Und wann kehrt der Herr Doktor nach Asankangrwaa zurück?«

»Doktor Okjagau will an einen Ort reisen, der Australien heißt. Er sagte, Gott habe ihn zur Strafe für seine Sünden zwei Jahre lang in Asankangrwaa festgehalten. Aber in Australien würde er als Arzt geehrt werden und einen Anzug tragen wie die Weißen.«

Ich ahnte, daß die Hebamme mir mit ihrem Wortschwall etwas Wichtiges mitteilen wollte. Als es mir blitzartig klar wurde, erschrak ich: Ich war weit und breit der einzige Arzt.

Im Kreißsaal lag eine Gebärendc. Die Waden ihrer gespreizten Beine waren an zwei Eisenpfähle geschnallt. In einem Wald von Schamhaaren schimmerte ihre rosige geöffnete, vom Fruchtwasser weißlich glänzende Scheide. Eine einzige Öllampe tauchte den Raum in gedämpftes Licht. In der Luft mischten sich erstickende Gerüche von Petroleum, Blut, Alkohol zum Desinfizieren und Angstschweiß. Ema löste die Lederriemen. Die Beine des Mädchens fielen hilflos auf das Bett. Die Gebärende atmete schwer. Ihr schwarzer Bauch hob und senkte sich in raschem Rhythmus, aus ihrer Kehle drang schwaches Stöhnen.

»Sehen Sie selbst«, sagte Ema und näherte die Lampe dem Gesicht der Gebärenden. Es war ein kleines Mädchen, das da in den Wehen lag. Erstaunlich, daß so ein junges Geschöpf schon gebar.

»Ich habe Ihnen ja schon gesagt, daß sie erst dreizehn ist.« Ema fand ganz offensichtlich Vergnügen am naiven Entsetzen des Obroni-Arztes. »Daran werden Sie sich noch gewöhnen, Doktor. Hier spielen Zwölfjährige mit den Männern am Brunnen, und ein Jahr später stellen sie sich bei uns ein, um zu gebären. Hier im Wald ist das alles ganz einfach. Im Dunkeln hebt man das Röckchen, und die Männer finden ihren Weg.«

Das Mädchen wirkte benommen. Ihr Bewußtsein war meilenweit vom Kreißsaal entfernt. Die Bindehaut der Augen war selbst im Schummerlicht sehr blaß, und als ich zwei Finger an ihre Handwurzel legte, fühlte ich den hastigen Pulsschlag. Ich beugte ihre Beine, um sie zu untersuchen. Entsetzt blieb mein Blick an ihrem Becken hängen. Es war total verwachsen. Hier würde kein Säugling lebend herauskommen.

Ich hatte noch nie einen Kaiserschnitt ausgeführt. Noch

nie hatte ich Bauchmuskeln mit einem Skalpell durchtrennt und ein feuchtes Baby aus seinem Versteck hervorgezogen. Von einer solchen Operation hatte ich nicht einmal geträumt. Doch ohne Kaiserschnitt müßten das Mädchen und ihr Säugling zweifellos sterben. Die Geburtszangen, die an einem Schnürsenkel an der Wand gegenüber hingen, würden das Baby niemals aus diesem krummen Geburtskanal herausziehen können.

»Wir haben den OP für Sie vorbereitet, Doktor, und ins Dorf nach George-Albert, dem Narkosehelfer, geschickt. Er ist sicher inzwischen eingetroffen.«

Es gab keinen Ort, an den man die Ärmste hätte schicken können. Das spanische Missionshospital lag sieben Stunden Fußweg entfernt im Norden und das Krankenhaus der Goldminen sieben Stunden Fußweg entfernt im Süden. Eine solche Strecke würde das fast bewußtlose Mädchen mit Sicherheit nicht überleben.

»Doktor, es ist alles vorbereitet.«

Im OP von Asankangrwaa gab es kein Waschbecken und keinen Wasserhahn, keine adäquate Beleuchtung und natürlich weder einen Monitor zum Verfolgen der Herztätigkeit noch ein Beatmungsgerät. In der Mitte des Raums stand ein ausgedienter Küchentisch der Nonnen. Auf dem blechernen Rolltisch daneben lagen die Operationsinstrumente. Sie waren schon so oft in einem Kochtopf über dem offenen Feuer sterilisiert worden, daß ihnen Rauchgeruch entströmte. Von der Decke baumelte an einem Seil eine Petroleumlampe. Ein Missionshospital. Jesus war mit noch weniger ausgekommen, als er in Kapernaum Fiebernde, Aussätzige und Besessene heilte. Er lud sich die Leiden der Kranken auf. Das zumindest glauben die Nonnen.

Bevor wir in den Operationsraum gingen, führte Ema

mich zu einem nahen Baum. An seinen Ästen hingen merkwürdig geformte weißliche Lappen, die an erstarrtes Wachs erinnerten. Nach ein paar weiteren Schritten meinte ich, meinen Augen nicht trauen zu dürfen.

»Suchen Sie sich welche in Ihrer Größe aus, Doktor«, Ema deutete auf Dutzende im Baum hängender Handschuhe.

»Das sind Latexhandschuhe, die man nach dem Gebrauch wegwirft, keine Baumdekoration.«

Ema senkte den Blick und wich ein wenig zurück. Ich verstand damals noch nicht, wie peinlich ihr die Armut des Krankenhauses war.

»Wir sind leider gezwungen, sie zu waschen und wiederzuverwenden, Doktor. Die Diözese schickt uns keine neuen.«

Das wiederholte Waschen hatte die Latexschicht angegriffen, und die Handschuhe waren so dünn, daß sie jeden Augenblick zu zerreißen drohten. Ich traute mich kaum, die Finger darin zu bewegen.

»Nehmen Sie zwei Paar, und ziehen Sie eins über das andere«, riet mir Ema, »so hat Doktor Okjagau es auch immer gemacht.«

Der Narkoseassistent erwartete uns. Ein asketischer hochgewachsener Mann mit ausgemergeltem Körper und hervorstehenden Backenknochen. Er erinnerte mich an einen vertrockneten Zweig. »George-Albert der Zweite«, stellte er sich vor. »Gott möge Ihnen helfen, das unschuldige Kind dort zu retten.«

Ich fand schon damals bei unserem ersten Zusammentreffen, als ich den Operationsraum von seinem ermutigenden Lächeln begleitet betrat, großen Gefallen an ihm. »Sind Sie zugelassener Arzt, George-Albert?« erkundigte ich mich und hörte an seinem Auflachen, daß diese Frage ihm Vergnügen bereitete.

»Ich will Ihnen ein Geheimnis verraten, Doktor. Ich kann weder lesen noch schreiben, doch Sie finden im ganzen Bistum keinen besseren Narkoseassistenten als mich. Ich habe meine Zulassung vom heiligen Bischof Josef-Dewamne dem Dritten persönlich erhalten. Er hat mich im Beten geprüft.«

»Im Beten?«

»Jawohl, mein Herr, im Beten.«

Die Narkoseausrüstung war äußerst bescheiden und George-Alberts Aufgabe bestand darin, die richtige Dosis Ketamin, des einzigen Betäubungsmittels, das mir hier zur Verfügung stand, zu spritzen und dann zu beten, alles möge gutgehen. Ich merkte schnell, daß es das Totengebet war, das man an diesem Ort kennen mußte, denn es wurde oft gebetet. Zu oft.

Ema, die Hebamme, wandte den Blick ab, als ich meine Oberbekleidung ablegte und in die grüne OP-Uniform stieg. Sie reichte mir eine entsetzlich schwere Schürze aus dickem Gummi, wie sie Schlachter in Schlachthäusern tragen. Ich ertrug die Last, denn mir war klargeworden, daß sie die OP-Bekleidung vor Blut- und anderen Flecken schützen sollte. Während ich mich umzog, hatte Ema die Petroleumlampe zwischen die Beine der Gebärenden gestellt. Ihr hoch aufragender Bauch glänzte im schwachen Licht. Blaue Blutgefäße verzweigten sich unter der Haut wie im Mondlicht dahinfließende Ströme. Ema hielt sich schon neben dem Bett bereit, um mir auf Aufforderung die Instrumente zu reichen. Ich ließ mir von George-Albert die Hände gründlich einseifen, ein letzter Versuch, noch etwas Zeit zu gewinnen und zumindest einen Hauch von Sterilität heraufzubeschwören, doch dann konnte ich mich nicht länger drücken. Ich mußte das Messer ansetzen.

»Assasse ja dur«, sagt man in Ghana in solchen Augenblicken: Die Erde ist schwer. George-Albert spritzte noch eine Dosis Ketamin und bekreuzigte sich.

»Skalpell bitte.«

Den ersten Schnitt führte ich quer zur Richtung der Muskelfasern aus. Eine blutige Linie erschien, und ich atmete tief, um das heftige Pochen meines Herzens zu bezähmen. Ich bahnte mir den Weg zur nächsten Schicht wie ein ghanaischer Bergmann, der mit Hammer und Meißel den Goldadern nachgeht. Ich mußte Blutungen mit Nadel und Faden stillen. Innerhalb von Minuten war ich schweißüberströmt. George-Albert befeuchtete ein Handtuch mit Alkohol und tupfte mir das Gesicht ab.

Als ich endlich bis zur Gebärmutterwand vorgedrungen war und die Kopfbewegungen des Embryos deutlich spürte, erwachte die Patientin aus der Narkose. Es begann mit kleinen nervösen Bewegungen wie das Klimpern auf einem Klavier, und dann verzerrte sich ihr Gesicht vor Schmerz. George-Albert blieb ganz ruhig. Er schickte noch eine Dosis Ketamin hinterher und beobachtete dabei die Hände des Mädchens, die wieder erschlafften und aufs Laken fielen.

»Schneiden Sie weiter, Doktor, der Säugling wartet.«

Alles weitere erinnere ich nur wie durch einen Nebelschleier. Die starken Fasern des Uterus. Meine Finger, die sie durchdringen und einen feuchten schwarzen Klumpen berühren. In diesem Augenblick drängte die Hebamme mich zur Seite, tauchte ihre beiden Hände in die offene Gebärmutter und zog den Säugling heraus. »Er lebt!« rief ich aus, als Ema das Geschöpf in die Luft hob und seine kleinen Gliedmaßen zur Schau stellte. »Er ist vollkommen«, staunte ich, während Ema geschickt die Nabelschnur verknotete und, anstatt das sterile Skalpell zur Hand zu nehmen, aus ihrem Kittel ein bronzenes Messer mit rotem Griff zog, um den Strang mit einem schwungvollen Schnitt zu durchtrennen. »Mit dem Segen Assasse Afijas«, deklamierte sie laut und übertönte das erste Wimmern des Neugeborenen.

Ich konnte mich nicht beherrschen. Ich umarmte Ema samt Baby und drückte meine Lippen auf die warme Haut des Neugeborenen. »Gesegnet sei dein Eintritt in die Welt«, murmelte ich, »möge Gott dich beschützen, mögest du alle Gefahren überleben, die Malaria, die Schlangenbisse, das mit Salmonellen verseuchte Wasser, die Meningitis-Epidemien, das Tetanusvirus in der Erde und das Hepatitisvirus in der Luft, die zehrende Glut der Mittagssonne und das nächtliche, die Kinder anlockende Gelächter der Hyänen. Gesegnet sei dein Eintritt in die Welt, du bist das erste Geschöpf, dem ich aus dem Mutterschoß geholfen habe.«

Wieder klopfte es an meiner Tür, diesmal allerdings eher schüchtern. Das Dorf lag schon im Sonnenlicht, doch die Person auf meiner Veranda zögerte, den erschöpften Doktor zu wecken. Ich lag mit geschlossenen Augen auf meinem Bett und ließ die Geräusche von draußen durch die Schädelknochen in mein Gehirn dringen. Das Trappeln nackter Füße auf dem staubigen Weg. Das Lachen der Frauen, die sich gegenseitig in ihrer mir noch fremden Sprache neckten. Das kreischende Gegacker aufgeregter, vom Weg verscheuchter Hühner, das Knirschen der Palmwedel in einem plötzlichen Windstoß. Ich glitt ins Erwachen wie ein Wellenreiter auf einem langen, schaumgekrönten Brecher in die ghanaische Bucht. Durch den ersten vorsichtigen Lidschlitz füllte sich mein Sehfeld mit einem weißen Laken, dann hob mein Blick sich zum Moskitonetz, durch das kleingewürfeltes Licht fiel, und wanderte zum Bettgestell mit dem ungehobelten, leuchtendroten Holzrahmen.

Minuten verstrichen, bevor ich aufstand und zu dem jungen Mann auf die Veranda hinaustrat. Die schmutzigen lumpigen Hosen und die zerrissenen Gummisandalen wollten nicht zu seinem feinen Körperbau passen. Seine Haltung war die eines Mannes, der es nicht nötig hat, Hände und Kleidung mit grober Arbeit zu beschmutzen.

»Charles, wie der britische Kronprinz«, stellte er sich vor und streckte mir erfreut seine von einer weißlichen Cremeschicht bedeckte Hand entgegen. Aus der Nähe verbreitete Charles ein süßliches Aroma. Er bot mir eine Kokosnuß an, deren Spitze er glatt wie mit einer Guillotine abgeschlagen hatte.

»Trinken Sie das, Doktor. Kokosmilch weckt einen Mann schneller als der Anblick einer nackten Frau.«

Kokosmilch. Das also war der Ursprung des aromatischen Beischlafgeruchs.

Er schlüpfte über die Schwelle ins Haus und baute sich neben dem riesigen Plastikfaß auf. »Dieses Faß werde ich jeden Morgen mit frischem Wasser füllen«, erklärte er so feierlich, als würde er Ghanas Befreiung von den Engländern zum zweitenmal verkünden.

»Wo ist denn der Brunnen, Charles?« wollte ich wissen.

»Sehen Sie, dort.« Er führte mich wieder auf die Veranda und deutete auf das Gelände jenseits des staubigen Wegs. Etwa vierzig Meter entfernt standen Frauen an einem kleinen Brunnen. Einige trugen Säuglinge in farbigen Tüchern auf den Rücken, anderen hingen strampelnde Babys an der Brust – keine war ohne Kind. Eine nach der anderen trat zum Brunnen und hievte mit muskulösen Armen den Wassereimer in die Höhe.

»Sparen Sie sich die Mühe, Charles. Die Quelle ist so nahe. Ich werde mein Faß selbst füllen.«

Er riß entsetzt die Augen auf, als hätte ich das staubige Heiligtum der Erdgöttin Assasse Afija mit Meerwasser überschwemmt.

»Das können Sie nicht tun, Doktor. Das werden die Nonnen niemals zulassen. Das ganze Dorf wird über die Nigerianerinnen herziehen, wenn ihr Doktor Wasserfässer schleppt wie ein alter Diener.«

Seit jenem Morgen trugen Charles und ich einen verstohlenen Wettbewerb aus. Wer würde als erster beim Brunnen sein? Damit setzte ich mich leichtfertig über die örtlichen Gepflogenheiten hinweg und verletzte nicht nur Charles' Ehre, sondern auch die der vier freundlichen Nonnen und ihrer Patronin, der heiligen Theresa von Avila, die mich unter ihre Fittiche genommen hatten. Charles sah sich gezwungen, noch vor Sonnenaufgang, wenn die Aufmunterungsrufe der toten Stammeskrieger im Vogelgezwitscher ertönen, in mein Haus zu schleichen und sich mit zwei schwappenden Wassereimern durch die Morgendämmerung zu tasten.

Die vier Nonnen erwarteten mich, aufgereiht hinter einer Rabatte mit gelben Rosen, im Hof des Klosters. Sie lächelten und hatten ihre Hände einträchtig auf dem strahlendweißen Umhang gefaltet, doch konnten sie ihre Aufregung nicht verbergen. Den rührenden Anblick werde ich mein Leben lang nicht vergessen, selbst wenn mein Gehirn und mit ihm mein Erinnerungsvermögen sich im Laufe der Zeit auflösen sollten, und auch an die Namen werde ich mich stets erinnern: Schwester Viktoria, Schwester Apollonia, Schwester Charity und Schwester Maria.

Schwester Viktoria, die Äbtissin, löste sich aus der Reihe und kam auf mich zu. Die Nonnen hinter ihrem Rücken lächelten freundlich weiter, Schwester Viktoria aber setzte eine ernste Miene auf und blickte mir forschend in die Augen, als wollte sie in mein Innerstes dringen und suchte unter der unschuldigen Bläue meiner Iris nach dunklen, von Ungestüm und Verderbnis kündenden Flecken.

»Memwadjo, Doktor, guten Morgen!«

»Memwadjo, Schwester Viktoria, äh tä sän?«

Sie lachte, als ich sie in der Landessprache fragte, wie es ihr ginge, doch unterbrach sie die Erforschung meiner Augen keineswegs.

»Äh, jä. So weit, so gut. Sie erfassen die Sprache rasch.«

»Ich gebe mir Mühe, Schwester, sonst bliebe ich ja auf ewig ein fremder Gast.«

»Tewei ist keine schwierige Sprache, sie läßt sich leicht erlernen. Aber ein fremder Gast werden Sie dennoch bleiben, Doktor, genauso wie wir vom nigerianischen Yoruba-Stamm. Die Leute aus Asankangrwaa sind uns nicht immer freundlich gesinnt. Ich hoffe, Ihnen wird hier mehr Glück beschieden sein.«

»Oh, ich bin sicher, daß die Ghanaer Ihre Arbeit zu würdigen wissen. Beim Bischof habe ich nur Gutes über Sie gehört.«

Ihr Lächeln gefror. In ihrer Miene zeigten sich Autorität und Standhaftigkeit. Sie verachtete Schmeicheleien. Kein Wunder, daß man sie an diesem Ort, wo die Schlangen an Menschenbissen zugrunde gingen, wie Viktor mir gestern versicherte, Hunderte Kilometer von ihrer Heimatgemeinde entfernt, zur Vorsteherin der Nonnen bestimmt hatte. »Wir haben keinen Dank zu erwarten, Doktor. Doch ein jeder muß seine Aufgabe in der Welt erfüllen. Sie sind dazu bestimmt, Kranken zu helfen, und wie ich höre, haben Sie das heute nacht bereits mit Erfolg getan. Wenn Sie sich auf diese Arbeit beschränken, soll es Ihnen bei uns an nichts fehlen.«

Die Nonnen servierten mir mein Frühstück in ihrem mit Wohlgerüchen angefüllten Speisezimmer. Im Laufe der Zeit lernte ich es, zwischen dem Aroma exotischer Gerichte und dem Duft der Kokosmilch, mit der meine Gastgeberinnen allmorgendlich ihre jungfräulichen Körper einrieben, zu unterscheiden, ja, nach einer Weile wußte ich zu sagen, wer von ihnen am Morgen das Messingkreuz mit einer fettigen Masse poliert und wer die Waldblumen so ordentlich in den Rahmen des Marienporträts gesteckt hatte.

Schwester Viktoria wies mir einen Platz unter der Ikone mit der Heiligen Jungfrau an, die das Jesuskind auf ihrem Schoß wiegte. Der Erlöser trug einen gestreiften Matrosenanzug und ähnelte den wohlerzogenen englischen Knaben, die sich im vorigen Jahrhundert mit ihren Gouvernanten auf der Mole von Takoradi ergingen. So hatten die Ghanaer sich anscheinend den Heiland vorgestellt: weißhäutig und sommersprossig.

Aus ihrem waldblumenumkränzten Rahmen blickten die Madonna und der Messias neugierig auf mein Frühstück: einen Laib frisches Brot, in das man den Finger bohren und den noch warmen Inhalt herausholen konnte, ein Stückchen gelblicher Butter, ein Schälchen Honig, zwei grüne gebratene Kochbananen und natürlich eine Kanne starken schwarzen englischen Tees – jeder Schluck erinnerte an den Niedergang des Imperiums.

Die Schwestern Apollonia, Charity und Maria umkreisten mich emsig. Sie schenkten Tee nach, sobald meine Tasse leer war, schnitten das Brot und sahen mich groß an, als ich den Marmeladenlöffel ableckte. Ein fremdartiges Mannsbild mit schwarzbehaarter, vom Hemdausschnitt freigelegter Brust war in ihr Kloster eingedrungen. Lag Erotik im Lächeln der Nonnen, ein Anflug von Erregung? Oder bildete ich mir das nur ein? Sogar Schwester Viktoria beobachtete mich vom Gang aus, aber sie lächelte nicht. In ihren Augen erkannte ich eine Mischung aus Angst und Neugier; sie starrte mich an wie ein kleines Mädchen, das zum erstenmal im Leben einem großen Hund begegnet.

Oberschwester Decife führte meine Entourage an den Betten entlang. Die Morgenvisite des medizinischen Personals unterlag strengen Regeln: Die Position neben mir an der Spitze gebührte der Oberschwester in grüner Tracht und einem weißen Häubchen, in respektvollem Abstand folgten uns die merkwürdig gewandeten Schwestern, die in ihren nur bis zu den Knien reichenden, mit unzähligen rosa Punkten übersäten Kitteln eher für die Geburtstagsfeier des Nationalhelden Nkruma gekleidet waren denn für die Arbeit im Krankenhaus. Gelegentlich schlossen sich weitere, zufällig vorbeikommende Angestellte unserem Rundgang an: der Apotheker, die Gärtner, der Wasserträger, der Tischler, die Mäuse- und Rattenfänger.

Oberschwester Decife machte an jedem Bett halt und las aus dem Krankenbericht die Anweisungen des Arztes so laut vor, als würde sie die heilige Sonntagsmesse leiten, und die Schwestern wiederholten jedes ihrer Worte im Chor. Erst später verstand ich, daß diese Zeremonie, die mir zunächst lächerlich erschien, unerläßlich war für das Funktionieren des Krankenhauses: Nur Oberschwester Decife und die Hebamme Ema konnten lesen und schreiben, alle anderen waren bei ihrer Arbeit und bei der Einweisung der nächsten Schicht auf ihr Gedächtnis angewiesen, was bedeutete, daß sie die Verordnungen auswendig lernen mußten. Dennoch wurden Behandlungsanweisungen des öfteren vergessen, und dann erhielt der Bauchtyphuspatient seine Antibiotika nicht, oder der im Malariafieber Liegende bekam kein Chloroquin. Und ich, der dumme Arzt, stand vor einem Rätsel. Warum war der Kranke wieder nicht bei Bewußtsein, warum stieg trotz der ihm verabreichten Medikamente seine Fieberkurve steil an? Aber es war sinnlos, den jungen Mädchen böse zu sein, ihre Naivität und Unschuld machten mich hilflos. Wenn ich manchmal versuchte, die eine oder andere Schwester zu tadeln, rechtfertigte sie sich verlegen. Ja, die kleine bunte Kapsel hätte sie vergessen, aber sein Aspirin hätte der Kranke dreimal täglich bekommen. Wenn der Teufel vor einer kleinen glatten Kapsel Angst hat, dann muß er doch vor der großen weißen Aspirintablette mit dem eingeritzten Kreuz erst recht in die Knie gehen.

Bei jener ersten Visite spürte ich genau, daß ich den Schwarm der Leute, der jeden meiner Schritte gespannt verfolgte, auf keinen Fall enttäuschen durfte. Also tastete ich alle Bäuche behutsamst ab, beklopfte ausgiebig jede Leber und fahndete an allen verdächtigen Orten nach Lymphknoten. Auf dem Gipfel der Visite punktierte ich den Bauch eines Kranken, um nach einer Blutung zu suchen, und obwohl die abgesaugte Flüssigkeit sich als völlig klar erwies, wollte mir scheinen, daß die Schwestern diese Maßnahme gebührend würdigten.

Nach der eingehenden Untersuchung des ersten Kranken – ich hatte mich kaum aufgerichtet – stürzte Charles herbei und versperrte mir den Weg. Er drückte mir ein Stück Kernseife in die Hand, bedeutete mir, Arme und Hände bis zum Ellenbogen einzuseifen, und goß mir anschließend mit wahrer Begeisterung Wasser aus einer Kanne über die gewaschenen Gliedmaßen. Zwischen den Betten bildeten sich Pfützen. Nun zog Charles ein verschlissenes Handtuch von der Schulter und trocknete mich höchst würdevoll ab, ganz so, als nähme er an der Einsetzungszeremonie eines neuen Häuptlings teil. Diese Würde bei der Ausübung auch der einfachsten Arbeiten habe ich an vielen Ghanaern beobachtet.

Ich untersuchte siebzig Kranke. Siebzigmal wurden meine Anordnungen laut vorgelesen. Siebzigmal wurden mir die Hände mit fettiger Seife und kühlem Brunnenwasser gesäubert. Siebzigmal begegnete ich verzweifelten Blicken, die mich um Hilfe anflehten, um Linderung des Leids, um ein Ende der Erniedrigung, um Rettung vor dem nahenden Tod. Siebzigmal wurde mir, wenn ich mich von einem Bett abwandte, schmerzhaft klar, daß mein medizinisches Wissen unzureichend war.

An der letzten Abteilung, der Entbindungsstation, vorbei zog eine Reihe von Kindern über den Hof: die Schüler der Klosterschule von Asankangrwaa. Sie gingen paarweise und hielten sich an den Händen, doch ihre Neugier war stärker als die auferlegte Ordnung. Sie scherten aus und spähten durch die Fenster auf die Frauen in den Eisenbetten und auf die Holzwiegen mit den Neugeborenen. Dabei unterbrachen sie ihren Gesang nicht, sondern schmetterten falsch, aber aus voller Kehle weiter, um ihrer an der Spitze stolzierenden Lehrerin Folgsamkeit vorzutäuschen. Die hohen kindlichen Stimmen beruhigten mich plötzlich, und das Kirchenlied, das sie sangen, wurde zu meinem liebsten: May God be with you until we meet again.

Vor dem Sprechzimmer warteten schon Dutzende von Kranken. Sie drängten sich auf langen Bänken oder lagen auf der warmen Erde. Jäh einsetzender Ostwind trug aus dem Urwald einen seltsam faulen Geruch heran, der sich wie ein rottendes Kissen über alle anderen Gerüche legte. Der Wind strich über die gepeinigten Körper, streifte ihnen mitleidig den Geruch der Krankheit ab und verquirlte alles zu einem Gemisch, dessen Nuancen ich erst später zu unterscheiden lernte. Nach zwei Monaten intensiver Arbeit konnte ich den bitteren Schweiß der Malariakranken identifizieren, die süßliche Ausdünstung entzündeter Wunden der Arbeiter aus den Kakaoplantagen und den feinsten und flüchtigsten, allen Müttern hinlänglich bekannten Duft des weiblichen Guinea-Wurms, der sich unter die Haut der Säuglinge stiehlt, um sich dort tausendfach zu vermehren.

Zwölf Uhr mittags. Einige der Wartenden waren die ganze Nacht über Waldpfade gewandert, gegen Sonnenaufgang eingetroffen und saßen seitdem vor dem Eingang der Klinik. Dennoch war von Ungeduld nichts zu spüren. Manche hatten vor Antritt der Wanderung tagelang erwogen, ob sich der Weg auch wirklich lohnte, andere hatten den Arztbesuch bereits monatelang vor sich hergeschoben, bis die Krankheit unerträglich geworden war. Eine ärztliche Untersuchung kostete eintausend Cedis, circa fünfzehn amerikanische Cents, und wenn dann noch Medikamente gekauft werden mußten, konnten die Ausgaben sich gut und gern auf einen ganzen Dollar belaufen – eine erschreckend hohe Summe für jemanden, der zehn Dollar im Monat verdient und davon acht Kinder, greise Eltern und weitere Angehörige, die noch ärmer sind als er, ernähren muß.

Die meisten der Patienten waren Säuglinge. Gott liebt die Säuglinge. Das pflegte der Geistliche den Dörflern einzutrichtern, als hätten sie es nicht schon immer gewußt. Sie selbst schleppten sich jahrelang, von Tuberkulose geplagt, schwer atmend und blutspuckend in die Silberstollen oder in die Kakaoplantagen, doch den Anblick ihres Blut und Lungengewebe aushustenden Babys ertrugen sie nicht. Dann verkauften sie die Hühner oder knappsten einen ganzen Monat lang an den Kassave-Rationen, um sich eine Konsultation leisten zu können. Nirgends lastete die Verantwortung für meine Patienten so schwer auf mir wie hier, wo ich wußte, welche Opfer ein Arztbesuch von ihnen verlangte.

Die Kleinen waren erstaunlich still. Einige lagen saugend an den Brüsten ihrer Mütter, andere kuschelten sich, in ein buntes Tuch gewickelt, an warme Rücken. Ab und zu ließen sie ihre Köpfchen zur Seite fallen und entschlummerten sanft. Mutter und Kind wirkten wie ein einziges Wesen, wie miteinander verwachsen.

Paulina, ein junges Mädchen, das zu meiner Sprechstundenhilfe ernannt worden war, notierte in runder Schönschrift die Namen und Familiennamen der Kleinen. Um das ungefähre Alter zu ermitteln, führte sie oft längere Unterhaltungen mit den Müttern über die Ereignisse der letzten Zeit, über den Vollmond vor dem Tod des Häuptlings des Dorfes Hali oder die Überschwemmung der Bananenplantagen. In jenen ersten Tagen verstand ich natürlich noch nicht, worum sich die Gespräche drehten. Wenn Paulina alles Nötige notiert hatte, beugte sie sich zu mir und übersetzte meine Fragen mit schüchternem Stimmchen aus dem Englischen in das einheimische Tewei und die Antworten aus dem Tewei ins Englische. Manchmal zögerte sie und blickte mich mitleidig an; dann wußte ich, daß ich eine Frage gestellt hatte, die man hierzulande nicht stellt.

Tewei hatte ich längst gelernt, bevor ich wußte, was man als Arzt in Asankangrwaa fragen durfte und – vor allem – was nicht. Schließlich war ich kein Priester, der Geister austreiben konnte, und auch kein Abgesandter Jesu; ich galt sogar deutlich weniger als der Häuptling dieses abgelegenen Ortes.

An jenem ersten Tag untersuchte ich Dutzende von Säuglingen. Manche wurden vom Malariafieber geschüttelt, manche trockneten wegen einer Darminfektion aus, manche waren am Verhungern, weil riesige Würmer in ihrem Inneren die aufgenommene Nahrung vertilgten. Besonders erschreckte mich die hohe Zahl der Malariafälle. Nach sieben angestrengten Arbeitsstunden war ich in der Lage, die Malaria im gleichen Moment zu diagnostizieren, in dem mir ein fieberheißes Baby auf die Knie gelegt wurde. Die Zeichen waren eindeutig: eine Schweißschicht, die auf der Haut blubberte wie in heißes Öl gespritzte Wassertropfen. Heftiges, das Körperchen erschütterndes Beben. Ein gequälter, nach innen gerichteter Blick. Die marmorfarbene Bindehaut der Augen, die in mir die Befürchtung auslöste, der Körper könnte sich binnen kurzer Zeit auflösen und ganz und gar aus der Welt verschwinden.

Gegen Sonnenuntergang, die Petroleumlampe war angezündet und an einem Wandnagel aufgehängt worden, wurde das letzte malariakranke Baby gebracht. Die Mutter hatte den dreißig Kilometer langen Weg aus dem Dorf Massiso mit ihrem auf dem Rücken verschnürten Säugling zurückgelegt. Ihre blutenden Füße hinterließen rote Streifen auf dem Betonfußboden, doch die junge Frau schien den Schmerz nicht mehr zu spüren. Wortlos ging sie zum Untersuchungstisch, drehte ihm den Rücken zu und riß mit einer Bewegung den Knoten vor der Brust auf. Das Baby fiel auf die Matratze. Ich antizipierte das Aufschlagen des Körpers auf dem Plastikschutz, doch was ich vernahm, war nur das Rascheln eines dürren Blattes, so ausgetrocknet und verschrumpelt war der kleine Leib. Die Wimpern der geschlossenen Augen waren lang und sehr hell, als hätte das hohe Fieber sie versengt. Das arme Wesen schien zu schwach, um die Lider zu heben. Die Ärmchen lagen schlaff auf der Matratze, und nur der sich rasch hebende und senkende Bauch zeigte an, daß dieses Kind noch lebte.

»Kuwassi.« Die Mutter nannte seinen Namen. Ihr Blick schweifte schnell über die Gesichter der Anwesenden und suchte nach dem Retter ihres Babys. Zweifelsohne war es in einem kritischen Stadium der Malaria zu uns gebracht worden. Die erwachsenen Formen des Parasiten, die Merozoiten, hatten sich in seinen roten Blutkörperchen schon wie wild vermehrt. Nun sprengten sie die roten Blutkörperchen und ergossen sich zu Tausenden in den Blutstrom, wo sie sich weiterer Blutkörperchen bemächtigten und den zerstörerischen Kreislauf fortsetzten. Hier in Asankangrwaa traf ich besonders häufig auf die aggressive Form des Erregers, den Plasmodium falciparum, der die Blutkörperchen alle zwei Tage sprengt. Das bedeutet, daß der Organismus des bedauernswerten kleinen Kranken innerhalb von achtundvierzig Stunden zweimal erschüttert und vom Fieber ergriffen wird, bis sich herausstellt, ob er überlebt oder stirbt.

Seine Milz war riesig. Die Krankheit mußte schon ein paar Tage toben. Warum hatte die Mutter ihr Baby erst heute gebracht? Ich wagte sie nicht danach zu fragen. Vielleicht war es ihr erst heute morgen gelungen, die geringfügige Summe für den Besuch im Krankenhaus aufzutreiben. Wegen fehlender fünfzehn Cents müssen hier Kinder sterben. Der Kleine brauchte dringend eine Bluttransfusion.

In Asankangrwaa gibt es keine Blutkonserven. Der Kühlschrank, der zur Aufbewahrung frischen Bluts vorgesehen war, verrostete im Hof. Vor meinen erstaunten Augen drückten die Schwestern die Mutter aufs Bett, und das kranke Baby wurde ihr zu Füßen auf den rohen Betonboden gelegt. Paulina reichte mir eine Infusionsnadel und einen gebrauchten Schlauch. »In Asankangrwaa praktizieren wir direkte Transfusionen von Vene zu Vene«, erklärte sie mir. Das widersprach allem, was ich gelernt hatte. Eine Unverträglichkeit der Blutgruppen von Mutter und Kind konnte verheerende Folgen haben. Paulina sah mir fest in die Augen, und ich fühlte mich zu neu und zu fremd, um mich hier und jetzt mit ihr auf eine Auseinandersetzung einzulassen. Resigniert fügte ich mich in meine Rolle, ich hatte ja keine Wahl.

Das Einführen der Nadel in eine Vene am Arm der Mutter verlief problemlos. Nach Jahren des Wasserholens vom Brunnen, des Zerquetschens der Kassave und des Unkrautjätens hoben sich die geschwollenen Venen unter der Haut ab. Die Venen des Kleinen dagegen waren verkümmert. Ich tastete minutenlang vergeblich nach einer passenden Ader. Schließlich drückte ich die Nadel verzweifelt unter die trokkene Haut. Zu meiner Überraschung glitt sie, wie von der Lebensgier des Säuglings angesaugt, fast wie von allein in eine Vene.

Geschickt schlossen die Schwestern den durchsichtigen Verbindungsschlauch an, und die ersten Blutstropfen der Mutter träufelten in die Vene ihres Kindes. Schwindlig trat ich ein paar Schritte zurück, bis mein Rücken gegen den Medizinschrank stieß. Mir war, als zöge sich der Raum um mich zusammen und alles, was blieb, waren Mutter und Kind, verbunden durch eine neue Nabelschnur.

Nachdem das langsame Tropfen verebbte und die Transfusion beendet war, hob ich den Kopf und blickte hinaus auf die Veranda. Es war dunkel geworden. Als wäre ein weiches schwarzes Tuch vom Himmel auf das Dorf geschwebt. Nur die Sterne glänzten durch das dichte Gewebe hindurch.

Vorsichtig tastete ich mich den Pfad hinab. Erst an seinem Ende wurde mir leichter ums Herz.

3

Wenn der Wind dir eine Gabe bringt, beschwere sie mit einem Stein

Alles begann an dem Tag, an dem man Kofi zu mir brachte, den tollwutkranken Jungen.

Ich war hinausgegangen, um mich neben der Abflußrinne zu rasieren. Sie führte zu einem Beet, auf dem Charles Yams und Kassave anbaute. Ich stellte zwei Schalen mit modrig riechendem Brunnenwasser auf den Boden, dazu legte ich die Rasierseife und einen kleinen Spiegel. Dann hob ich meinen Blick zu den fernen Rauchwolken, die über den Baobab-Kronen aufwirbelten. Dort hinten schien der Wald zu brennen.

Und dann sah ich das Ungeheuer. Direkt vor mir, kaum einen Schritt entfernt. Fliegen umschwärmten die gelben, zur Hälfte mit grober Haut bedeckten Augen, doch das Biest blinzelte kein einziges Mal. Aus dem mächtigen, mir zugewandten Kopf ragten zwei spitze Hörner hervor. Auf dem Rücken erhoben sich zwei riesige dunkelbraune Hökker. Erst als ich die beiden schwer baumelnden Hodensäcke bemerkte, erkannte ich, daß ich einen der gefürchteten afrikanischen Stiere vor mir hatte.

Ganz ruhig bleiben, befahl ich mir selbst, nur keine plötzliche Bewegung. Gib keinen Laut von dir, das könnte ihn ärgern. Mach einfach weiter. Ich holte tief Atem und begann, mich vorsichtig zu rasieren. Daß nur die Hand nicht zittert! Ich zog die Rasierklinge mit langen Bewegungen über die Wangenknochen und warf ab und zu einen verstohlenen Blick auf die Hörner. Der Stier schüttelte nur bedächtig den riesigen Schädel und verzog die Maulenden wie zu einem verlegenen Lächeln.

»So, das wäre geschafft«, erklärte ich ihm. »Die Vorstellung ist zu Ende. Ich räume dir das Feld und gehe ins Haus. Wir wollen doch beide ganz ruhig bleiben, nicht wahr?«

Das Untier nickte bedächtig wie zur Bestätigung, machte kehrt und schritt gemächlich davon. Doch als ich meine Veranda erreichte, mußte ich zur Kenntnis nehmen, daß ich ihn noch längst nicht los war. Im Gegenteil. Er schnellte hinter der anderen Hausecke hervor und gesellte sich zu seinen vier Artgenossen, jeder mindestens eine halbe Tonne schwer, die genüßlich vor meiner Tür weideten.

Erst später erfuhr ich, daß die Tiere zur Herde des Herrn Danssu, des Krösus von Asankangrwaa, gehörten. Seine Besitztümer waren im ganzen Dorf verstreut und demonstrierten Herrschaft. Im Zentrum befand sich sein großer Laden, die Ginbrennerei stand am Eingang, im Norden erstreckten sich die Bananenplantagen, deren dickfingrige Ausläufer bis in den Wald vordrangen, und seinen Kaninchenställen unter dem heiligen Baobab verdankten etliche Familien ihren Lebensunterhalt. Dutzende von Näherinnen arbeiteten für ihn in länglichen Hütten neben der berüchtigten verlassenen Höhle, in der ein böser Geist namens Sassabonssam hauste. Seine Kühe und sein Geflügel durchstreiften als Emissäre ihres Eigentümers alle Ecken, genauso wie die fünf Stiere, die vor meiner Veranda weideten; dies war sogar ihr Lieblingsplatz, wie ich in den nächsten Tagen und Wochen feststellen sollte.

Herrn Danssu überreden zu wollen, seine Biester von meinem Gelände fernzuhalten, wäre verlorene Liebesmühe gewesen. Er glaubte, daß ihre Leiber die verlorenen Seelen derjenigen seiner Diener beherbergten, die es nicht bis ins Himmelreich geschafft hatten. Deswegen waren die Stiere so unterwürfig, und deswegen gab es auch keinen Grund, sich vor ihnen zu fürchten oder sie zu verscheuchen.

An jenem Morgen begleitete mich der Stier bis ins Krankenhaus, als wäre seine sanfte Seele der meinen eng verbunden. Die Dörfler, denen wir begegneten, zeigten weder Schrecken noch die leiseste Verwunderung. Sie wünschten mir lediglich ein freundliches »Memwadjo« und verbeugten sich vor dem mächtigen Vieh genauso wie vor mir.

Die Morgenvisite war fast vorüber. Wir standen vor dem letzten Bett. Dort lag ein nackter Junge und kniff zum Schutz vor den Sonnenstrahlen, die sich in der gläsernen Tür des Medikamentenschranks brachen, schmerzerfüllt die Augen zu. Er erregte große Anteilnahme. Die Schwestern scharten sich um sein Bett, als läge dort der schönste aller Männer, doch nur die Oberschwester wagte es, ihn zu berühren. Sie rieb seinen Körper mit einem feuchten Tuch ab, säuberte seinen After besonders gründlich und überreichte ihn mir dann wie ein kostbares Geschenk.

Vier Männer hatten ihn in einer improvisierten Trage, einem Bündel aus kostbaren Stoffen, ins Krankenhaus gebracht. Unterwegs hatte er ununterbrochen gejault und seltsame Hyänenlaute ausgestoßen, die so unerträglich gewesen waren, daß sie ihm den Mund mit einem Bananenblatt zubinden mußten.

Jetzt warf der Junge seinen Kopf hin und her wie ein gefangenes Tier, das sich von seinen Fesseln befreien will. Behutsam befingerte ich seinen Nacken und löste das verknotete Bananenblatt. Es entblößte jählings seinen linksseitig verzerrten Mund, der schaumigen Speichel absonderte.

Als ich das Stethoskop auf seine Brust setzte, passierte etwas Seltsames: Das Kind krümmte und verkrampfte sich. Ich versuchte es ein zweites Mal, und jetzt spannte sich der Körper wie ein Bogen und wand sich hin und her. Die Reaktion erfolgte so plötzlich, als hätte das Stethoskop einen Stromstoß durch den kleinen Leib gejagt.

Der Junge strampelte und wand sich zehn oder zwanzig Sekunden lang, doch als mir die Valiumspritze gereicht wurde, brauchte ich sie schon nicht mehr. Der Anfall brach so unvermittelt ab, wie er gekommen war. Der Kranke sah verwirrt in die Welt und stammelte unverständliche Silben. Manchmal schien es, als erstarrten seine Kiefermuskeln mitten in der Bewegung. Nie im Leben war mir etwas Ähnliches begegnet.

Auf seiner rechten Wange zeigten sich verschorfte Kratzspuren, die wirkten wie fünf parallele, unter der Kinnlade zusammenströmende Flüsse.

»Der Geist hat ihn angegriffen, als er sich etwas Erdreich stahl und Gräser ausriß. Wir sind zu der Priesterin hier in Asankangrwaa gegangen und wollten den Geist mit einer Flasche Gin entschädigen, doch er blieb unversöhnlich.«

»Und wie hat der Geist ihn angegriffen?«

»Er hat sich in einen schwarzen Hund verwandelt und das Kind mit fünf Klauen gezeichnet.«

Ein Hund. Ich drehte das Kind auf den Bauch und fand meine Vermutung bestätigt: Anzeichen eines Bisses. Ein kleiner, aber deutlicher Einriß an einer Hinterbacke. Wieso war ich nicht eher darauf gekommen? Tollwut. Alles wies darauf hin. Die tiefen Kratzspuren und der Biß, der dickflüssige Speichel, die durch den kleinsten Reiz hervorgerufene wilde Unruhe, die Muskelkrämpfe, das Zappeln. Mit der Diagnose stellte sich auch die Prognose ein: Tod. Wenn man das Kind früher gebracht hätte, hätte ich es schnellstens in die Bezirkshauptstadt Takoradi überwiesen, wo man ihm vielleicht noch gerade rechtzeitig aktive und passive Impfungen hätte verabreichen können. Aber in diesem fortgeschrittenen Stadium gab es keine Rettung mehr. Der Junge würde in immer tiefere Bewußtlosigkeit versinken und schließlich sterben.

»Er hat die Tollwut«, flüsterte ich Schwester Decife zu. »Da ist schon nichts mehr zu machen. Am besten, man bringt ihn wieder nach Hause. Ein Krankenhausaufenthalt ist reine Geldverschwendung.«

Schwester Decife wich erschrocken zurück und bekreuzigte sich. »Das ist unmöglich. Niemand im Dorf soll sagen können, daß wir nicht alles getan hätten, um Kofi zu retten. Er muß hier bleiben. Geld spielt keine Rolle.«

»Ich verstehe Sie nicht. Natürlich spielt das Geld eine Rolle. Die Nonnen nehmen Tausende von Cedis für jeden Tag. Wie soll die Familie anschließend das Geld für die Beerdigung aufbringen, für die Schafe, den Dattelwein, die neue Kleidung?«

Decife enthielt sich einer Antwort, sie schenkte mir nur einen weiteren mitleidigen Blick. Der Junge blieb im Krankenhaus. Ich konnte mir leicht vorstellen, wie er sich in Krämpfen wand, wann immer ein Sonnenstrahl seine Augen traf oder jemand das nackte Körperchen mit den Fingerspitzen berührte.

Als ich gegen Abend über den Hof des Krankenhauses

dem Seitenpfad zustrebte, der, durch dichte Vegetation sich abwärts schlängelnd, zu meinem Haus führte, traf ich auf eine Unmenge von Hühnern, die zwischen den Baracken der einzelnen Abteilungen frei herumliefen. Sogar hier, in einem Bezirk, der steril und ganz gewiß frei von Tierexkrementen sein sollte, wurden die Gebote der Hygiene bedenkenlos übertreten. Die Wächter, die Schwestern, die Feger und selbst die nigerianischen Nonnen ließen ihre Hühner nach Belieben in den Gräsern picken. Im Innenhof weidete eine krummbeinige, an den großen Jeep des katholischen Klosters gebundene Ziege und verdreckte das Fahrzeug mit ihren Absonderungen, woran sich niemand störte, obwohl dieses Gefährt schon in den nächsten Tagen als Krankenhaus auf Rädern zu einigen abgelegenen Dörfern aufbrechen sollte. Ich ärgerte mich fürchterlich und trat vor Wut nach einem Huhn. Erst in diesem Augenblick erkannte ich, wie hilflos ich war und – wie niedergeschlagen. Ich verspürte große Traurigkeit, eine zähe Schwermut, die in Asankangrwaa »Satansspucke« heißt. Sie heftet sich an die Rippen und drückt auf die Lungen. Es war die Spucke des Satans, die mich am freien Atmen hinderte.

Sie schälte sich erst unter der Dusche von mir ab. Ich stand nackt, die Beine über der Abflußrinne gespreizt, auf dem Betonboden. Ich seifte mich ein und schrubbte die widerliche Schicht von mir ab. Vorsichtig, um das Gleichgewicht nicht zu verlieren, hob ich den Wassereimer bis in Schulterhöhe und goß mir einen Schwall über den Körper. Das erfrischende Naß floß sanft über meine Haut, und ich erschauerte vor Genuß. Im schwachen Licht der untergehenden Sonne füllte sich meine Waschkammer mit Schreien, Kreischen und Pfeifen aus dem nahen Urwald. Die Satansspucke aber floß mit dem Waschwasser durch die Rinne hinaus auf das Kassave-Beet und suchte sich ein neues Opfer.

Am nächsten Morgen lag der kranke Junge, wie nicht anders zu erwarten, völlig umnebelt auf seinem Lager. Ich wunderte mich über das saubere bunte Laken unter seinem schwitzenden Körper. Es war mit blauen Schädeln bedruckt, wie ich aus der Nähe entsetzt zur Kenntnis nahm. Jemand hatte sich die Mühe gemacht, den Betonboden um das Bett herum zu säubern und ein Holzkreuz am Kopfende zu befestigen.

Nicht weniger als die Symptome der Tollwut erschreckte mich der Blick des kranken Kindes. Während sein Körper haltlos war, lag in seinen Augen unendlicher Frieden. Ich hatte schon des öfteren halb bewußtlose Kinder gesehen, doch ihr Blick war leer und dumpf gewesen. Der Blick des Jungen hier war hell und von seltsamem Glanz erfüllt. Als hätte er dem Tod in die Augen gesehen und sich wunderbar beruhigt.

Am fünften Tag seines Aufenthalts bei uns trat ich gegen Abend an sein Bett und sah ihn zu meiner Verwunderung wach und mit weit geöffneten Augen daliegen. An die Stelle der glänzenden Helle, die mich so erschreckt hatte, war triste Trübheit getreten. Die Augen bewegten sich verstört hin und her wie eine Maus in der Falle.

»Er hat überlebt«, erklärte ich. »Ein wirkliches Wunder. Das Kind ist gerettet.«

Schwester Decife bekreuzigte sich. »Gott hat ihm seinen Segen noch nicht geschenkt.«

»Oh, meiner Meinung nach ist der Junge im Himmel gewesen«, erwiderte ich, »und hat aus irgendeinem Grund beschlossen, in unser irdisches Jammertal zurückzukehren.«

Noch am gleichen Abend, als die Milchstraße am nächtlichen Firmament funkelte, tauchte das Kind seine Hand in eine Schale mit Fu-Fu und leckte sich den Kassave-Brei mit einem flinken roten Zünglein von den Fingern. Nach drei Tagen erschienen die vier Männer mit der Trage, wickelten den kleinen Körper in kostbare bunte Tücher und trugen ihn davon.

Erst von unserem Frisör Thomas-Kodwo erfuhr ich, wer der Junge war, der wider alles Erwarten die Tollwut überlebt hatte.

Thomas-Kodwo genoß in Asankangrwaa einen besonderen Ruf, denn er hatte in den fünfziger Jahren mit dem Vater der Nation, Kweima Nkruma, im Gefängnis gesessen, nur zwei Zellen von ihm entfernt. Zwar war Nkruma verhaftet worden, weil er zum Generalstreik gegen die britische Herrschaft aufrief, und der Frisör saß hinter Gittern, weil er einem anderen Mann im Streit um eine Prostituierte die Kehle aufgeschlitzt hatte, doch in Asankangrwaa fielen derartige Kleinigkeiten kaum ins Gewicht. Die meisten Einwohner wußten nichts von einer britischen Herrschaft über Ghana, denn die Eroberer hatten sich nicht die Mühe gemacht, bis in die Tiefe der Wälder vorzudringen.

Aufgrund seines Ansehens erhielt Thomas-Kodwo vom Häuptling die Erlaubnis, sich an einer Kreuzung zweier Pfade nahe der katholischen Kirche einen Frisörsalon einzurichten. Dieser bestand aus vier, mit einer Mischung aus Teer und Harz bestrichenen Holzwänden und einem Dach aus Buschwerk. Drei Holzkisten dienten den Kunden als Sitzgelegenheiten. An der Vorderseite lächelten pausbäkkige, elegant frisierte Männer- und Frauenköpfe glücklich von einem überdimensionalen Schild.

Thomas-Kodwo war ein geduldiger, fast träger Mensch. Es war nicht seine Art, ein Gespräch zu beginnen, er wartete lieber, bis seine Kunden zu sprechen anfingen. Mir zu Ehren hielt er die Klingen seiner Schere in die Flamme seines Feuerzeugs, wie ich es ihm gezeigt hatte, um sie zu sterilisieren. Für ihn stellte das keine minimale Vorsichtsmaßnahme dar, denn er hatte keine Ahnung, daß er seine Instrumente sterilisieren mußte, noch dazu in einer von Aids und Hepatitis befallenen Gegend. Höchstwahrscheinlich vermutete er, es handele sich um eine religiöse Zeremonie, die ich vor einem Haarschnitt zu zelebrieren pflegte. Zur Abkühlung der Klingen wedelte er mit der Schere in der Luft herum. Dann fuhr er mir mit einem Holzkamm bis an die Haarwurzeln, hob den Kamm schwungvoll an und schnitt mit einer raschen Bewegung die Spitzen ab.

»Äh jä, Doktor. Nicht schlecht. Ich höre, Sie haben ein Löwenjunges kuriert.« Er hielt mir eine Spiegelscherbe vor die Augen, damit ich sähe, was von meinen schwarzen Locken übriggeblieben war. Im Gegensatz zu den fröhlichen Frisierten draußen auf dem Schild lächelte Thomas selbst mit zusammengepreßten Lippen, wie um seine weißen Zähne zu verbergen. »Löwenjungen haben es schwer im Leben, Doktor, sie müssen um ihren Anteil kämpfen, um jeden Fetzen Fleisch, den die Löwenmutter anschleppt. Auch wenn das von ihnen geheilte Kind der Liebling der Familie ist, so muß es doch um seine Nahrung kämpfen.«

»Von wem reden Sie, Thomas-Kodwo?«

»Sind Sie so dumm, Doktor, oder stellen Sie sich dumm?«

Die beiden Frauen, die mit gespreizten Beinen geduldig wartend auf dem Boden saßen, brachen in Lachen aus. Sie verstanden zwar kein Englisch, aber sie hatten mein tiefes Erröten bemerkt.

»Sie sprechen in Rätseln«, gab ich ärgerlich zurück, »ich weiß nicht, was Sie meinen.«

»Kofi, der Junge, den Sie aus den Krallen des Satans gerissen haben, ist der älteste Sohn des Herrn Danssu. An jedem einzelnen Tag, den Kofi im Krankenhaus verbrachte, schloß Herr Danssu sich in seinem Haus ein und ging nicht auf die Felder hinaus, nicht einmal in der Brennerei ließ er sich sehen. Kaum, daß er aß und trank. Gestern, als Kofi wohlbehalten zu Hause eintraf, veranstaltete Herr Danssu ein großes Fest. Er bat die große Priesterin, in seinem Hof einige Ziegen zu schlachten, bis das Blut den Abhang hinunterfloß und sogar die Schule umspülte. Leute kamen und fingen das Blut in Schalen ein, um es ihrem Fu-Fu-Brei hinzuzufügen.«

Thomas-Kodwo machte sich mit einem Rasiermesser in meinem Nacken zu schaffen und sprach erst wieder, als die Haut dort glatt wie Mangoschale war.

»Haben Sie das Geschenk des Herrn Danssu schon erhalten?«

»Nein, ich wußte gar nicht, daß ich ein Geschenk zu erwarten habe.«

»Aber sicher doch, Doktor. Schließlich haben Sie ein Wunder vollbracht.«

»Meinen Sie, Thomas, ich könnte Herrn Danssu als Gegenleistung bitten, seine Stiere aus meinem Garten fernzuhalten?«

Wieder wurde mir eine Spiegelscherbe vors Gesicht gehalten, aber diesmal wollte der Frisör mir seine mißbilligende Miene zeigen.

»Bei uns in Ghana, Doktor, entscheidet der Gebende über das Geschenk und nicht der Empfangende. ›Wenn der Wind dir eine Gabe bringt, beschwere sie mit einem Stein‹, heißt es hier.«

Wer einen Sonnenuntergang in Asankangrwaa gesehen hat, und sei es auch nur ein einziges Mal, den wird die Sehnsucht nach dieser überirdischen Schönheit ein Leben lang begleiten.

An jenem Abend beobachtete ich das magische Versinken des Feuerballs von meiner Terrasse aus; ich war dabei nicht allein. Die Stiere des Herrn Danssu rieben ihre Bäuche aneinander und streckten ihre Schädel der riesigen Sonne entgegen, während sie im Regenwald versank und die Baumkronen in tausend Rot- und Goldtönen aufflammen ließ. Der Himmel spiegelte den Brand ins Unendliche, das ganze Universum stand in Flammen.

Auf dem Pfad verharrte ein alter Mann. Er trug eine blaue, unter den Achselhöhlen zusammengeraffte Kente, den traditionellen Stoffumhang der Ghanaer. »Das Werk Gottes«, sagte er und reckte sein Kinn himmelwärts.

Ich schwieg.

»Das ist Gottes Werk«, wiederholte der Alte jetzt etwas lauter, um das Schweigen zu übertönen. »Er entzündet ein Lagerfeuer für unsere Ahnen, damit sie sich zusammenscharen und Asankangrwaas Geschichte erzählen.«

Durch die Fliegengitter strömte der süßliche Geruch reifer Guaven ins Zimmer. Das Drahtgeflecht schützte mich wohl vor den Anophelesmücken, doch nicht vor der Einsamkeit, die mich jählings ansprang und meine Seele mit schwerflüssigem Harz füllte.

Der Mond näherte sich. Der narbige leuchtende Ball hing so nah über der Erde, daß seine Krater und Krusten gut zu erkennen waren, und Glückskinder konnten ihn vor dem Einschlafen berühren. Mir erlaubte das Mondlicht, am Tisch ohne Petroleumlampe den Wälzer »Tropische Medizin und Parasitologie, hrsg. von Goldsmith und Heinemann« zu lesen, den ich in einem Londoner Buchladen ergattert hatte. Das konzentrierte Studium der Absätze über Darmwürmer beruhigte mich irgendwie und half mir sogar, die Begierde meines einsamen Körpers zu vergessen. Doch als ich aus der Kanne, die mir Gijamima, die kindliche Dienerin, allabendlich brachte, Tee einschenkte, starrte ich lange in die schwarze Flüssigkeit, die mich, samtig und duftend wie sie war, an die jungfräuliche Haut der Nonnen erinnerte. Geschlossenen Auges stellte ich mir Schwester Apollonia vor, wie sie in der Klosterküche mit Hilfe eines Baumwollbeutelchens Tee aufbrühte.

Ein Geräusch im Hof schreckte mich aus dem Wachtraum. Ich lauschte angespannt. Völlige Stille. Ich kehrte zum Buch zurück. Gerade als ich die erstaunlichen Abbildungen der beiden Ankylostoma-duodenale-Würmer aus der Nähe musterte, klopfte es an die Tür. Sicher brauchte man mich im Krankenhaus, ein Baby lag falsch, oder ein Betrunkener hatte bei einer Prügelei einen Finger eingebüßt. Ich war an diese Unterbrechungen gewöhnt. Fast in jeder Nacht mußte ich aus dem warmen Bett springen und ins Krankenhaus oben auf dem Berg hasten.

Auf der Veranda stand ein Mann, und hinter seinen Schultern verbarg sich ein junges Mädchen. Er wartete gesenkten Hauptes, daß ich das Wort an ihn richtete.

»Memwadjo«, begrüßte ich ihn. Erst jetzt hob er den Blick. Aus einem hageren, pockennarbigen Gesicht sahen mich riesige Augen an. Sichtlich bemüht, kein Wort zu vergessen, deklamierte er eine Nachricht:

»Memwadjo, meinem Herrn, dem Herrn Danssu, ist viel

Gutes über den Arzt zu Ohren gekommen, der seinen ältesten Sohn geheilt hat. Mein Herr möchte seine Dankbarkeit mit einem kleinen Geschenk zum Ausdruck bringen.«

Der Bote trat zur Seite und deutete auf die Frau. Ich erwartete, daß sie zu mir kommen und mir etwas überreichen würde, aber ihre Hände waren leer. Sie blieb mit gesenktem Kopf stehen. Lange Sekunden verstrichen, bis ich begriff: Sie war das Geschenk.

Die gekalkte Veranda wankte vor meinen Augen wie die Flügel weißer Vögel im heißen Luftstrom. Das Mädchen war so jung und so schön. Ihr Haar war zu vielen dünnen Zöpfen geflochten, und ihre glänzende Haut verströmte den Duft von Kokosöl. Ihr gelbes Kleid schien frisch gewaschen zu sein. Kein Zweifel: Sie hatte sich sorgfältig auf die versprochene Nacht mit dem Obroni-Arzt vorbereitet.

Und ich war allein, von allen geliebten Menschen getrennt.

»Wie heißt du?«

»Akuja«, antwortete sie rasch und förmlich.

Der weiche Stoff ihres Kleides verbarg die üppigen Brüste nicht, die sich im Takt ihrer erregten Atemzüge hoben und senkten. Sie schien nicht verlegen zu sein. Sie bot sich dem Obroni so natürlich an, als brächte sie ihm Essen oder Trinken.

Der Gedanke, auf sie verzichten zu müssen, tat mir weh.

»Bitte richten Sie dem Herrn Danssu meinen Dank aus. Leider kann ich sein Geschenk nicht annehmen.« Ich war froh, daß ich einen höflichen und verständlichen Satz in der Sprache der Eingeborenen vorbringen konnte.

Der Mann rieb sich die Augen und blickte mich fassungslos an.

»Mein Herr möchte seine Dankbarkeit mit einem kleinen Geschenk zum Ausdruck bringen«, wiederholte er.

»Ich kann keine junge Frau als Geschenk annehmen. Sie ist keine Kolanuß oder eine Flasche Cognac. Ich kann sie nicht ins Regal stellen oder zu anderen Geschenken in eine Kiste legen.«

Der Mann war jetzt ganz offensichtlich verärgert, so ähnlich wie vorher der Frisör.

»Sie können ein Geschenk nicht ablehnen. Das Mädchen gehört dem Herrn Danssu, nicht Ihnen.« Er versetzte Akuja einen Klaps auf den Hintern, als fordere er sie auf, ins Haus zu gehen.

»Ich möchte den Herrn Danssu nicht beleidigen. Ich kann Akuja unmöglich annehmen.« Ich wunderte mich, wie sanft ihr Name über meine Lippen kam.

»Obroni, wenn der Wind dir eine Gabe bringt, beschwere sie mit einem Stein«, sagte der Bote drängend.

Wir wurde klar, daß der Ärmste Angst hatte, mit dem abgewiesenen Geschenk in das Steinhaus seines Herrn zurückzukehren. Was konnte ich tun? In meinem Hirn blitzte eine Idee auf. Ich bewahrte in meinem blauen Rucksack eine alte Ausgabe der »Times« auf, deren Titelgeschichte den Supermodels gewidmet war. Behutsam trennte ich ein Bild der elegant über den Laufsteg schreitenden Claudia Schiffer heraus und hielt es dem Boten unter die Nase.

»Das ist meine Frau«, sagte ich entschuldigend, »ich darf mit keiner anderen schlafen.«

Staunend betrachtete er das Bild. Sein Blick verweilte bei den hellen Haaren, einer in die weiße Stirn fallende Strähne, den wollüstig geöffneten Lippen und glitt dann über den anbetungswürdigen Körper. Der Bote erstarrte vor Bewunderung für die fremde deutsche Ikone, die ihm noch blasser und entrückter erscheinen mochte als die Heilige Jungfrau in der Kirche.

Besiegt senkte er den Kopf, womit er den Standesunterschied zwischen uns beiden hervorhob. Gut, sagte er, er wolle Herrn Danssu von der Treue des Obroni zu seiner gesetzlichen Frau berichten. Dann würde der Herr Danssu dem Obroni gewiß verzeihen und die abgewiesene Akuja wieder bei sich aufnehmen. »Memwadjo, Doktor, guten Abend. Hoffentlich verirren sich die bösen Geister heute nacht zwischen den Bäumen.«

Doch der Bote ging noch nicht fort. Er verharrte in demütiger Stellung, das Kinn berührte die Brust, die appetitliche Akuja hielt sich hinter ihm. Die Stille lastete schwer, bis ich die stumme Bitte verstand. Ich gab ihm das Bild von Claudia Schiffer. Zwischen dem besitzenden Herrn Danssu und seinem unterwürfigen Diener klaffte ein großer Standesunterschied, doch unter seiner Kente mochte der Diener hoffen, das Bild der weißen, von Scheinwerfern und Blitzlichtern angestrahlten Frau, die ihre glänzende Haut zur Schau stellte wie die Erdgöttin ihre Nacktheit bei einem Gewittersturm, könnte auch seinen strengen Herrn erweichen.

»Gott möge Sie beschützen, Obroni. Und der Herr Danssu möge Akuja verzeihen, daß sie von hier weggeht, wie sie gekommen ist, und sie wieder als Schweinehirtin aufnehmen.«

Plötzlich war ich allein in der Welt. Völlig allein. Kein menschliches Wesen in der Nähe. Soeben hatte ich den letzten Menschen aus dem Garten Eden vertrieben. Ich musterte die Gegenstände in meiner Umgebung: ein Bett, das in die Kopflehne geschnitzte Kreuz. Ein mit Gänsefedern gefülltes Kissen. Ein Teebecher. Ein aufgeplatzter Fensterrahmen. Es waren dieselben, täglich gesehenen Gegenstände, und dem Anschein nach besaßen sie dieselben Eigenschaften wie vorher, die Beulen und Dellen, die Risse und Kanten, doch sah ich sie jetzt auf andere Weise.

Da verstand ich, daß ich mich in Gott verwandelt hatte. Die Einsicht schenkte mir keine Erleichterung. Im Gegenteil. Ich erschrak vor der großen Verantwortung. Nur um mir zu beweisen, daß ich wirklich Gott war, sagte ich laut: »Es werde Licht.« Ein Windstoß drang durch das Fenster und ließ die Kerzenflamme erzittern.

Während der ganzen Nacht war ich Gott. Und als die ersten Sonnenstrahlen ins Zimmer drangen und seine Armseligkeit in milchige Töne tauchten, kam die Erkenntnis. Weil kein menschliches Wesen in meiner Nähe war, hatte ich mich entschieden, Gott zu werden, nur, um nicht allein zu bleiben.

Während des Abendessens, die junge Dienerin zog dem gebratenen Vogel gerade die Haut ab, legte Schwester Viktoria ein dickes Buch auf den Tisch. Der schwere schwarze Lederband mit dem Kreuzrelief verströmte einen nicht unangenehmen Modergeruch. Er enthielt dreihundertfünfundsechzig Seiten, wie das Jahr Tage, und jeden Abend, wenn die Nonnen schweigend ihre Mahlzeit einnahmen, las eine von ihnen daraus vor. Heute war die Reihe an Schwester Viktoria. Die Stimme der Äbtissin klang weicher als die aller anderen, ich dachte beim Zuhören an ein langsam schmelzendes Stück Butter.

Der von Viktoria vorgelesene Abschnitt handelte von einer Heiligen, die ihr Leben für die katholische Kirche geopfert hatte. Die peniblen Beschreibungen ihrer Leiden waren zuviel für mich. »In jener Nacht stachen die Barbaren der Jungfrau Josephine die blauen Augen mit einem weißglühenden Eisenstab aus und schnitten ihr die Brüste mit einem Messer ab«, las Schwester Viktoria in aller Ruhe und in einwandfreiem Englisch vor. Die nigerianischen Nonnen hörten den Schilderungen dieser und ähnlicher Greuel lächelnd zu und verspeisten ihre Mahlzeit geruhsam, um sich nicht der Sünde der Gefräßigkeit schuldig zu machen. Erst später, als ich mich im Kloster schon fast wie zu Hause fühlte, gewöhnte ich mich an die anschaulichen Beschreibungen abgehackter Gliedmaßen, grausamster Gruppenvergewaltigungen, quälenden Sterbens in Schlangennestern und kläglichen Verendens in Kalkgruben. Denn je härter der Tod, desto erhabener die Position der Märtyrerin auf den Stufen zu Gottes Thron und desto erregter, fiel mir auf, und geheimnisvoller das Lächeln der lauschenden Nonnen.

Zum Abschluß der Mahlzeit wiesen die Nonnen mir die Existenz der Hölle nach. Sie beriefen sich dabei auf eine sensationelle Meldung aus der »Ghanean Times«, derzufolge russische Wissenschaftler bei Bohrungen im Inneren der Erde auf monströse behaarte Lebewesen gestoßen seien. Als man Mikrophone in die immense Tiefe herabließ, nahmen diese Schreie aus Millionen menschlicher Kehlen auf. »Ich glaube nicht an Gott«, wird einer der Wissenschaftler zitiert, »aber was wir da gefunden haben, ist zweifellos die Hölle.«

Die Bilder des katholischen Fegefeuers mit Töpfen heißen Öls, Folterbetten, brennenden Gewändern, dem Ausreißen der Fingernägel, dem Federn in heißem Teer und der ewigen Pein verblaßten erst, als ich mich auf meinem Bett ausstreckte. Tief sog ich die reine, durch die Fliegengitter ins Zimmer dringende Luft Asankangrwaas in mich ein. Unter dem Schleier der Dunkelheit umgab das Moskitonetz mich mit einer zweiten Hülle. Bald meinte ich, selbst durch den Bauch der Erde zu irren. Die Kopfhörer meines Walkman trennten mich von den Geräuschen der afrikanischen Nacht. Louis Armstrong und ich waren allein auf der Welt, und nur für mich sang er:

I found my love on blueberry hill, nothing is real.

Ich versuchte, der unvermeidlichen Begegnung mit dem Herrn Danssu aus dem Weg zu gehen. Tagsüber versteckte ich mich im Krankenhaus, verweilte auch nach der eigentlichen Arbeit noch an Krankenbetten, trennte einen Verband auf, um mir die Operationsnaht noch einmal anzusehen, oder übernahm Obliegenheiten der Schwestern wie das Abspülen der Infusionsnadeln in einer Salzlösung. Eines Abends blieb ich sogar neben dem Papaya-Baum im Hof stehen und sammelte die gefräßigen haarigen Würmer vom angegriffenen Stamm.

Doch die Gesetze des Ortes waren scharf wie die Klinge einer Machete. Ein winziges Beben beim Ausholen, und deine Fingerkuppe ist hin. Diesen Gesetzen zufolge hatte der Obroni den Herrn Danssu ganz eindeutig beleidigt. Weder mein Status als Arzt noch Geschenke wie eine Bananenstaude oder gefleckte Eier der Wildtaube würden mir aus der Patsche helfen, denn der unermeßlich reiche Herr Danssu war ohne weiteres imstande, meinen Körper und meine Seele zu kaufen. Ich wußte, daß mir keine Wahl blieb: Ich mußte mich in aller Ernsthaftigkeit öffentlich bei ihm entschuldigen.

Wer er war, wußte ich inzwischen. Ich hatte von seiner Macht und seinem Vermögen gehört, ich hatte die Brennerei besucht. Nicht zu vergessen seine Stiere, die in meinem Garten weideten. Persönlich war ich ihm allerdings noch nicht begegnet. Manchmal sah ich ihn von weitem seine Bananenplantage abschreiten, wie ein Tier sein Territorium markiert. Herrisch drückte er die Absätze seiner Schuhe in den frischen Schlamm. Er hinterließ eine schnurgerade Reihe, um die herum die Fußabdrücke seiner übereifrigen Begleiter tanzten, sie sprangen hin und her, wichen Pfützen aus und gerieten einander in die Quere. Stets folgte dem stolzen Herrn eine hochgewachsene Dienerin und hielt ihm einen Sonnenschirm genau im richtigen Winkel schützend über die Stirn.

Zwar stammte Herr Danssu aus einfachen Verhältnissen und war noch keine vierzig Jahre alt, doch gab es in der ganzen Diözese keinen reicheren Mann als ihn. Auch aus der Ferne hatte ich bemerkt, daß, wer immer sich an ihn wandte, den Blick senkte, die Arme bittend über der Brust verschränkte und die Worte nur so hervorsprudelte, um die kostbare Zeit des Herrn nicht zu verschwenden, wenn er seine Bitte nicht von vornherein gleich an den obersten Gehilfen gerichtet hatte. Den ghanaischen Kanon des Mienenspiels und der Körpersprache, derer man sich bediente, um Unterwerfung auszudrücken, hatte ich rasch erlernt: der Jüngere dem Älteren, der Arme dem Reicheren, das einfache Stammesmitglied der Familie des Häuptlings gegenüber.

Nun brachte ich allerdings dem Herrn Danssu keinerlei Respekt entgegen, ganz im Gegenteil. An einem Ort, an dem viele Männer morgens zur Arbeit gehen und nicht wissen, ob sie ihrer hungrigen Familie am Abend einen Laib Brot mitbringen, wo die jungen Frauen ihre Kleinkinder bei den Großmüttern abgeben und sich über die Grenze schleichen, um ihre Körper in den Bordellen der Elfenbeinküste zu verkaufen – wenn an einem solchen Ort ein reicher Mann, geschmückt wie ein Pfau, herumstolziert, dann erweckt er in mir lediglich Widerwillen.

Das zweigeschossige Steinhaus des Herrn Danssu stand auf einem kleinen Hügel wie ein Fort zum Schutz des Dorfes. Vor dem Eingang hatten sich etliche Leute versammelt, die zum reichen Herrn gerannt waren, um von ihm noch vor dem Regen ein Säckchen Yams-Saat zu erbitten, die Pacht für einen Acker zu bezahlen oder ihm eine winzige Portion Zwergaffenexkrement darzubringen, auf den Bauch des Kranken gestrichen eine bewährte Medizin gegen Durchfall. Dann und wann trat der oberste Gehilfe des Herrn Danssu zu den Bauern hinaus, erkor einen Glücklichen und führte ihn ins Haus.

Ich beschloß, meinen fälligen Besuch an einem Samstag abend abzustatten, wenn das Dorf sich mit Fröhlichkeit füllte und alles ruhig und versöhnlich wirkte. Die Frauen saßen in Scharen beisammen, drückten die Köpfe ihrer Kinder an ihre Brüste und klaubten Läuse aus den dichten Locken. Die Männer ließen die Ginflasche kreisen und schwadronierten.

Herr Danssu empfing mich in seinem Salon im zweiten Stock. Seine Füße steckten in einer randvoll mit warmem Wasser gefüllten Messingschale. Penibel angeordnete Objekte, die von seinem Reichtum und von seinem gehobenen Stand kündeten, umgaben ihn: eine Reihe verstaubter Coca-Cola-Flaschen, eine Wanduhr, ein knallgrünes steinernes Ei, einige Glasteller und ein vergoldeter Füllfederhalter. Da der Generator mehrmals täglich ausfiel und die elektrischen Geräte Herrn Danssu schon des öfteren im Stich gelassen hatten, bevorzugte er zur Zurschaustellung in seiner Nähe Gerätschaften, die ohne Strom auskamen. Dennoch sah er fern, als ich eintrat. Reklamesendungen in Englisch und in Fanti tanzten über die Mattscheibe. Ich staunte. Im Westbereich Ghanas gab es keine einzige Sendestation, und wenn es eine gegeben hätte, so hätten die dichten, Dutzende von Metern aufragenden Kronen der Baobabs, der Mapania- und Trikomans-Bäume den Empfang höchstwahrscheinlich vereitelt. Erst nach einer geraumen Weile begriff ich, daß der Dorfkrösus sich per Videorekorder an Mitschnitten aus dem ghanaischen Fernsehen ergötzte.

In dieser Umgebung wirkte die Werbung noch lächerlicher als sonst. Eine Karikatur des Wohllebens im fernen Großbritannien. Kristallüster, marmorne Badezimmer, Kamine, dunkle Schatten für helle Augenlider und natürlich eine Unmenge blonder Kinder. Was hatte ich denn erwartet? Daß man ghanaische Landarbeiter zeigen würde, die ihre Kinder auf fadenscheinige Matten betteten und mit Urintropfen einrieben, um Mücken, Schlangen und böse Geister abzuschrecken? Herr Danssu beugte sich der Mattscheibe begierig entgegen, stampfte begeistert mit dem Fuß und verspritzte das Wasser aus der Messingschale. »Ich freue mich, Doktor, daß Gott Ihnen den direkten Weg zu meinem Haus gezeigt hat«, sagte er und gönnte mir keinen Blick.

Lag Spott in seiner Stimme? Zynismus war mir in Asankangrwaa bisher noch nicht begegnet, nicht einmal in schnapsgetränkten Männergesprächen, und ich hatte gemeint, hier könnte man sich nur klipp und klar ausdrücken.

»Ich wollte schon längst kommen, doch ich war im Krankenhaus sehr beschäftigt. Ihnen ist sicher bekannt, daß Doktor Okjagau sich kurz vor meinem Eintreffen verabschiedet hat.«

»Okjagau«, Herr Danssu schnaufte verächtlich, »das war ein unersättlicher und undankbarer Arzt. Er bekam vom Bischof ein Gehalt von zweihundert Dollar, und ich selbst mußte aus eigener Tasche noch jeden Monat zweihundert Dollar dazulegen, damit der Herr Doktor sich überhaupt bereit erklärte, im Regenwald zu leben. Jeden Morgen kam er mit einer anderen Bitte: einen Sack frischer Zitronen, Wolle zum Stricken, zum Osterfest verlangte er eine Hammelkeule. Ich habe seiner Frau auf dem Markt von Takoradi sogar eine Nähmaschine besorgt. Aber all die Geschenke reichten ihm nicht, sein Bauch war dicker als der unseres Flußgottes.«

»Ich habe auch Gutes über Doktor Okjagaus Arbeit gehört.«

»Dieser Arzt hat uns verabscheut. In Accra oder Takoradi haben sie ihn nicht genommen. Da hat er sich beim Bischof angebiedert. Aber Okjagau hat sein Dasein als Dorfarzt gehaßt. Für ihn waren wir alle nichts weiter als verwurmte Bauern.«

Herr Danssu preßte die Kiefer aufeinander, doch konnte er das zornige Zittern nicht unterdrücken. Er hob den Saum seiner Kente und entblößte zwei dünne, von hervortretenden Krampfadern überzogene Waden.

»Okjagau hat mir versprochen, meine Beine zu reparieren, und dann ist er verschwunden. Können Sie mir helfen?«

»Wegen Ihrer Krampfadern sollten Sie zu einem besonderen Chirurgen gehen. Vielleicht finden Sie einen Blutgefäß-Spezialisten am Universitätskrankenhaus von Korle-bo.«

Enttäuscht ließ Herr Danssu den Saum sinken und widmete sich wieder der Mattscheibe. In der dichter werdenden Stille zwischen uns wäre ich am liebsten aufgestanden und weggegangen. Doch gerade, als ich mich verabschieden wollte, schnippte Herr Danssu mit den Fingern, woraufhin unverzüglich sein Diener erschien, der die Bewegungen seines Herrn angespannt verfolgte, um seinen Wünschen möglichst schon zuvorzukommen. Herr Danssu schnippte noch einmal mit Daumen und Mittelfinger, der Diener verschwand und kehrte augenblicklich mit einem Glas Gin für den Gast und einem Glas kalten Wassers für den Hausherrn zurück.

Weitere Gäste stellten sich ein und füllten allmählich den Raum. Zunächst blieb ein jeder mit seinem Geschenk, in ein Tuch gewickelten Eiern oder einer reifen Ananas, in der Tür stehen und wartete geduldig auf seine Vorladung. Erst auf den direkten Blick des Hausherrn hin wagte der Wartende einzutreten und sich neben den Sessel zu stellen. Sie kamen, um dem Urwaldkrösus Ehre zu erweisen, und dieser inszenierte zu ihrem Empfang eine seltsame Zeremonie. Wenn er mit den Fingern schnippte, überreichte der Diener dem Gast ein Glas Gin. War das Glas geleert, schnippte der Herr noch einmal. Jetzt erschien der Diener mit einem weißen Hemd über dem Arm. Jeder Gast nahm das Hemd achtungsvoll entgegen, trat damit an ein Holzbrett, das zum Bügeln diente, plättete das Hemd und händigte es dem Diener wieder aus, der es an den nächsten weitergab. In den beiden Stunden meiner Anwesenheit bügelten nicht weniger als zehn Männer ein und dasselbe Hemd des Herrn Danssu. Wie das Zepter beim Häuptling diente das Bügeleisen hier als Symbol der Autorität. Während jedoch nur der Häuptling das Zepter berühren durfte, ging das Bügeleisen feierlich von Hand zu Hand.

Als die Bügelzeremonie ein Ende gefunden hatte, begann ich Abschiedsformeln vorzubringen, doch Herr Danssu legte mir eine schwere Hand aufs Knie. Um mich vor aller Augen zu demütigen, hatte er mich auf einem niedrigen Hocker an seiner Seite Platz nehmen lassen. Erst nachdem der letzte Gast gegangen war und aus dem Wald ein fauliger, salziger Geruch aufstieg, erinnerte sich der Herr wieder an mich. Er schlug die Kente zurück und entblößte eine Schulter. Ich sah eine mysteriöse, rötlich glänzende Tätowierung, zwei schräg liegende, durch eine Linie miteinander verbundene Ellipsen.

»Pempamesi! Das ist es, was dieses Zeichen bedeutet«, erklärte er mir.

Ich blieb stumm.

»Und Pempamesi bedeutet: durch eine feste Naht verbunden. Zwei Menschen, sagen wir, Sie und ich, Doktor, können so fest verbunden sein wie zwei miteinander vernähte Stoffstücke. Die Nadel durchbohrt unser beider Fleisch, und Fäden aus Blut heften uns aneinander. Auch eine Braut ist ihrem Bräutigam mit langen Blutfäden verhaftet.«

Die Botschaft war eindeutig: Herr Danssu hatte mir die Ablehnung seines Geschenks nicht verziehen und würde sie mir auch nicht verzeihen. Ich musterte das tief eintätowierte Zeichen noch einmal und konnte mir in der dicken Linie zwischen den beiden Kreisen ohne weiteres Akujas verlockenden nackten Körper vorstellen. Ich hatte verstanden: Nur das jungfräuliche Blut Akujas würde Herrn Danssu und den Obroni miteinander versöhnen. Nur dieses Blut würde die Stoffstücke zu einem Kenteumhang vernähen.

»Äh nejäna fri onoara« – »Alles stammt aus Seiner Hand«, sangen Kinder unter meinem Fenster. Es war Sonntag morgen, und sie fegten den Pfad mit Reisigbündeln. Die Staubwolke hinter ihren Rücken verdeckte die orangefarbene Sonne, doch die selbstgemachte Sonnenfinsternis erschreckte sie nicht. Eine Vierjährige, das Haar zu Dutzenden dünner Zöpfe geflochten, tanzte in ungeduldiger Vorfreude auf die Messe bereits mit geschlossenen Augen, als lauschte sie fernen Trommeln.

Die katholische Kirche auf dem Gipfel des Hügels war genau dort erbaut worden, wo der erste portugiesische Missionar ein Wunder vollbracht hatte, als er mit bloßen Händen ein Rudel von Hunden erwürgte, in deren Bäuchen böse Geister hausten. Vom Kirchplatz aus übersah man das ganze Dorf. Hunderte von Lehmhütten lagen wie verloren in einer grünen Ebene. Sie wirkten wie riesige Bissen im Magen eines Löwen, kurz bevor er sie angeekelt wieder ausspie.

Als ich dort oben eintraf, wimmelte der Platz schon von Gläubigen. Das ganze Dorf war zum Gotteshaus hinaufgepilgert. Menschen, die sich alltags mit Schlamm und Staub besudelten, hatten sich für die Messe in königliche Gewänder geworfen. Die unter den Achseln zusammengewickelten gelben, blauen, türkis- und orangefarbenen Kenteumhänge hoben sich prachtvoll von der dunklen Haut der Männer ab. Die Frauen trugen Sonntagskleider, hatten ihr Haar zu vielen kleinen Zöpfen geflochten, und an ihren entblößten Fesseln klingelten winzige Glöckchen. Die bunte wogende Menge fieberte dem Gottesdienst erwartungsvoll entgegen.

Anders als verbitterte europäische Betende mit Magenschmerzmienen feierten die Einwohner von Asankangrwaa die Messe als sinnenfrohes Fest mit Musik, Tanz und einem lebhaften Zwiegespräch zwischen dem Priester und der Gemeinde; hier geriet der Gottesdienst zu einer mitreißenden Demonstration menschlicher Freude. Gute vier Stunden lang sangen die Gläubigen ihre Melodien und vollführten zwischen dem altmodischen Gestühl selbstvergessen ihre Tänze. Die Sängerinnen, alle in den gleichen himmelblauen Umhängen, standen in zwei Reihen zu beiden Seiten der Tür. Sie sangen so begeistert, als gäbe es die draußen vor der Kirchentür wartenden Plagen, Malaria, Auszehrung, Prostitution und Hunger, nicht. Es war, als jubelten sie bereits auf den Marmorstufen des Himmelreichs entzückt in Gottes Ohr.

Der kleinwüchsige Priester John stand auf einer leeren Bananenkiste der staatlichen Produktionsgesellschaft und dirigierte von dort aus die wogenden Gefühlsausbrüche. Seine silbernen Locken glänzten in der Dunkelheit wie der Stern von Bethlehem über der Krippe des Erlösers. Er sang eine Oktave höher als die Gemeinde, und seine Beckenbewegungen waren geschmeidiger als die der jungen Mädchen. Über seinem Kopf baumelte ein mit keiner Stromquelle verbundenes Kabel, dem man einen neuen Daseinszweck gegeben hatte: An ihm hing ein schwärzlich angelaufenes Silberkreuz und schaukelte unablässig. Durch die offene Tür, die Fensterhöhlungen und die Ritzen zwischen den Dachziegeln strich ein heißer Wind.

»Niamäh Nti« – weil es Gott gibt – schrie der Priester himmelwärts, und die im Dachstuhl nistenden Tauben flatterten davon.

»Amen!« kreischte die Gemeinde.

»Wir haben dem Vater und dem Sohn Gefolgschaft gelobt, doch müssen wir den Satan täglich bekämpfen. Söhne und Töchter Gottes, glaubt nur ja nicht, ihr könntet euch alles erlauben und hinterher zur Beichte rennen. Ich weiß wohl, daß ihr euch mit euren Liebsten in den Wald verdrückt, wo ihr vor dem Licht der Sterne geschützt seid. Dort tut ihr, was ihr tut, und dann kommt ihr zur heiligen Messe und weint und jault wie verwaiste Äffchen. Nein! So vergibt Gott euch nicht. Reue allein reicht nicht. Das Röckchen soll sich um die Beine schließen und nicht von einem Baumzweig baumeln.«

»Amen!« kreischten wieder alle, und etlichen stieg wegen der Ereignisse der vergangenen Nacht das Blut zu Kopf.

»Vergeßt nicht, daß euch das Himmelreich erwartet. ›Und wer da verläßt Häuser oder Brüder oder Schwestern oder Vater oder Mutter oder seine Frau, Kinder oder Äcker um meines Namens willen, der wird's vielfältig empfangen und das ewige Leben ererben‹, sagt uns Jesus. Seht, man soll auf alles verzichten und rein und unschuldig bleiben. Aber wir sind elend, worauf sollten wir noch verzichten, auf das bißchen Kassave und ein gebratenes Huhn? Deswegen gelten für uns Arme ganz einfache Gesetze: Jeder, der nicht lügt, seinen Nächsten nicht verprügelt, Gin und Bier nicht anrührt, das Wasser vor dem Trinken kocht und sich nicht zu verbotenen Zwecken im Wald versteckt, der wird wahrlich mit Jesus im Himmel sitzen.«

»Amen!«

Die Begeisterung schwoll an, das Fest erreichte seinen Höhepunkt. Alle sprangen ekstatisch auf und tanzten tücherschwingend in Richtung Kollekte. Obwohl die Ärmsten der Armen versammelt waren, zog jeder Mann eine Zehn-Cedis-Münze aus den Falten seiner Kente, und die Frauen zauberten Geldstücke aus den Ausschnitten ihrer Kleider hervor. Sie spendeten der Kirche den bescheidenen, kaum für einen Laib Brot reichenden Betrag so enthusiastisch, als würde ihre Gabe den Tempel zu Jerusalem mit Gold pflastern.

Unter den kritischen Blicken aller bemühte ich mich, auf dem Weg zum Altar mein Becken auf die ortsübliche Weise zu schwingen. Vor der bereits halb mit Münzen gefüllten Plastikschale hob ich das Geldstück in meiner Hand dem

Kreuz entgegen und legte es erst zu den anderen, nachdem die meisten Anwesenden sich hatten überzeugen können, daß auch ich zu den Armen gehörte. Denn, wie Jesus an der judäischen Grenze verkündete: »Es ist leichter, daß ein Kamel gehe durch ein Nadelöhr, als daß ein Reicher in das Reich Gottes komme.«

Nach der Messe lud Pater John mich zu sich ein. Er wohnte direkt neben der Kirche. Wir saßen auf Strohstühlen aus der Werkstatt des örtlichen Tischlers Emanuel, ein Künstler seines Fachs, der sich eigentlich auf Särge spezialisiert hatte. Darüber hinaus war er der einzige, der in die Sitzlehne der Stühle ein katholisches Kreuz einzuflechten verstand.

Stolz schenkte Pater John mir Dattelwein aus eigener Produktion ein. Vor etwa einem Monat hatte er in einer kühlen Nacht den rauhen Stamm einer Palme angezapft und den Baumsaft in eine Flasche rinnen lassen. Am Morgen versiegelte er die Flasche mit warmem Wachs und vergrub sie tief in der Erde. Vier Wochen lang brodelte das Getränk im Dunkeln, und der Alkoholspiegel stieg. Und jetzt, nach der Schwerstarbeit bei der Messe, erklärte mir Pater John, während er sich des drückenden Kragens entledigte, dürfe er das Wachssiegel brechen und sich und mir ein Gläschen des berauschenden Nektars gönnen.

Der kostbare Tropfen war klebrig und übelkeiterregend süß, doch leerten und füllten sich die Gläser unentwegt. Unterdessen verschwand das Dorf in der Dunkelheit, und Dutzende von Feuern flammten zwischen den Hütten auf. Den Palast des Häuptlings schützte eine Fackelreihe vor wilden Tieren und möglichen Angreifern.

»Fackeln!« Der Priester schnaufte spöttisch. »Kennen Sie die Geschichte vom Häuptling und dem spanischen Generator schon?«

Ich schwieg vorsichtshalber, denn ich wollte mich nicht in ein gefährliches Gespräch verwickeln lassen.

»Vor einigen Jahren erhielt unser Hospital von der spanischen Mission in Assafu einen Dieselgenerator. Der sollte sämtliche Abteilungen und den Operationsraum mit Strom versorgen. Der Häuptling schäumte vor Wut. Das Krankenhaus sollte in der Nacht erleuchtet sein, und sein Palast läge im Dunkeln wie die Hölle? Ich gab nach, Doktor, denn in Ghana widersetzt man sich einem Häuptling nicht ungestraft. Das kann einen sogar ins Gefängnis bringen, denn die Beleidigung eines Häuptlings gilt als kriminelles Delikt. Also lieferten wir Strom für das Krankenhaus und für den Palast. Der Generator machte brav mit.«

Auch in der tiefsten Schwärze der Nacht schenkte Pater John uns vom milchigen Wein so sorgfältig ein, daß kein Tröpfchen verlorenging.

»Dann wurde ich erneut in den Palast beordert. Der Häuptling fühlte sich beleidigt, weil die ehrenwerten Mitglieder seiner Familie gezwungen waren, in dunklen Hütten zu hausen, während Palast und Krankenhaus leuchteten. Mir blieb keine Wahl. Zwölf weitere Hütten wurden an den Stromkreis angeschlossen, und wieder machte der Generator brav mit. Doch der Häuptling hielt diese Geste für unzureichend. Schließlich war seine Familie weit verzweigt, und, wollte er Unruhen vermeiden, durfte er niemanden benachteiligen. Wieder gab ich nach. Ich bestellte einen Fachmann aus Accra, und vierzig weitere Hütten wurden an den Generator angeschlossen. Diesmal fiel er aus, die Belastung überstieg sein Leistungsvermögen. Den Häuptling allerdings störte das nicht. Hauptsache, zwischen dem Krankenhaus und seiner Familie war Gleichheit hergestellt. Alles lag im Dunkeln.«

»Hätten Sie denn die kirchlichen Oberhäupter nicht einschalten können? Es ist doch eine Schande, daß wir hier im Schein von Petroleumfunzeln oder Kerzen operieren müssen.«

Ich sah den Pater in der Finstenis lächeln.

»Wissen Sie, Doktor, in der kommenden Welt, im Himmelreich, unterstehen wir Gott allein. Doch hier auf der Erde müssen wir die Wünsche der Mächtigen berücksichtigen und uns an die örtlichen Gepflogenheiten halten. Ich bin am Ufer des Volta aufgewachsen und habe als Kind stundenlang das Strömen des Wassers beobachtet. Manchmal riß der Fluß einen Baumstamm mit. An unserem Dorf trieb das Holz geruhsam vorbei, denn hier war der Fluß sanftmütig. Aber wehe, jemand ließ sich täuschen und hängte sich arglos an einen Stamm. Das konnte innerhalb von Sekunden das Leben kosten. Manchmal ließ ein heftiger Strudel das Treibgut unversehens gegen einen Felsvorsprung oder die Uferböschung krachen, und Hunderte von Tonnen zermalmen einen Menschen. Vom bloßen Zuschauen lernte ich, mächtigen Baumstämmen mit Vorsicht zu begegnen. In unserem Strom hier treiben zwei Baobab-Stämme: der Häuptling und der Herr Danssu. Versuchen Sie nur nicht, deren Kurs zu ändern oder sich ihnen in den Weg zu legen, die können Sie so sang- und klanglos zerquetschen wie unsere Frauen eine Kassave-Knolle.«

Zum Schutz vor den Mücken ließ der Priester seinen Umhang auf die Füße hinabgleiten.

»Mir ist zu Ohren gekommen, Doktor, daß Sie an dem einen Baumstamm schon gerüttelt haben.«

»Pater John, Sie können doch von mir nicht erwarten, daß ich mir eine Jungfrau schenken lasse und mit ihr schlafe. Was würde die Kirche dazu sagen?«

»Was die Bischöfe und Kardinäle sagen würden, entzieht sich meiner Kenntnis, Doktor. Aber ich mag Sie und schätze die Arbeit, die Sie hier leisten. Ich möchte auf keinen Fall, daß man Sie mit Schimpf und Schande aus Asankangrwaa vertreibt.«

Als ich an diesem Abend nach Hause kam, lag Akuja in meinem Bett. Zwar verbarg sie sich unter dem Moskitonetz, doch ich gewahrte ihren nackten Körper schon beim Eintreten. Sie lag quer auf dem weißen Laken und streckte mir ihren runden Hintern entgegen. In einer Vollmondnacht wie dieser sind die Schlangen des Waldes besonders bissig, und Gott läßt den Mond leuchten, damit jede sich ins Dorf schleichende giftige Viper entdeckt wird. Das Mondlicht floß durch das Fliegengitter und den Moskitoschleier auf Akujas dunkle Haut und überzog sie mit einem wunderbaren Schimmer.

Neben dem Bett trat ich in eine gelbe Pfütze, dort lag Akujas Kleid, in dem ich sie an jenem Abend, als sie mir als Geschenk angeboten wurde, zum erstenmal gesehen hatte. Ich stand vor dem Schleier und fürchtete mich, ihn zu heben. Akujas starker Duft, eine Mischung aus dem Aroma einer reifen Ananasfrucht und dem aufreizenden Geruch des Kokosöls, füllte das Zimmer. Er überlagerte die Kalkausdünstung der Wände und die fauligen Dämpfe des nächtlichen Walds. Er ist mir durch die Poren in die tiefsten Hautschichten, in jede Körperzelle eingedrungen und für immer bei mir geblieben.

Behutsam berührte ich ihren Kopf. Das dichte Haar war zu vielen rechteckig angeordneten Zöpfen geflochten, und meine Fingerspitzen ertasteten Rauhes und Weiches zugleich. Akuja drehte sich um, nahm meine Hand und legte sie sich sanft auf den warmen Mädchenbauch, der straff wie eine Trommel war. Ich riß mir die Kleider vom Leib und schmiegte mich an sie.

Wohl eine Stunde lang lagen wir bewegungslos. Nur unsere Zwerchfelle rieben sich mit steigender Erregung heftiger aneinander. Ich begann hilflos zu zittern, und Akuja nahm mich in ihre kräftigen Arme. Ich küßte ihren Hals und leckte salzigen Schweiß aus der Furche zwischen ihren festen Brüsten. Akuja stöhnte. Sie hob ihre langen Beine und legte ihre Schenkel um meinen Nacken. Ich verschwand in ihr. Vergangenheit und Zukunft versanken, das ferne Land versank, Menschen, die ich geliebt und zurückgelassen hatte, versanken. Es gab nur noch Akuja. Sie bäumte sich auf, ungehemmt und immer ungestümer zuckte ihr Becken. Ein heiserer brünstiger Schrei entfuhr ihr. Ihre Brüste preßten sich an meine Brust. Als mein Same sich in sie ergoß, schlossen sich ihre saugenden Muskeln, wie Blütenblätter sich um Regentropfen schließen.

»Ich liebe dich, Mondscheinmädchen«, flüsterte ich. Akuja legte den Kopf in den Nacken und lachte.

Am nächsten Morgen war ich völlig durcheinander. Sogar kleine Eingriffe wie das Drainieren eines Abszesses wollten mir nicht gelingen. Immer wieder rutschte mir die Klinge ab, der Schnitt sah aus wie hingepfuscht. Ich vergaß sogar, das Röhrchen zu desinfizieren, bis Schwester Evelyn es mit einer Zange faßte, in Jod tauchte und in die offene Wunde einführte. Die Schwester ging milde mit mir um, so wie eine Erwachsene mit einem Halbwüchsigen, der sich versehentlich betrunken hat.

Ich trat an ein Bett in der Zimmerecke, wo ein Junge mit entblößtem Unterkörper vor Schmerzen stöhnte. Seine Hände waren mit Stoffstreifen aneinandergefesselt, damit er nicht nach seinem schmerzenden Glied griff. Der winzige Penis war blau, geschwollen und von verkrustetem Blut befleckt. Als ich ihn behutsam berührte, ließ der schrille Schrei des Kranken das Glas des Arzneischranks klirren.

Oberschwester Decife erzählte mir die Vorgeschichte. Der bedauernswerte Junge war mit einem winzigen Glied zur Welt gekommen. Die jungen Mädchen liefen ihm weg und spotteten, er solle sich doch mit einer Sechsjährigen auf die Matte legen. Am Ende befolgte der Unglückliche einen Rat von Freunden und schlug sein Glied gegen den Stamm eines jungen Papaya-Baums, in der Hoffnung, es würde wachsen wie der Baum. Dazu wurde ihm empfohlen, den Baum auszureißen, wenn das Glied die gewünschte Größe erreicht hätte, sonst würde es ungeheure Ausmaße annehmen.

Während einer ganzen Woche stahl sich der Junge nachts zum Papaya-Baum und vollführte das Ritual, doch sein Glied blieb mitleiderregend klein. In der Nacht, in der die schmale Mondsichel wieder am Himmel erschien und die magischen Kräfte zunahmen, stand er nochmals unter dem Baum und schlug sein Schwänzchen stundenlang gegen den Stamm. Am Morgen danach weinte er vor Schmerz. Ich tupfte vorsichtig lindernde Salbe auf das blau angelaufene Glied, doch konnte selbst dieser sonderbare Fall mich nicht aus meiner Versunkenheit reißen.

In Asankangrwaa kennt man diesen Gemütszustand: Der Körper funktioniert normal, und die Seele ist weit weg, wie verloren. »Ihre Seele ist ausgerissen, Doktor, sie hat den Körper verlassen und sich auf eine kurze Reise begeben. Und jetzt sehnt sie sich ins Fleisch zurück«, erklärte mir Schwester Evelyn geduldig. »Sie sollten die Wurzel der Ometwa-Staude kauen. Die ist so bitter, daß sie den Trennungsschmerz lindert. Wenn Sie wollen, kann ich Ihnen heute abend ein paar frische Stücke bringen, diese Pflanze wächst direkt hinter meiner Hütte.«

Natürlich konnte ich Schwester Evelyn nicht in die Wahrheit einweihen. Was gestern abend geschehen war, beschämte mich zutiefst, und gleichzeitig war ich verrückt vor Begierde. Ich verzehrte mich nach Akujas Körper. Immer wieder schnupperte ich an meinen Fingern. Dann erfüllte mich ihr Duft von neuem, und ich verspürte augenblicklich eine Erektion.

Weder Evelyn noch sonst jemandem durfte ich von Akujas Hinterbacken vorschwärmen, die mir aus der Finsternis entgegenleuchteten, als ich auf der Schwelle meines Hauses stand. Wem sollte ich die Blüte ihrer schwellenden Schamlippen beschreiben, wem ihre langen Beine? Akuja wirkte wie eine schwarze, sich schläfrig wälzende Antilope. Dieser Anblick hatte mich maßlos erregt und schlagartig alle Bedenken, jegliche Scham und Schuldgefühle hinweggefegt.

Ich fand keinen Vorwand, mich der moralischen Verantwortung zu entziehen und sie etwa Herrn Danssu in die Schuhe zu schieben. Schließlich hatte ich das Geschenk einmal abgewiesen und war am Leben geblieben. Niemand hatte mich mit einem Bambusknüppel verprügelt wie ein verirrtes Rindvieh. Niemand warf brennende Strohbündel in mein Haus, niemand versagte mir seinen Gruß, niemand hinderte mich am Einkauf von Wachskerzen und Kolanüssen. Nicht aus Furcht vor Herrn Danssu war ich in Akuja eingedrungen.

Allerdings war es auch nicht nur das banale Begehren eines einsamen Mannes beim Anblick eines bereiten Mädchens gewesen. Ein gewisser männlicher Stolz war hinzugekommen. In Asankangrwaa nahmen angesehene Stammesangehörige, Stoffhändler beispielsweise oder Kakaoplantagenbesitzer, sich junge Mädchen so unbedenklich, wie grüne Affen Mangofrüchte aus den Bäumen pflücken. Die haarige Hand einmal kurz ausstrecken, und schon rinnt süßer Mangosanft über die Zunge.

Wer auf sich hielt, schlief mit mehreren. Manchmal hob der Herr bei der Yams-Ernte einfach einer seiner Arbeiterinnen den Rock und schlüpfte in sie hinein, manchmal begab er sich zu einer in die Hütte und verbrachte die ganze Nacht auf ihrer Matte. Oft waren es blutjunge Geschöpfe mit einer Scham, bar wie Wüstendünen, anderen quoll bereits Milch aus den Brüsten. Niemand empörte sich über diese Sitten, nicht einmal dann, wenn das ehrenwerte Stammesmitglied sich die Spielgefährtinnen seiner Enkelin nahm. Nachdem ich mich geweigert hatte, mit Akuja zu schlafen, kursierten im Dorf häßliche Gerüchte über mich.

Erst gestern feierte eine Horde von Frauen die Reifezeremonie einer vierzehnjährigen Jungfrau. Sie zogen von einem Ende des Dorfs zum anderen, ließen Ginflaschen kreisen, sangen traditionelle Lieder, in die sie Selbstgedichtetes einflochten, und tanzten zum immer wilder werdenden Rhythmus der Trommeln aus Baumstämmen oder getrockneten Kürbissen. Die Prozession verschonte auch das Krankenhaus nicht. Ich flüchtete gerade noch rechtzeitig in die Kinderabteilung und gab vor, die Infusionen zu prüfen. Der Apotheker, Arthur-Kwameh der Zweite, war nicht schnell genug. Sie erwischten ihn vor der Marienstatue. Er zog einige Geldscheine aus der Tasche, um die aufgekratzten Weiber zu bestechen, doch er hatte keine Chance: Die Frauen, die ihn spottend umringten, wurden angefeuert von Elsa, seiner früheren Gefährtin, die ihre Strohmatte schon längst in die Hütte eines anderen getragen hatte.

»Freut euch, freut euch,
Arthur-Kwameh enttäuscht euch.
Wir sind auf stramme Schwänze scharf.
Fällt euch auf, fällt euch auf,
daß von den Männern hier
keiner etwas taugt?«

Die öffentliche Beschämung des Apothekers reichte den entfesselten Frauen nicht, sie suchten auch nach mir. Die Geschichte vom widerspenstigen Obroni-Arzt, der Akuja grob zurückgewiesen hatte, war allen zu Ohren gekommen. Nun bot sich eine Gelegenheit zur Rache. Affieh, die gefeierte Jungfrau, sprang auf die betonierte Veranda, ihre mit Eiweiß beschmierten bloßen Brüste glänzten, die Frauen umringten sie und sangen aufreizende Verse:

»Freu dich, freu dich,
Scheide von Affieh,
wenn du mit dem Mann, der dich ißt,
nicht zufrieden bist,
dann gib ihm die Peitsche.«

Die Feiernden waren berauscht vom billigen einheimischen Gin und von der immensen Freiheit, die das Ritual ihnen bescherte. Einige öffneten die Oberteile ihrer Kleider und stellten ihre Brüste zur Schau, die noch knackig und fest hüpften, obwohl sie etliche Säuglinge genährt hatten. Zu meinem Glück trauten die Rachelustigen sich nicht, bis zu meiner Zuflucht vorzudringen. Nach ihrem Abzug blieb der Spott wie die Schleimspur einer Riesenschnecke am Erdboden kleben.

Vielleicht wagte ich auch wegen dieses Umzugs nicht, Akuja ein weiteres Mal abzuweisen. Ein Bild der gestrigen Nacht flutete immer wieder an die Oberfläche meiner verstörenden Vorstellungen und schenkte mir zeitweise Beruhigung: Nachdem wir wieder zu Atem gekommen waren, setzte Akuja sich auf und bekreuzigte sich, nackt wie sie war, mein Same rann ihr noch über die Schenkel. Dann spreizte sie die Finger ihrer rechten Hand und beschrieb mit dem ausgestreckten schwarzen Arm einen Bogen über das ganze Bett. Mit der gleichen Geste, mit der Pater John Menschen, Tiere und heilige Gegenstände zu segnen pflegte, segnete meine unschuldige Geliebte die Schweiß- und Spermaspuren auf dem Laken, die zerdrückten Kissen, die ausgerissenen Schamhaare und ihren frischgebackenen Mann. Mit einer einzigen Gebärde verwandelte sie unser Liebeslager in eine heilige Stätte.

4

Zähne, die einst Kolanüsse knackten, kauen nun Avassä-Gräser

Breitbeinig, die Hände auf den Knien, hockte Akuja abends auf einem Schemel vor meinem Haus. So demonstriert eine ghanaische Frau Eigentum vor dem Eingang zu ihrer Hütte, neben sich eine Schale mit Kassave, eine Flasche Dattelöl und ein Säckchen Kakaobohnen. Akuja begnügte sich mit meiner Terrasse; immerhin lag sie am Hauptpfad. Bis zum nächsten Morgen würden alle wissen, daß Akuja nicht länger nur Herrn Danssus Schweinehirtin und auch kein zurückgewiesenes Geschenk mehr war; vielmehr durfte sie als anerkannte Geliebte des weißen Arztes im Dunkel neben ihm liegen und seinem Atem lauschen. Von nun an würde sie über den Obroni wachen und ihn vor den tükkischen Geistern beschützen, die sich, während er schlief, durch Nase und Mund in seinen Körper stehlen wollten. Von nun an würde sie allmorgendlich das von Charles aus der Tiefe der Erde, aus der Nachbarschaft der Hölle, geschöpfte Trinkwasser beäugen und die Spiegelbilder hinterlistiger Kobolde verscheuchen.

Das Recht auf mich und mein Haus hatte Akuja sich in einer einzigen Nacht der Wollust erworben. Nachts hatte ich mit ihr geschlafen, frühmorgens zupfte sie bereits an meinem Brusthaar, um mich zur zweiten Runde aufzufordern, und am Abend fühlte sie sich befugt, als Herrin über dieses Stückchen Boden auf der Schwelle meines Hauses zu hokken. Sie wußte ja, ich würde sie nicht noch einmal fortschicken, sondern nur zu gern auf mein stattliches Holzbett ziehen. Und ich wußte, daß ich in der kommenden Nacht nicht aus Besorgnis um meinen Ruf mit ihr schlafen würde, sondern weil ich nach ihren üppigen glatten Lippen, der süßen Feuchte zwischen ihren Beinen und nach ihren heiseren Glücksschreien gierte.

Was mochten die Nonnen denken, wenn ihnen aus den Laken, die sie für mich wuschen, der Duft eines nackten Mädchens entgegenströmte? Wie würde die Familie des Häuptlings reagieren, wenn sie erfuhr, daß Danssu die unter seinem Schutz stehende Waise beim Doktor untergebracht hatte? Zum erstenmal seit meiner Ankunft in Ghana fühlte ich mich Mächten ausgesetzt, die stärker waren als ich.

»Memwadjo, Akuja«, begrüßte ich sie.

»Memwadjo, Obroni«, antwortete sie zufrieden.

Ich wunderte mich, daß sie sich nicht erhob, wie es junge ghanaische Frauen in Gegenwart ihrer Männer eigentlich zu tun pflegen. Verlegen zog ich meine Schuhe aus und schlug sie aneinander. Brocken dunkler Erde, trockene Gräser und klebrige Schnecken fielen zu Boden. Akuja blickte mich nicht an, ihre Aufmerksamkeit war starr auf den Pfad gerichtet.

Zunächst sah ich nichts, doch etwas später gewahrte auch ich den sich heranschleppenden, von unzähligen Glühwürmchen umschwärmten Schatten. Als er in den gelblichen Lichtkreis der Öllampe trat, erkannte ich einen Greis. Seine nackten Füße trampelten über den Brennesselteppich. Sein Gesicht sah ich erst, als er sich mir auf Armeslänge genähert hatte, es war faltig und trocken wie die Stämme der gefällten Dattelpalmen am Wegrand, eine der Augenhöhlen gähnte leer.

»Das ist Matthias, der Bruder der Frau Danssu, mein Adoptivonkel. Er hat mir oft geholfen und nie etwas dafür verlangt«, erklärte Akuja mir in stark akzentuiertem Englisch; ihre Stimme klang hohl, als käme sie durch ein Bambusrohr zu mir.

Blitzartig wurde mir klar, daß Akuja diesen Besuch arrangiert hatte. Ob sie erwartete, daß ich mich von nun an nicht nur um sie, sondern auch um ihre Familie kümmern würde?

»Und ich dachte, du sprichst nur Tewei, Akuja«, hielt ich ihr vor.

Sie lachte, sie war nicht beleidigt. Sie antwortete mir in flüssigem, wenn auch nicht ganz fehlerfreiem Englisch.

»Ich war Kofis Kindermädchen und habe auch auf seine beiden Schwestern aufgepaßt. Herr Danssu ließ für die Mädchen eine Englischlehrerin kommen und hat mir erlaubt, am Unterricht teilzunehmen. Ich war eine gute Schülerin, Doktor. Doch seit der Yams-Ernte des vergangenen Jahres wies Herr Danssu mir eine andere Arbeit an. Statt der Kinder mußte ich seine Schweine hüten. Ich lernte schneller als seine Töchter, das hat ihm mißfallen.«

»Wie sagt ihr hier, Akuja? Jeder muß das Feld kennen, auf dem er spielt.«

Sie erwiderte nichts. Sie wandte sich dem Alten zu, der sich ihrer wie ein Onkel angenommen hatte. »Als er ein Baby war, hat ihm ein Huhn das Auge ausgepickt«, erklärte sie mir, wobei sie mit flinken Fingerbewegungen einen pikkenden Hühnerschnabel nachahmte. Sie zog einen Hocker heran und half dem alten Mann, sich zu setzen. Dann küßte sie ihm ehrerbietig die dürren Fingergelenke.

Vom Grund seines Kommens ahnte ich nichts, aber so,

wie er zu mir aufblickte, schien er ein Wunder zu erwarten. Zögernd zog er den Saum seiner Kente bis zu den Knien hoch, und da wußte ich auf Anhieb Bescheid. Sein linkes Bein war ungeheuer dick, mindestens doppelt so dick wie das rechte, die Haut rissig und grau wie die Haut eines Elefanten. Es mußte für ihn sehr beschwerlich sein, sich über die Pfade des Dorfes zu schleppen, als hinge ihm ein Gewicht am Schenkel.

Elephantiasis. Ich hatte hier bereits zahlreiche ähnliche Fälle gesehen. Onkel Matthias mußte, wie die anderen Kranken, vor Jahren von einer weiblichen Mücke gestochen worden sein. Seitdem nistete ein Parasit in seinem Körper und mutierte einige Male, bis Tausende von Würmern sich in den Lymphknoten und -gängen ansiedelten und sie im Laufe der Zeit völlig verstopften. Das Bein schwoll an, Onkel Matthias begann zu humpeln. In einem früheren Stadium hätte man die Würmer mit einer medikamentösen Behandlung innerhalb von zwei bis drei Wochen abtöten können, aber in diesem fortgeschrittenen Stadium der Deformierung konnte nicht einmal mehr eine Operation Abhilfe schaffen.

»Elephantiasis ist nicht zu behandeln. Ich kann für deinen Onkel nichts tun«, sagte ich auf englisch, doch beider Augen blieben unerschütterlich hoffnungsvoll an mir hängen.

»Dafür gibt es keine Medizin«, fügte ich auf Tewei hinzu. Eine plötzliche Böe versprühte salzige Gischt, als wäre der Ozean in den Wald vorgedrungen und fegte meine grausamen Worte davon.

»Matthias, kommen Sie morgen früh in die Klinik, dann verschreibe ich Ihnen Tabletten«, sagte ich jetzt laut und dachte bei mir: Manchmal hat vielleicht auch ein zum Scheitern verurteilter Versuch seine Berechtigung.

Im Greisengesicht zuckte es. Höchstwahrscheinlich hatte Matthias meine Worte nicht verstanden, und nur die Ohnmacht in meiner Stimme war zu ihm gedrungen. Er gab eine Art Grunzen von sich, erhob sich schwerfällig und schleppte sich von der Terrasse zurück in den Wald. Ich wußte, daß ich ihn nicht wiedersehen würde. Akuja aber lachte fröhlich. Sie glaubte unerschütterlich an meine vermeintlichen magischen Kräfte.

Die Liebe füllte mich für eine ganze Weile mit süßer Trunkenheit, doch dann starb der Fischerhäuptling, und damit bahnte sich das Verhängnis an.

Der Häuptling der Fischer, ein jüngerer Bruder des großen Häuptlings Nana Kosa des Zweiten von Asankangrwaa, hatte im Norden Ghanas mit fester Hand ein kleines Fischerdorf regiert. Offensichtlich vertrauten die Fischer seiner Autorität und seiner Fähigkeit, böse Geister zu besiegen, denn sie folgten ihm auch in dunklen Nächten weit hinaus auf den See. Er hatte die zwanzig aus Baobab-Stämmen gezimmerten Fischerboote des Dorfes sein eigen genannt, dazu einen fruchtbaren Ackerstreifen am Ufer und neun gebärfreudige Frauen, die allesamt unberührt in seinen Palast gekommen waren.

Nun war der Häuptling der Fischer ins Land Assamando abberufen worden. Von dort würde er als einer der Ahnenväter die Geschicke der lebenden Häuptlingsfamilie lenken, eine schwere Verantwortung. Er würde in ihren Träumen erscheinen, greisen Priestern Botschaften zuraunen und die jungen Männer auf ihren Jagdzügen beschützen. Die Mitglieder der Häuptlingsfamilie ihrerseits würden dem Geist des Toten Geschenke darbringen: jedesmal, wenn sie eine Flasche Gin öffneten, würden sie einen Schluck für ihn vergießen, und jedesmal, wenn sie ein Kalb schlachteten, würden sie ihm die rosarote Zunge opfern.

Einen solchen Mann konnte man nicht in dem elenden Fischerkaff begraben, in dem er schon zu Lebzeiten begraben gewesen war, sein Leichnam sollte vielmehr nach Asankangrwaa überführt und hier in allen Ehren bestattet werden, wie es einem Mitglied der herrschenden Familie gebührte.

Seine Leiche wurde mit einer Wachsschicht bestrichen, in Baumwollbahnen gewickelt und mehrere Male durch dicke Rauchwolken gezogen. Nach vollendeter Prozedur war der Tote gegen die Beschwernisse seines letzten Weges gefeit, und in Asankangrwaa würde man angesichts der roten Wangen und der straffen Haut meinen, der Tod sei erst kürzlich eingetreten.

Unterdessen gingen in Asankangrwaa die Boten des Häuptlings von Hütte zu Hütte und verbreiteten die traurige Nachricht. Sie machten vor dem Hof einer jeder Familie halt, gongten laut auf der mitgeführten Blechplatte und verkündeten mit erhobener Stimme die Worte ihres Herrn in Form eines gewundenen, auswendig gelernten Vortrags, bei dem sie kein Wort und vor allem keinen der zahlreichen Ehrentitel des Verstorbenen vergaßen. Die Botschaft wurde einem jeden zugetragen, den Betrunkenen in den Trinkhütten ebenso wie der blinden, allein hausenden Greisin und der einsamen Hirtin mit ihren vier Ziegen. Bis zum Abend wußten es alle.

Und als alle es wußten, hatte sich das Dorf verändert. Dem Anschein nach setzten die Männer und Frauen ihr alltägliches Leben fort. Wie jeden Morgen zog eine lange Reihe von Dienerinnen, jede mit einem Eimer frisch geschöpften

Brunnenwassers, in den Palast hinauf, um dort die Höfe und Gemächer zu putzen. Doch heute wirkte es irgendwie falsch, wie aufgesetzt. Als hätte einer der bösen Geister den Leuten die Seele abgesogen, und die leeren Körper vollführten ihre Verrichtungen jetzt nur noch wie Roboter. Ich konnte mir meine Beklemmung bei diesem Anblick erst später erklären: Was ich an jenem Morgen erspürte, war die geballte Angst.

Die Häuptlingsleiche würde eine gute Woche lang über Dschungelwege schaukeln, doch bereits drei Tage nach dem Eintreffen der Todesnachricht befand Nana Kosa der Zweite, er könne sein Leid nicht länger ertragen. Die Dörfler ihrerseits litten unter einer ständig wachsenden Spannung. Deshalb begann man in Asankangrwaa mit der Trauerzeremonie bereits, als der Leichnam noch nicht einmal das nördliche Tamale erreicht hatte.

Am frühen Nachmittag strömte eine Menschenmenge auf dem Versammlungsplatz vor dem Schulgebäude zusammen, die Männer in farbigen Kente-Umhängen, die Frauen in Festkleidern. Sie ließen sich in einem großen Viereck auf dem Boden nieder. An der Nordseite thronte Nana Kosa der Zweite auf einem schweren geschnitzten Stuhl, zu beiden Seiten die Dorfältesten, die es verstanden, Verbindung mit den Verstorbenen aufzunehmen; oben auf dem vergoldeten Zepter in der Häuptlingshand krallte sich ein geschnitzter Vogel fest und sperrte den Schnabel auf. Der Älteste hinter dem Häuptling hatte die ehrenvolle Aufgabe, den Sonnenschirm zu halten, ein Statussymbol ersten Ranges aus Kolonialzeiten.

In gebührendem Abstand von den Ältesten nahmen die sichtlich aufgeregten Sängerinnen des Kirchenchors in lila Umhängen Aufstellung.

Die weitverzweigte Familie des Häuptlings positionierte sich im Westen, wohl hundert Männer standen Schulter an Schulter beieinander. Die Südseite war für die Trauernden aus Asankangrwaa und den umliegenden Dörfern bestimmt; hier schnatterten unzählige Kinder. Trotz der Platznot gesellte sich auch das Orchester dazu: zwei seit langem ergraute Musiker, einer blies auf einer alten britischen Trompete, der zweite auf einer heiseren Posaune.

Die Familienoberhäupter näherten sich im Gänsemarsch untertänig ihrem Häuptling und überreichten eine Gabe zur Bestreitung der Beerdigungskosten. Wer kein Geld geben konnte, brachte Kolanüsse, Kassave, Stoffbahnen oder Hühner mit zusammengebundenen Beinen. Alle diese Leute sind so viel ärmer als die Häuptlingsfamilie, dachte ich bei mir, doch jeder gibt etwas, und jede Gabe wird geehrt. Ein Ausrufer verkündete den Namen des Gebers und beschrieb die Natur des Geschenks, welches anschließend vor Kwame, dem ältesten Sohn des Häuptlings, auf einen Tisch gelegt wurde.

Plötzlich ging ein Stöhnen durch die Menge. Herr Danssu stolzierte in einer prächtigen türkisenen Kente gebieterisch an der Reihe der Familienoberhäupter vorbei. Seine vergoldeten Sandalen drückten der roten Erde mit jedem Schritt den Stempel seines Reichtums auf. Vor dem Sohn des Häuptlings machte er halt, zog aus den Falten seiner Kente einen beachtlichen Packen Tausend-Cedis-Noten und plazierte ihn mit großartiger Geste auf den Gabentisch. Die Menge verstummte vor Schreck.

Kwame rührte das Geld nicht an und blickte fragend zu seinem Vater hinüber. Nana Kosa der Zweite verzog angewidert die Miene. »Der Häuptling braucht dein Geld nicht«, verkündete der Sohn. »Wenn der Häuptling trauert, nimmt er nur Geschenke von Menschen entgegen, die er liebt.« Die allgemeine Stille füllte sich mit Panik. Ich spürte, daß ich Zeuge der öffentlichen Demütigung des Herrn Danssu wurde. Doch daß dies nur der Rauch vor dem eigentlichen Auflodern der Flammen war, das bloße Vorspiel zum Ausbruch langgehegten Hasses zwischen den beiden Dorftyrannen, konnte ich damals nicht ahnen.

Herr Danssu nahm den Geldpacken sogleich wieder an sich und warf die Banknoten schwungvoll in die Menge. Aus Angst vor dem Häuptling wagten die Leute einen Augenblick lang nicht, sich zu rühren. Doch die Versuchung war zu groß. Chaotisches Getümmel brach los. Alle, Männer, Frauen und Kinder, fielen über die Scheine her, und als sie sich wieder aufrichteten, waren Herr Danssu und sein Gefolge verschwunden.

Ich hatte mich zu den einfachen Leuten an die Südseite gesellt. Dort fand, inmitten von Staubwolken und dem Kreischen der Kinder, die eigentliche Totenfeier statt. Im Gesang, Freudengeschrei und Getrampel manifestierte sich archaische Lebenskraft, die im Verein mit den heiseren Tönen der Blasinstrumente die Angst vor dem Tod vertreiben sollte. Ohne es zu wollen und ohne das Ritual zu kennen, ließ ich mich von der Erregung der Menge anstecken, schwenkte mein Becken wie sie und stampfte ebenfalls mit den Füßen.

In der Mitte des Platzes tanzten zwei Frauen. Die ältere, eine magere Greisin, bewegte ihren Körper auf geradezu wunderbare Weise, und die zweite, ein hübsches junges Mädchen, vielleicht ihre Enkelin, ahmte jede ihrer Bewegungen genauestens nach. Sie wirkten wie zwei feine, sich im Wind wiegende Zweige. So tanzen keine vergänglichen Körper, dachte ich, das ist ein Tanz der Seelen.

Reizte mich das monotone Echo der Trommeln, oder waren es die schrillen Trompetentöne? Bevor ich wußte, was geschah, sprang ich auf den Platz und tanzte mit. Daß der Obroni-Arzt sich ihnen anschloß, schien den beiden zu gefallen, denn sie bezogen mich in die Intimität ihrer Bewegungen ein. Sie umkreisten mich, zunächst weiter, dann immer enger, bis sie mir nahe kamen. Die Greisin streckte hinter meinem Rücken einen mageren Arm aus, und das Mädchen legte mir eine Hand auf die Brust und drückte meinen Oberkörper sanft zurück. Durch die Menge lief jedesmal ein Raunen, wenn ich mein Becken kreisen ließ oder mich nach hinten in den Arm der Alten beugte.

Ich tanzte wie toll und war mir meiner Bewegungen nicht bewußt. Erst später erfuhr ich, daß ich gegen ein weiteres Stammesgesetz verstoßen hatte. Während der Beerdigungszeremonie durften nur Frauen aus der Häuptlingsfamilie tanzen, und erst gegen Ende der Feierlichkeiten, nachdem der Häuptling sich zurückgezogen hatte, war auch den anderen das Tanzen gestattet. Eine Sitte Asankangrwaas. Zu meinem Glück verzieh man dem Obroni-Doktor alles – wie einem Kleinkind, das beim Laufenlernen immer wieder auf den Hintern fällt.

Mochten die Dörfler mir meine Kühnheit nachgesehen haben, die Götter, die von den Sterblichen striktes Einhalten der gesellschaftlichen Konventionen erwarten, schäumten vor Wut. Während meines selbstvergessenen Tanzens verwandelte sich die Welt.

Ein Sandsturm fegte urplötzlich über das Dorf hinweg, riß Dächer von den Hütten und färbte die Luft schmutziggelb. Die Sicht trübte sich. Was einen oder zwei Meter entfernt war, wirkte nur noch wie ein Schattenspiel. Die Menschen stoben in Panik auseinander und suchten Schutz in den wenigen Steingebäuden, in der Kirche oder in unversehrt gebliebenen Hütten. Ich machte mich in Richtung Krankenhaus davon. Das Ende der Welt schien nahe.

Der Sandsturm wütete stundenlang und trug Dünensand aus den Wüsten Malis und des Sudans heran. Anschließend fiel schwerer tropischer Regen, spülte den Sand von Hütten und Bäumen und verwandelte das Dorf in eine einzige große Pfütze. Auch der Niederschlag währte Stunden. Er hatte sich zunächst in einem schmalen dunklen Wolkenstreifen angekündigt, der von der fernen südlichen Goldküste herantrieb, ein Riesenknäuel bleierner, die Sonne verdunkelnder Wolken im Schlepptau. Und dann prasselte der Regen los, als hätten sich alle Himmelsschleusen auf ein Kommando hin gleichzeitig geöffnet. Das Kommando, die Schleusen zu schließen, ließ lange auf sich warten.

An den Hängen schwemmte das ablaufende Wasser riesige Mengen Erdreich mit sich fort, Baumstämme, aufgequollene Tierkadaver und weiße Felsbrocken wurden mitgerissen und begraben. Von meinem sicheren Platz in der Entbindungsstation aus sah ich die Habseligkeiten der Dörfler, bunte Plastikschüsseln, Schlafmatten und bizarr verrenkte Bambuszäune, im Schlammstrom vorbeitreiben.

Zum Glück waren keine Opfer zu beklagen. In Asankangrwaa kannte man die Kapriolen des Regens, der einmal jährlich seinem Zerstörungstrieb die Zügel schießen ließ. Die christlichen Seelen im Ort bezeichneten diese Naturerscheinung als »Judas-Ischarioth-Regen«, denn obwohl der Verräter gepfählt in der Hölle schmorte, mischte er sich doch immer wieder in das Werk des Herrn ein. Alle, sowohl die Anhänger des Nazareners wie auch die des alten Regengottes, wagten sich erst nach dem Abklingen der Niederschläge in ihre Hütten am Fuß des Bergs zurück.

In jener Nacht blieb Akuja fort; erst in der folgenden gelang es ihr, die Sumpflandschaft zu durchqueren, in der zwei von Danssus Stieren versunken waren. An ihren nackten, von einer dicken Schlammschicht bedeckten Beinen klebte grünes Gestrüpp, aber Akuja selbst roch unverkennbar nach Reinlichkeit. Bevor sie zu mir kam, schäumte sie sich gründlich mit der bräunlichen Kernseife ein, die an den Ständen mit stumpfen Messern in unregelmäßig große Brocken zerteilt und dann nach Gewicht verkauft wurde.

In dieser Nacht entdeckte Akuja mir den Ursprung der Angst, die in den letzten Tagen wie glühende Lava durch das Dorf kroch, über die Pfade und um die Hütten züngelte und die Bewohner aushöhlte. Sie sprach Tewei, dehnte dabei die Silben sanft und melodisch und verlängerte die Pausen zwischen den einzelnen Wörtern. Dazu gestikulierte sie lebhaft, bekreuzigte sich des öfteren, indem sie die Fingerspitzen von der Stirn zu den beiden rosigen Brustwarzen führte, oder ließ ihre Gesichtszüge erstarren, um einen Toten darzustellen. Unser Bett wurde zur Bühne. Obwohl ich Tewei schon ziemlich gut beherrschte und trotz der gelungenen Imitationen, blieben mir gewisse Aspekte ihrer Erzählung unklar. Zwischendurch nahm Akuja mich immer wieder einmal in die Arme, als glaubte sie, eine Ejakulation wäre meinem Verständnis förderlich.

Einer Regenwaldtradition zufolge, erzählte sie mir, wird ein toter Häuptling nicht allein begraben. Man schlägt gesunden und gehorsamen Stammesangehörigen die Köpfe ab und legt sie mit ins Grab. Auf diese Art ist nicht nur dafür gesorgt, daß der tote Häuptling sich nicht langweilt, er hat zugleich auch Bedienstete, die in der Unterwelt für ihn Antilopen jagen, ihm Kokosmilch reichen und ihm nach jeder beschwerlichen Reise die Füße massieren. Je angesehener der Häuptling, desto höher die Anzahl der Begleiter. Die Legende erzählt von einem großen König der Nordstämme, dem Köpfe von vierhundert Jungfrauen und von vierhundert Kriegern mitgegeben wurden.

Die Mitglieder der herrschenden Familie fangen ihre Opfer nicht selbst ein. Diese Arbeit sowie das anschließende Enthaupten übertragen sie Mitgliedern des Andsche-Stammes, deren Name allein schon Furcht und Zittern auslöst. Man erzählt von ihnen, daß sie die Köpfe mit einem einzigen Machetenschlag abtrennen und daß die Berufsehre sie anhält, jedes Opfer, das einen zweiten Schlag benötigt, zurückzuweisen.

Um die Wahrheit zu sagen: Niemand weiß genau, ob dieses Ritual in Asankangrwaa noch ausgeübt wird, denn nur sieben der Dorfältesten sind berechtigt, an der Bestattung eines Häuptlings teilzunehmen. Wenn der Mond hinter dem heiligen Baobab aufgeht, tragen sie die Leiche auf ihren Schultern zu Grabe, und nur sie allein dürfen die Erdgöttin Assasse Afija bitten, den Toten bei sich zu beherbergen; sie allein dürfen die Ahnen zusammenrufen und sie auffordern, den Verstorbenen in ihren Reihen zu empfangen. Niemand außer diesen sieben Ehrwürdigen weiß, wo das Grab ausgehoben wird. Das erfahren nicht einmal die legitimen Söhne des Häuptlings, die den Leichenzug auf den Dorfpfaden, mit Messern bewaffnet, begleiten und jeden Elenden erstechen, der es wagt, in dieser Nacht der

Schrecken aus seiner Hütte zu treten. Kommt ein geheimnisvoller Bau aus Bambuspfählen am Rand des Waldes in Sicht, bleiben die Häuptlingssöhne ehrerbietig stehen, und nur die Ältesten ziehen mit der Leiche weiter.

Falls das grauenvolle Ritual aber doch noch praktiziert werden sollte, so könnte man sich damit beruhigen, daß Nana Kosa der Zweite ein gläubiger Christ ist und zu einem Herrn und Erlöser betet, der unnötiges Blutvergießen verabscheut. Wenn andererseits der Häuptling seinen Bruder allein in die Welt der Ahnen schickt und der Verblichene eigenhändig sein Wasser schöpfen und die Kente selbst im Fluß waschen muß, dann besteht die Gefahr, daß sein gedemütigter Geist den älteren Bruder bis ans Ende seiner Tage verfolgt.

Und deswegen, so beschloß Akuja ihren animierten Vortrag, herrschen in Asankangrwaa zur Zeit Angst und Schrecken.

Akujas Geschichte lag während der ganzen Nacht lang zwischen uns, doch dann jagte das Tageslicht die klebrigen Gespenster der Angst davon. Meine Geliebte sah am Morgen sehr unschuldig aus; sie lag entspannt auf dem Rücken und lutschte am Daumen wie ein Baby. Mit den ersten Sonnenstrahlen wurden die Narben sichtbar, die man ihr als Zeichen der Zugehörigkeit zum Haus der Frau Danssu mit glühendem Draht ins Gesicht gebrannt hatte: zwei schräge Linien auf der linken Wange und eine horizontale unter dem Kinn. Im ersten Sonnenschein wirkten die Narben wie Lederschmuck und erhöhten Akujas Schönheit.

Nackt, nur in ihren Liebesduft gebadet, legte ich mich

neben sie und spürte, daß ich mich in sie verliebte. Mein Mondscheinmädchen erschien in einem Augenblick hilflos und im nächsten stark und erfahren wie Noä, die große Mutter des Dorfs, die mit den Leuten von Asankangrwaa den Tano überquert hatte und in deren Hände die Herrschaft über das Dorf gelegt wurde, als sie achtzig Jahre alt war. Die große Mutter Noä galt als die Begründerin der gegenwärtigen Häuptlingsdynastie.

Mit dem Morgenlicht floh die Angst, und süße Mattigkeit trat an ihre Stelle. Wir liebten uns vor dem Frühstück noch einmal. Als wir danach auf die Terrasse hinaustraten, faßte Akuja entsetzt nach meinem Arm. Zwei Fremde, die maskenhaften Fratzen mit dicker weißer Asche bestrichen, schlichen am Garten vorbei. An ihren muskulösen Schenkeln schaukelten lange Schlachtermesser im Rhythmus ihrer Schritte. Die Klingen glänzten in der Sonne.

»Die Andsche«, flüsterte Akuja, und ihre Stimme schien aus dem Inneren einer Höhle zu kommen.

Der Leichnam des Fischerhäuptlings, festgezurrt auf dem Rücken eines Pferdes, erreichte Asankangrwaa in tiefster Finsternis.

Am Abend hatten Boten vor allen Hütten, sogar vor den armseligsten im westlichen Sumpf, wohin man die Besessenen schickte, die Bekanntmachung ihres Häuptlings wortwörtlich zitiert: »Jeder Mensch und jedes Tier, das nach Sonnenuntergang außerhalb seiner Behausung angetroffen wird, muß sterben.« Natürlich bedurfte es dieser Warnung längst nicht mehr. In den vergangenen drei Nächten hatten alle Eltern ihre Kinder zum Schlafen neben sich auf der

Strohmatte versammelt und sämtliche Hühner und Schafe eingesperrt.

Vom Fliegengitter geschützt, sah ich die Leiche auf dem Pferderücken vorbeischaukeln. Zunächst hatte ich in der Ferne Fackeln gewahrt; erst nach einer geraumen Weile war ein dunkler Fleck auszumachen: eine sich dem Dorf nähernde Menschengruppe. Auf jeder Seite flankierten wohl zehn Männer den Toten. Die beiden Fackelträger an der Spitze waren noch Kinder. Der düstere Trupp zog in tiefem Schweigen vorbei. Nur das Stampfen der Hufe war zu hören und das Platschen der Füße im Schlamm.

»Obroni, du tust etwas Verbotenes.« Akuja schmiegte sich von hinten an meinen nackten Rücken. Ich spürte den dünnen gelben Stoff zwischen uns. »Die Begleitwachen des Toten sind jetzt müde und hungrig. Sie gieren nach ihrem Lohn und einer Schale Fu-Fu mit Erdnußsuppe. Und dann wollen sie sich im Palast ausschlafen, so hat man es ihnen versprochen. Wer sie jetzt noch aufhält, den bringen sie um.« Akuja raunte kaum hörbar; sie hatte eine Heidenangst, entdeckt zu werden, doch ihre Worte trafen mich wie Messerstiche.

»Akuja, ich halte den Zug ja gar nicht auf.«

»Obroni, das kannst du nicht verstehen. Du bist ein Fremder.«

»Was kann ich nicht verstehen?«

»Der Geist des Toten ist jetzt in seine Begleiter gefahren. Allein deswegen haben sie die lange, beschwerliche Reise überstanden. Wenn der Tote jedoch an Gift, einem Zauber oder an einer Hexerei gestorben ist, weigert sich die Leiche, das Haus des Täters zu passieren. Dann stürmen die Wachen hinein und töten jeden, den sie dort finden, damit sie ihren Gang fortsetzen können.«

Der Trupp zog jetzt an meinem Haus vorüber, und urplötzlich rutschte der Tote zur Seite. Seine rechte Hand baumelte unter dem Bauch des Pferdes, als wollte sie den Boden berühren, und das entstellte Gesicht blickte direkt zu uns herüber. Vor Schreck schlug Akuja mir ihre Zähne in die Schulter. Sie wollte in dieser Nacht nicht sterben. Draußen brach Unruhe aus, doch nur für einen Moment. Dann schob einer der Begleiter die Häuptlingsleiche mit einer Hand an ihren Platz zurück, und die Kolonne setzte ihren Weg fort. Erst nachdem sie in einen Seitenweg, der zum Palast des Häuptlings führte, eingebogen war, entspannten sich Akujas Kiefer. Ihre Zähne gaben meine Schulter frei und klapperten anschließend unkontrollierbar. Sie hinterließen tiefe Abdrücke in meinem Fleisch.

»Oh, Obroni, du bist so dumm! Du bist wie ein Kind, das in den Fluß springt, bevor es gelernt hat, wie ein Frosch zu strampeln oder auf dem Wasser dahinzutreiben.«

Alle Einwohner versammelten sich im Hof des Palastes. Man hatte den Toten in der Mitte eines dunklen Zimmers im zweiten Geschoß aufgebahrt, und niemand durfte sich ihm nähern. In diesem Zimmer war er vor siebzig Jahren geboren worden; in diesem Zimmer war seine Mutter während ihres zehnten Kindbetts gestorben.

Der Erstgeborene, der den Thron hatte erben sollen, verlor in jungen Jahren den Verstand. Er war ein ausgezeichneter Wali-Spieler gewesen und verstand es, die Körner flink und raffiniert wie kein Zweiter auf dem Holzbrett zu verteilen. Sein Hochmut rächte sich. Er ließ sich auf einen Wettkampf mit einer Gruppe angriffswütiger Geister ein und besiegte sie. Die Geister vergaßen ihm die Niederlage nicht; sie drangen durch die Nasenlöcher in seinen Körper ein und nahmen ihn in Besitz. Sein Bruder, Nana Kosa der Zweite, mußte an seine Stelle treten, denn der Thronerbe zog es plötzlich vor, nackt durch die Wälder zu irren und sich von Ameisen zu ernähren.

Es war Nana Kosa der Zweite, der eine regelmäßige Steuerabgabe einführte, die Kirchen reparieren und den Steinpalast bauen ließ. Er war es auch, der seinen jüngeren Bruder zum Häuptling eines abgelegenen Fischerdorfs machte. Jetzt saß Nana Kosa zusammen mit den Oberhäuptern der Familien, die sich wie er zum Zeichen großer Trauer ein purpurrotes Band um den Kopf gebunden hatten, im Innenhof seines Palastes.

Akuja bahnte mir einen Weg durch die Menschenmenge vor dem Eingang. »Im Namen Nana Kosas des Zweiten«, rief sie, und die Menge teilte sich. Einige alte Männer blickten sie allerdings haßerfüllt an. Eine Schweinehirtin zweifelhafter Herkunft war eigentlich nicht befugt, den Palast zu betreten, und hatte schon gar kein Recht, ehrenwerte Greise beiseite zu schieben. Einer hob sogar seinen Bambusstock und schien auf Akuja eindreschen zu wollen, doch dann besann er sich eines besseren. Wahrscheinlich hielt er es für klüger, sich nicht gleich mit ihrem neuen Patron, mit mir also, anzulegen.

Wir standen vor dem berühmten Thron; er war aus edlem Holz geschnitzt, dessen Jahresringe sich wunderbarerweise zu einem Kreuz ineinanderwanden. Der Häuptling von Asankangrwaa war alterslos wie eine Schlange, die ihr ausgedörrtes Natternhemd immer wieder abstreift und sich verjüngt. Er sah mich lange an, wie um das Ausmaß der Bedrohung abzuschätzen, die ich für ihn darstellen mochte.

»Der Arzt von Golgatha«, zischte er giftig, dann deutete er auf einen nahen Bambussessel und sprach kein weiteres Wort. Träge nahm er das Defilee seiner Untertanen zur Kenntnis. Ein sehr alter Mann drehte sich um und stieß sich einen Elefantenzahn immer wieder heftig gegen die Lippen, bis einer der Ehrenträger dem Greis einige Geldscheine reichte.

»Er erinnert uns an das Nahen der Todesstunde«, flüsterte Akuja furchtsam. Die Trommler begleiteten den Vorbeizug mit einem monotonen Rhythmus. Die Trauernden schienen wie betäubt von der Glut der Sonne und vom dumpfen Hallen der Riesentrommeln. Hin und wieder stürmten, ekstatisch schreiend, Jugendliche aus der Häuptlingssippschaft herein. Um die allgemeine Erregung weiter anzuheizen, gingen Bedienstete herum und offerierten Dattelwein in Kürbisschalen.

Der Häuptling griff nach meiner Hand und hielt sie in die Höhe, eine Ehrenbezeugung vor aller Augen. Dann führte er mich über schwarze Steinstufen in das Obergeschoß seines Palasts und direkt in das Zimmer des Toten.

Die Leiche lag in eine rote Kente gewickelt, eine Goldkette um den Hals, ein kurzes Schwert in den ausgezehrten Händen, das Gesicht von Aschenstaub bedeckt. Neben ihr sah ich Gegenstände, die ihr auf dem Weg in die Welt der Geister dienlich sein würden: einen vergoldeten Eimer zum Wasserschöpfen und sieben Goldmünzen zum Erwerb von Nahrung.

Der Häuptling beugte sich über seinen toten Bruder und küßte ihm die verrunzelte Stirn. Er sah mich erwartungsvoll an, bis ich es ihm gleichtat. Meine Lippen berührten die kalte, krustige Haut, die bereits nach Verwesung roch.

»Wenn der Tod dich will, läßt er sich durch nichts bestechen. Nennst du ihn Vater, dann reicht er dir die Hand und leitet dich, wohin er will. Nennst du ihn Mutter, dann nimmt er dich wie einen Säugling auf den Rücken«, belehrte mich Nana Kosa der Zweite. »Zähne, die einst Kolanüsse knackten, kauen dann Avassä-Gräser. Zähne, die einst Fleisch zerteilten, beißen dann auf Knochen.«

In der Nacht darauf wurde der ehemalige Häuptling der Fischer zu Grabe getragen. Über dem Dorf lag eine Ausgangssperre. Fiel einer Frau eine Holzperle aus dem Haar und rollte in den Hof, so hütete sie sich, hinauszugehen und sie aufzuheben. Die Kinder wurden unter Kente-Umhänge und Röcke geschoben, damit sie sich nicht in der Finsternis verloren. Im Krankenhaus blieben die Schwestern der Mittagsschicht bis zum nächsten Morgen, um sich selbst und ihre Ablösung nicht in Gefahr zu bringen. Einige verbargen Skalpelle unter ihren grünen Kleidern, andere streuten die Asche verbrannter Adlerfedern, die bekanntlich gewalttätige Geister vertrieb, auf die Schwelle. Wann immer der Schmerzensschrei eines gefangenen Tieres durch die Wände drang, riefen sie sich Aufmunterungen zu und stellten sicher, daß keine von ihnen entführt worden war.

In jener Nacht waren viele Klageschreie zu hören. Eine Horde junger Männer aus der Häuptlingsfamilie stampfte um die Hütten und griff sich jedes Tier, das ihr über den Weg lief. Die Hühner packten sie am Hals, Ziegen und Schweinen stülpten sie dichte Säcke über die Köpfe. Die Eselin des Tischlers Emanuel schleiften sie gefesselt durchs Dorf. Die erregten Rufe der Burschen übertönten das Stöhnen, das Meckern und das schrille Quietschen der gefangenen Tiere. Sie alle schrien flehentlich zur Erdgöttin Assasse Afija, sie möchte doch den toten Häuptling der Fischer ganz und gar und in einem Stück in sich aufnehmen, denn einem der letzten Häuptlinge war ein großes Unglück geschehen: Die einzelnen Wirbelkörper hatten sich im Wald verstreut.

Die zügellose Horde schleppte die erbeuteten Tiere zum Palast des Häuptlings und schlachtete sie auf der Stelle. Die besten Teile wurden der Erdgöttin in Form eines Brandopfers dargebracht, alles andere verschlangen die hungrigen Mäuler der blutrünstigen jungen Männer; sie ließen nichts als weiße Knochen zurück.

Akuja blieb in jener Nacht fort. Ich konnte stundenlang nicht einschlafen. Ein Glühwürmchen schwirrte durchs Zimmer, und seine Funkensaltos und Luftsprünge verkürzten mir das Warten auf den Morgen.

Gegen zwei Uhr pochte es zaghaft an den Holzrahmen meiner Tür; behutsame Finger bemühten sich, der Aufmerksamkeit der Schlächter zu entgehen. Ich entdeckte auf der Terrasse eine in dunkle Tücher gehüllte Frau. Ihre Augen glühten mir aus den Falten des Stoffs entgegen, und darunter glühte ein zweites Augenpaar: sie barg zwischen ihren Brüsten ein Kind. Ich griff nach ihrem Arm und zog sie rasch ins Zimmer. Aus der Nähe hörte ich den pfeifenden Atem des kleinen Wesens.

Eine mutige Mutter hatte ihr Leben riskiert, um ihre Tochter während eines Asthmaanfalls zu mir zu bringen. Doch ich hatte die letzte Dosis Ventolin vor zwei Tagen einem Kind im Krankenhaus gespritzt. Der Geländewagen, der Medikamente aus der Stadt holte, würde erst in zehn

Tagen aufbrechen, und auch das nur, wenn der Regen nachließe und die Wege passierbar wären.

Viel konnte ich also nicht tun. Ich flößte der kleinen Patientin kaltes Wasser ein und löschte die Petroleumfunzel. Auch das kranke Geschöpf verfolgte den flimmernden Flug des Glühwürmchens wie unter Hypnose. Unter den Blicken der kleinen Zuschauerin wurde die köstliche Luftakrobatik immer erstaunlicher. Nach einer Weile ging der Atem der Kleinen leichter, und das asthmatische Pfeifen legte sich.

Als die ersten Sonnenstrahlen den Türrahmen berührten, schnürte die Mutter sich das ruhig atmende Bündel auf den Rücken und verschwand. Nun erwachten auch die anderen Dorfbewohner, tasteten nach ihren Köpfen und spürten beglückt die gewohnte Schwere auf dem Hals. Und nur die verschwiegenen Ältesten, die sich an diesem Morgen die roten Trauerbänder von den Stirnen zogen, wußten, wie viele Köpfe sie in jener Nacht zu Grabe getragen hatten.

Am nächsten Abend lag Akuja wieder neben mir, doch sie war sehr still, und ihr Blick wanderte geistesabwesend über die Schnitzereien am Bettgestell. Träge überließ sie ihre Brüste meinen streichelnden Händen, als gehörten sie einer anderen Frau.

»Was ist los, Akuja?«

Sie brach in Tränen aus.

»Kofi ist verschwunden. Der Sohn von Herrn Danssu.«

»Wie bitte?«

»Er ist seit gestern nacht verschwunden. Seit die Söhne des Häuptlings im Dorf wüteten.«

Sie blickte in panischer Angst um sich, als sähe sie die Ruchlosen schon die Tür aus den Angeln heben und Äxte schwingend auf uns zustürzen.

»Akuja, du hast die Häuptlingsfamilie im Verdacht?«

»Kofi ist ein sechsjähriges Kind. Das kommt einer Kriegserklärung gleich.«

5

Das Fenster des einen ist die Tür eines anderen

Eine Woche nach Kofis Verschwinden wurde eine Tochter des Herrn Danssu ins Krankenhaus gebracht, ein Mädchen namens Alassi. Alassi war eines seiner zahlreichen außerehelichen Kinder, die in den Lehmhütten Asankangrwaas und anderer Dörfer heranwuchsen, über deren Wege Danssus zerbeulter Peugeot geholpert war. Herrn Danssu wurde eine Vorliebe für ganz junge Mädchen mit noch glatter Scham nachgesagt. Für ihre Jungfräulichkeit zahlte er den Eltern einen beachtlichen Preis: einen Sack Yams oder eine Kanne Dattelwein.

Alassi kam nicht in den Genuß des grünen glückbringenden Smaragdsplitters, den Herr Danssu seinen ehelichen Kindern unter die Schlafmatten schob, doch ihre vierzehnjährige Mutter war ein mutiges Mädchen, das die Matte mit dem Baby darauf vor den Eingang zu Danssus Hof legte, bis der Herr die Schande nicht länger ertrug und sich zur Vaterschaft bekannte. In Pater Johns Taufregister stand neben »Alassi« der Name »Danssu« in roter Tinte und verschnörkelten gotischen Lettern.

Alassi wurde in einer unruhigen, bedrückenden Woche bei uns eingeliefert. Hunderte von Männern durchkämmten tagelang den Wald und stocherten mit spitzen Stöcken im Boden herum, um irgend etwas zu finden, das über Kofis rätselhaftes Verschwinden Aufklärung gäbe, einen Kleiderfetzen, Gliedmaßen, frisch umgegrabene Erde. Herr Danssu selbst beteiligte sich, ausgerüstet mit einem langen Bambusstab, ebenfalls an der Suche. Doch alle sahen sein Zögern. Aus Angst vor dem, was sich ihm möglicherweise entdecken könnte, wagte er kaum, den lehmigen Boden zu streifen.

In jeder der Kirchen wurde für Kofi gebetet. Die Priester wandten sich an ihre Heiligen und vergaßen auch die Fluß- und Waldgötter nicht, die seit der Missionstätigkeit allesamt englische Namen trugen. Die Bediensteten des Herrn Danssu liefen von einer Kirche zur anderen, füllten die Lämpchen mit bestem Dattelöl und steckten den Priestern Tausend-Cedis-Scheine in die Taschen, damit sie den Gebetsstrom nicht, vom Schlaf überwältigt, unterbrächen.

Eine Woche verging, ohne daß man etwas fand. Im Dorf machte sich Enttäuschung breit. Der Verdacht, der sich zwischen den Hütten eingenistet hatte, wurde zu einer düsteren Vorahnung, zur Erwartung der Rache. Die Männer in der Trinkhütte munkelten davon, wenn sie eine Flasche Gin kreisen ließen; die jungen Burschen schliffen und polierten ihre Macheten. Rachelust grub sich gewundene Maulwurfsgänge durch Asankangrwaas Erde. Doch wagte niemand der Dörfler den Verdacht gegen Nana Kosa den Zweiten öffentlich zu äußern, denn alle erinnerten sich an den alten Brauch, die Zunge eines Mannes, der den Häuptling verunglimpft hatte, vor der Hinrichtung an seiner eigenen Wange festzunähen.

Alassi verlor auf dem Weg ins Krankenhaus das Bewußtsein. Ein Pastor der Pfingstkirche begleitete sie. Er trug einen weißen Umhang, wie im Norden üblich, und hob den

Saum hoch, um ihn nicht zu beschmutzen. In der anderen Hand hielt er, wie ein katholischer Priester, ein Ölfläschchen für die Letzte Ölung. Hin und wieder befahl er den Männern, die Trage abzustellen. Dann legte er das Fläschchen feierlich auf Alassis Bauch und tupfte ihr mit zwei Fingern Öl auf die Stirn. In den strengen Blutgeruch mischte sich das aufreizende Aroma des Kokosöls.

Meiner Einschätzung nach war sie nicht älter als zwölf. Ihre Brüste waren kaum gewölbt. Als ich das Laken von ihrem Unterkörper hob, sah ich auf ihren Schenkeln verkrustetes Blut. Eine Schwester spreizte ihr die Beine, und ich hockte mich vor sie auf den Boden. Ein Kräuterbüschel versperrte meinen tastenden Fingern den Zugang zu der blutenden Scheide. Ich zog ein lilafarbenes Sträußchen heraus, aber dort drinnen steckten noch mehr Kräuter, sie waren nach einem bestimmten Muster, einmal quer, einmal längs, angeordnet und bis an den Muttermund hochgeschoben worden.

Die Schwestern blieben gelassen. Sie hatten derartiges unzählige Male gesehen. »Die Pflanze Obrekuaniwa verursacht eine Unterleibsblutung und dann eine Abtreibung«, erklärte mir Oberschwester Decife.

»Soll das heißen, daß dieses Mädchen schwanger war?«

»Ja, Doktor.«

»Und wer war bereit, sie verbluten zu lassen, nur um den Fötus abzutreiben?«

Schwester Decife biß sich auf die Lippen und richtete ihren Blick auf die verschmierten Tücher unter Alassis Leib.

»Decife, wer hat sie auf diese Art behandelt?« Ich gab nicht nach, ich wollte es wissen.

Die Oberschwester blickte mir tief in die Augen, als suchte sie nach meiner Seele.

»Akusuja Konfu«, sagte sie und bekreuzigte sich. Ich hörte die Angst in ihrer Stimme.

Akusuja Konfu. Ich war diesem Namen noch nie begegnet, doch an jenem Abend sollte ich ihn gleich noch einmal vernehmen. Ich war unterwegs ins Kloster, um mit den nigerianischen Nonnen zu Abend zu essen. Aus der Neuen Apostolischen Kirche, einer einfachen, mit Palmwedeln gedeckten Lehmhütte, drangen Orgeltöne. Ich wollte meinen Ohren nicht trauen und blieb mit angehaltenem Atem stehen. Asankangrwaa war der letzte Ort der Welt, an dem ich Klänge aus Bachs Matthäuspassion erwartet hätte.

Ich ging hinein. Durch Risse in der Mauer und durch das Gestrüpp auf dem Dach fiel bleiches Mondlicht in den ansonsten dunklen Raum. Staub rieselte von den zerbröckelnden Palmwedeln und verklebte mir die Nasenlöcher. Ganz allmählich konnte ich Gegenstände erkennen. An den Wänden standen vier Strohbänke, in der Mitte ein glänzend polierter Holzaltar, und hinter dem Altar – eine Orgel. Von dieser Orgel hatte man mir bereits erzählt. Ein musikliebender Missionar ließ sie zu Beginn des zwanzigsten Jahrhunderts aus Deutschland herbeischaffen. Neunzig Jahre Regenwald hatten ihr zerstörerisches Werk getan: in der hohen Luftfeuchtigkeit war das Holz aufgequollen, Würmer fraßen es von innen, die Pedale knarrten und quietschten.

An der Orgel saß ein kleinwüchsiger Junge mit geschwollenem Bauch. Er mußte die merkwürdig verformten Arme strecken, um mit seinen krummen Fingern die Tasten zu erreichen. Die Rachitis hatte seinen Körper völlig verzerrt. Die linke Schädelseite war so flach, als hätte jemand gleich nach der Geburt ein schweres Gewicht daraufgelegt. Am nackten Oberkörper erkannte ich einen erweiterten Brustkorb, den sogenannten rachitischen Rosenkranz. Doch das gequälte Geschöpf schaffte es, die Behinderungen, seine eigenen sowie die der Orgel, zu überlisten und den Raum mit überirdischen Klängen zu füllen.

Die Musik weckte meine Sehnsucht. Nostalgie überflutete mein Herz.

Der Junge bemerkte mich erst, als ich zu ihm trat. Er brach sein Spiel unvermittelt ab, das Körperchen sank zusammen.

»So spielen die schwarzen Engel«, sagte ich ihm auf englisch. Ein verstörter Blick zeigte mir, daß er mich nicht verstand. Ich versuchte es auf Tewei: »Wo hast du gelernt, so schön zu spielen?«

»Ich habe es nicht gelernt. Akusuja Konfu hat mich gesegnet.«

Die Nonnen saßen in ihr Gebet versunken am Tisch. Vom dunklen Korridor aus glänzten ihre Gestalten heller als das polierte Silberbesteck vor ihnen. Als ich mich setzte, fuhren sie mit dem innigen Gemurmel fort, nur leise flatternde Augenlider verrieten mir, daß sie meine Anwesenheit spürten.

Las Schwester Viktoria heute absichtlich Verse aus dem Neuen Testament vor, die von der fleischlichen Sünde sprachen, und wie schwer es den Menschen fällt, ihr zu widerstehen? Oder war es Zufall, daß sie wieder einmal vor der Unzucht warnte, das Nacktbaden der Dörflerinnen und die Schwangerschaften unverheirateter Mädchen anprangerte sowie den örtlichen Brauch, zur Steigerung des Genusses die Spitze des männlichen Glieds dreimal mit dem Messer einzuritzen?

Die Nonnen lauschten der Aufzählung der verabscheuungswürdigen Sünden mit gespitzten Ohren. Die weite, gestärkte Tracht verbarg ihre Formen, und nur manchmal, wenn sich zufällig eine Busen- oder Bauchwölbung abzeichnete, ahnte ich etwas von den Umrissen der jungfräulichen Körper. Die anschaulichen Beschreibungen konnten ihren Mienen kein Zucken entlocken, doch mir wollte scheinen, daß sie manchmal den Atem anhielten, um ein Stöhnen zu unterdrücken.

Nach der Mahlzeit und dem Abschlußgebet verließen sie eiligst den Tisch, um sich vor dem alten Videogerät zu versammeln, einer Spende der nigerianischen Mission für die Gott in feindlicher Ferne dienenden Schwestern. An jenem Abend wurde der Generator eigens für sie angeworfen. Sie sahen Schwester Viktoria begehrlich entgegen, die eine Kassette wie einen heiligen Gegenstand auf den Handflächen herbeitrug, langsam in den Schlitz schob und dann den Fernseher einschaltete, um ihren Schützlingen den alten indischen Liebesfilm zum wohl zwanzigstenmal vorzuführen.

Die Nonnen schnalzten mit den Zungen und wiegten ihre Häubchen hin und her, wann immer sie des jungen Helden ansichtig wurden. Sein Anblick versetzte sie in eine solche Erregung, daß mir der Verdacht kam, sie würden sich Jesus jedesmal, wenn sie im Gebet die Augen schlossen, als pausbäckigen indischen Playboy mit glattem, pomadisiertem Haar vorstellen.

Ich gesellte mich zu ihnen und fühlte mich einsam und verloren. Im Krankenhaus sprach ich meistens Englisch, mit den Dörflern und mit Akuja unterhielt ich mich in Tewei, meine Sehnsüchte zerfleischten mich auf hebräisch, und mit den Nonnen sang ich in Hindi: »Oh, meine reine Geliebte, oh. Ein Leben ohne Liebe ist wie eine welkende Blume, ihrer Blütenblätter beraubt.«

Am Ende siegte die Liebe. Der dickliche Playboy und seine in helle Tücher gewandete Liebste verschränkten ihre Hände, im Hintergrund leuchteten Wasserrosen in einem Marmorbecken, und die nigerianischen Nonnen seufzten erleichtert. Ich nutzte den günstigen Augenblick, um mich zu Schwester Viktoria zu beugen und sie leise zu fragen: »Kennen Sie Akusuja Konfu?«

Die geflüsterten vier Worte hallten wie ein Schrei. Er klatschte an die weiße Wand und blieb dort als häßlicher Teerflecken kleben. Schrecken erschien auf den entspannten Mienen der Nonnen. Sie brauten sich in aller Eile ihren schwarzen Tee und verschwanden mit den dampfenden Tassen in ihren Zellen. Mich würdigten sie keines Blicks mehr, und sie mochten sich fragten, ob sie sich je wieder mit mir zu Tisch setzen könnten oder ob man mir das Betreten des Klosters nicht lieber für immer verbieten sollte.

»Etliche Missionare haben in den schwarzen Sümpfen Ghanas den Tod gefunden, um die Botschaft Christi in die elenden Dschungeldörfer zu tragen, wo man zu Göttern aus Stein und Holz betete. Und trotzdem gibt es hier immer noch Menschen, die die Heilige Dreifaltigkeit leugnen.« Die Worte sprudelten nur so über Viktorias Lippen.

»Ich verstehe.«

»Wir sind nur einfache Nonnen und dürfen unser Leid nicht mit dem der Märtyrer vergleichen. Aber auch wir haben es hier nicht leicht. Die Einheimischen hassen uns, sie halten uns für geldgierig und überheblich. Als das Krankenhaus mehr schlecht als recht von der Regierung geführt wurde, bezahlten die Leute Tausende von Cedis für zweifelhafte Medikamente und beklagten sich nicht, aber wenn wir für die richtige Behandlung Geld nehmen, dann wünschen sie uns zum Teufel.«

»Bitte verzeihen Sie, Schwester Viktoria, ich wollte Sie nicht verletzen. Mein Frage war völlig harmlos gemeint.«

Die Äbtissin überging meine Entschuldigung und fuhr erbost fort: »Wissen Sie, wie die ghanaischen Ketzer ihren Gott nennen?«

»Nein.«

»Onimä na opra nä ho, was soviel bedeutet wie: Der, der die Fliegen von einem schwanzlosen Tier vertreibt. So reden die Primitiven hier von Gott, und ihre Verehrung für Akusuja Konfu liegt auf der gleichen Ebene.«

Ohne Akujas Hilfe hätte ich die Priesterin niemals gefunden. Zunächst allerdings versicherte meine Geliebte mir hoch und heilig, sie kenne keine Person dieses Namens, der übrigens aussage, daß seine Trägerin an einem Sonntag geboren sei und sich mit häßlichen Dingen beschäftige. Akuja wollte noch nie im Leben von einer Medizinfrau gehört haben, die Embryos abtrieb oder kleine Jungen zum Spielen himmlischer Musik verleitete. Ein anderes Mal erinnerte Akuja mich daran, daß Asankangrwaa ein christliches Dorf sei, dessen brave Bewohner ihre alten Götter an einem einzigen Tag vertrieben und sämtliche Statuen in den Tano geworfen hätten. Seitdem bete man hier brav zu Vater, Sohn und Heiligem Geist.

Ich ließ jedoch nicht locker, und irgendwann räumte Akuja ein, von einer solchen Person möglicherweise doch schon einmal gehört zu haben. Gleichzeitig wollte sie wissen, weshalb ich nach einer Greisin suchte, die »kaum noch einen Eimer Wasser auf dem Kopf balancieren kann«.

»Ich interessiere mich für die hiesigen Heilkräuter«, log ich, »und ich habe gehört, daß Akusuja Konfu eine Spezialistin auf diesem Gebiet ist.«

»Welche Kräuter genau?« erkundigte sich Akuja. Ich ließ mich nicht beirren.

»Diese bitteren Blätter, deren Saft die Kranken von Kopfschmerzen befreit, wenn man ihn in die Nasenlöcher träufelt. Und dann hätte ich zu Versuchszwecken gern einige Exemplare der berauschenden Wurzeln, die bei Harnverhalt Besserung versprechen.«

Vielleicht glaubte Akuja meinen spontanen Erfindungen, weil ich sie medizinisch formulierte, vielleicht erfüllte sie mir meinen Wunsch aus Liebe – jedenfalls führte sie mich eines Morgens an das östliche Ende des Dorfs, dort, wo auch der Totengräber wohnte, zur Hütte der Magierin, deren Existenz sie bestritten hatte. Um dorthin zu gelangen, mußten wir den festen Pfad verlassen, durch tiefen Schlamm waten und anschließend mit glitschigen Füßen über ein schmales Brett balancieren, unter dem trübes Wasser dahinschoß.

Heil auf der anderen Seite angekommen, hob ich meinen Blick: Keine zehn Schritte entfernt stand die greise Priesterin unbeweglich vor ihrer Hütte. Um ihre dünnen Beine scharten sich flügelschlagend gackernde Hühner, auf einer Holzbank inmitten von Brennesseln ihr gegenüber lag ein nacktes daumenlutschendes Baby mit geschwollenem Bauch, der sich bei jedem Atemzug hob und senkte. Das kranke Kind war so plaziert worden, daß der Westwind sein Gesicht streifte und die Sonne auf seinen Hintern schien. Beim Näherkommen bemerkte ich einen langen weißlichen

Faden, der sich aus dem Fleisch einer Pobacke hervorschlängelte und bis zu den Füßen des Babys reichte. Ich vergaß die Priesterin, ließ Akuja stehen und eilte zu dem Kleinen. Einen Schritt vor ihm blieb ich verblüfft stehen.

Der weißliche Faden war nichts anderes als ein sich windender, etwa ein Meter langer Wurm. Der flache Kopf drehte sich hin und her, als suchte er bereits nach dem nächsten Opfer, und das Schwanzende schien tief im Fleisch des Kleinen zu stecken. Ich hatte ein prächtiges Exemplar des Guinea-Wurms, Dracunculus medinensis, vor mir, ein in den Tropen häufig anzutreffender Parasit, der den menschlichen Körper für seine Zwecke ausbeutet.

Akusuja Konfu stapfte durch die Brennesseln zur Bank und machte sich daran, den heraushängenden Teil des glatten Wurms mit beachtlicher Geschicklichkeit auf einen Bambusstab zu wickeln. Während sie den sichtbaren Teil des Parasiten um den Stab rollte, näherte sie sich dem Baby, bis sie dicht vor ihm stand. Dann schloß sie wartend die Augen. Kurz darauf begann ihr Körper zu zittern. Zunächst bebten nur die Lider, dann zuckte die Gesichtsmuskulatur, der Unterkiefer senkte sich, und schließlich schüttelten sich auch Schultern, Brust, Bauch und Beine. Unterdessen drehte sie so angestrengt am Stab, als würde sie einen schlammgefüllten Eimer aus einem tiefen Brunnen ziehen. Ganz allmählich zerrte sie den Wurm, beklebt mit Blut und gelben Fettfetzen, zur Gänze aus dem Fleisch des Babys hervor. Dann schleuderte sie den Stab samt aufgerolltem Schmarotzer in die offene Abflußrinne und sank mit geschlossenen Augen erschöpft auf das Brennessellager.

Die Mutter des Kindes legte der Priesterin einen Brotlaib zu Füßen, nahm ihren Säugling in die knochigen Arme, schob ihn sich auf den Rücken, warf ein Stück Stoff über das

Körperchen, verknotete die Enden unter ihrer Brust und ging rasch davon.

»Sie muß die bösen Geister im Körper verführen, damit sie die Kiefer öffnen und den Wurm fahren lassen«, flüsterte Akuja an meinem Ohr. »Wenn sie sich irrt und die Kiefer sind noch geschlossen, dann reißt der Wurm, und der Schwanz ringelt sich für immer im Fleisch des Opfers. Dieses uralte Wissen haben ihr die Götter geschenkt.«

Ermattet vom Ringen mit den jüngeren Geistern lag die alte Magierin am Boden wie ein Natternhemd.

Akuja beugte sich über sie und sagte gelassen: »Akusuja Konfu, der Doktor möchte Sie kennenlernen.« Meine Liebste ging mit der Priesterin so vertraut um, als würde sie sie seit langem kennen. Ich hätte mich schon damals auf mein Gefühl verlassen sollen, das mir zu äußerster Achtsamkeit riet, doch aus irgendeinem Grund verschloß ich mich der dunklen Vorahnung.

»Was will der Obroni?«

Eilfertig stellte Akuja mein Geschenk zur Schau: eine köstlich duftende, reife Ananas.

»Der Obroni soll zu seinem eigenen Gott beten. Auf meinem Grund und Boden hat er nichts zu suchen.«

»Akusuja Konfu, der Obroni ist ein neugieriger Mensch. Er sucht auch nach unseren Göttern.«

Die Priesterin richtete sich auf und schenkte mir ein liebliches Lächeln; es erinnerte mich an das Lächeln meiner Großmutter, aus dem ebenfalls Mitleid für die grenzenlose menschliche Dummheit gesprochen hatte.

»Nach etwas Allgegenwärtigem braucht man doch nicht zu suchen, Obroni. Suchst du etwa nach deiner Zunge, wenn du morgens aufwachst? Suchst du nach der Sonne, den Steinen oder nach den Krallen der Ratten?«

Ihr Gemurmel wurde leiser, und ich verstand es nicht mehr.

Akujas Miene nach zu urteilen, schmeichelte die Alte mir nicht gerade. Dann erhob sie sich laut lachend.

»Was willst du von den Göttern, Obroni?«

Ich hatte in Asankangrwaa noch nie um etwas bitten müssen. Es gab alles in Hülle und Fülle, einschließlich Leid und Schmerz. Und die Götter waren doch nur für die begrenzten Bedürfnisse der Dörfler zuständig: eine gesegnete Kassave-Ernte, gesunde Kälber, ein milchig duftendes Mädchen, ein Fernsehgerät wie das von Herrn Danssu.

»Ich bin nicht gekommen, um etwas für mich zu erbitten, Akusuja Konfu. Bitte helfen Sie uns, Kofi zu finden, damit wir ihn seiner Familie zurückbringen können. Seit Kofis Verschwinden ist Akuja traurig, und nicht nur sie. Das ganze Dorf hat sich verändert, Angst und Haß gehen um. Die Leute sind hin- und hergerissen zwischen dem Lager des Herrn Danssu und dem des Häuptlings. Sie schlachten schon Hühner, um mit der Kraft des Blutes gegnerische Familien zu verfluchen. Bald werden sie Kofis Blut mit ihren geschliffenen Macheten rächen. Nur wenn wir den Kleinen rechtzeitig finden, kann wieder Ruhe einkehren. Und ich weiß, daß Sie imstande sind, uns zu helfen. Man sagt, die Götter versammelten sich manchmal bei Ihnen im Hof.«

Die Augen unverwandt zum Himmel gerichtet, lag die Greisin leichenstarr zwischen den Kräutern, als wollte sie mit der Vegetation ringsherum verschmelzen.

»Obroni, du mußt mir schwören, daß du niemandem verrätst, was du hier aus dem Mund des Gottes hören wirst. Schwöre mir das im Namen deines Gottes, denn für mich bist du ein Ungläubiger.«

»Ich schwöre bei meinem Gott, daß ich niemandem verraten werde, was die große Priesterin mir entdeckt.«

»Gut, Obroni, dann komm morgen abend wieder, und bring eine Flasche Gin mit.«

Der Gott hatte Akusuja Konfu berufen, als sie acht Jahre alt war, und von ihr verlangt, sie solle ihm ihr Leben widmen. Das erzählte mir Akuja, dicht an mich geschmiegt, noch am gleichen Abend. Jedermann staunte über diese Erwählung, denn Akusuja stammte aus der untersten Schicht Asankangrwaas, aus dem klebrigen schwarzen Brunnenschlamm. Ihre Mutter war gleich nach der Geburt verschwunden. Man munkelte, sie sei über die Grenze gegangen, um sich an der Elfenbeinküste als Hure durchzuschlagen. Es war also nicht nur der Anruf des Gottes, der Akusuja Konfu überraschte, sie wunderte sich ebenso darüber, daß überhaupt jemand nach ihr rief. Sie wäre nicht weniger erschrocken, wenn ein Arbeiter aus der Brennerei oder der Kuhhirte des Herrn Danssu sie bei ihrem Namen genannt hätte.

Der reizbare Gott duldete keine Weigerung. Er wäre imstande gewesen, die Kleine auf der Stelle zu verhexen oder zu töten. Aber Akusuja dachte gar nicht daran, sich zu weigern, sie war ja bisher nur Einsamkeit und Hunger gewohnt. So wanderte sie, dem Befehl des Gottes gemäß, zwei Tage lang durch prasselnden Regen, bis sie ein weit entferntes Dorf erreichte. Dort ging sie schnurstracks zur Hütte des alten Priesters. Fünf Jahre lang beugte das junge Mädchen sich den harten Geboten der Lehrjahre: Sie verließ die Hütte nur auf Geheiß des Meisters, sie rührte keine Kolanüsse, kein Schweinefleisch und keine Süßigkeiten an, denn das war ihr strengstens untersagt, und während der sieben blutigen Tage schlief sie im Stall bei den Schafen. Selbstmitleid kannte sie nicht, sie befolgte die strengen Regeln freudig. Manchmal gelüstete es sie nach der Süße des Zuckerrohrs, doch sie wußte, daß Süße sexuelle Gier weckt, und sie wollte ihren Gott nicht enttäuschen.

Sie übte sich in Tänzen und Gesängen; nicht nur in jenen, die ihrem Gott gefielen, sondern auch in denen der Nachbargötter. Sie brachte mit den Glöckchen an ihren Arm- und Beingelenken Töne hervor, die ihren Herrn herbeilockten. Sie lernte, ihn durch intensives Betrachten der heiligen Schale zu sehen und zu hören, und sie wurde in die geheime Lehre von den Heilpflanzen eingeweiht: wie man die Kräuter pflückt, trocknet, preßt und zur Heilung verschiedener Krankheiten abwiegt und mischt.

Sie spürte, wie ihre Seele von Sonnenaufgang zu Sonnenaufgang wuchs, und sie betete darum, ihr Leben lang so einschlafen zu dürfen: den Kopf auf den weichen Bauch ihres Lehrers gebettet. Aber der Priester verschied kurz nach Akusujas Einführungszeremonie. Er war der älteste Mann des Dorfes gewesen, und Akujas Worten zufolge soll sein Körper wie ein Lehmklumpen in der Sonne zerbröckelt sein. Er gestattete sich erst zu sterben, nachdem sein Gott ihn verabschiedet und die neue Dienerin eingesetzt hatte.

»Wer ist dieser Gott?« fragte ich Akuja, doch sie konnte mir seinen Namen nicht nennen. »Das ist ein Geheimnis zwischen Akusuja Konfu und dem Verborgenen, der sie ausgewählt hat«, stotterte meine Geliebte. »Aber du weißt ja, daß ich neugierig bin, Obroni. Manchmal schnappe ich Worte auf, die nicht für mich bestimmt sind. Akusuja Konfus Gott steht mit dem Wasser in Verbindung. Er ist das ewige Strömen. Er ist die Stille, und er ist der Sturm. Er verschenkt Leben, und er versenkt Leben im Strudel.«

Ich wunderte mich: »Akuja, woher weißt du das alles? Du hast mir doch erst neulich geschworen, daß es in ganz Asankangrwaa keine Person namens Akusuja Konfu gibt.«

Anstatt zu antworten, nahm Akuja mich in ihre Arme und streichelte mich. Wir lauschten der Bestattungsfeier in einer der Hütten auf der anderen Seite des Pfads: dem Dröhnen der Dogo-Trommeln, dem wehmütig süßen Klagegesang der Trauernden, den Tönen der einsamen Trompete. Die vitale, ursprüngliche Musik füllte den Raum, flutete unter das Moskitonetz und übertönte unser Liebesstöhnen.

Am nächsten Abend, in der katholischen Kirche beging man den Tag der Heiligen Jungfrau, kehrte ich mit Akuja in den Hof der heidnischen Priesterin zurück, die erbetene Flasche Gin im Arm. Der Platz wirkte noch verlassener als am Vortag. Nach Sonnenuntergang mied man ihre Hütte und ging Akusuja Konfu und ihren Hühnern aus dem Weg, um nur ja nicht versehentlich den Pfad der Geister zu kreuzen. Lediglich ein merkwürdig anmutender Junge, das Haar sehr lang und struppig, das Gesicht übersät mit weißen Flecken, saß auf einem Baumstamm und schlug einen monotonen Rhythmus auf einer Blechdose.

»Das ist Akusuja Konfus Enkel«, flüsterte Akuja, »er leidet an Vitiligo.«

Diese Krankheit galt in Asankangrwaa als Fluch. Die Dörfler hielten die weißen Flecken für die Zeichen einer widernatürlichen Zeugung. Doch der Junge machte nicht den Eindruck, als wäre er herumgestoßen oder erniedrigt worden, sondern trommelte durchaus selbstsicher auf der Blechdose zwischen seinen Beinen.

In den dumpfen Tönen flossen ungeheure Klangwellen von der einen Seite des Kosmos, wo die Sonne allmorgendlich geboren wird, zur anderen, düsteren Seite, wo die Sonne allabendlich stirbt. Der Enkel der Priesterin trommelte, bis die Götter aus ihrem wohligen Schlaf erwachten und sich im Hof seiner Großmutter versammelten.

Erst jetzt trat Akusuja Konfu aus ihrer dunklen Hütte. Auf Silberkettchen gezogene Glocken, Blechmünzen, Glasperlen und gefeilte Tierknochen baumelten ihr an Hals, Armgelenken und Fesseln. Jede ihrer Bewegungen erzeugte vielfältiges Läuten. Merkwürdigerweise schienen die Klänge zunächst von ganz weit herzukommen, wie das Echo der Boti-Fälle, das sich während des Anstiegs zum Ufer des Povnapoven leise ankündigt und dann immer lauter und deutlicher wird, bis man innerhalb des brodelnden Rauschens der stürzenden Wasserwand einzelne Kaskaden unterscheiden kann.

Die Priesterin begann, sich um sich selbst zu drehen. Mit den Trommelschlägen wurde auch der Tanz rasend und wild. Irgendwann verwischten sich die Linien ihres Körpers, und sie war nur noch kreisende Bewegung.

Ohne innezuhalten, riß Akusuja Konfu sich schlagartig das Kleid vom Leib und kam dann allmählich zur Ruhe. Ihr entblößter Körper offenbarte vernarbte Wunden, seltsame Tätowierungen und frische Blutkrusten. Die Alte beugte sich über eine Glasschale, nahm eine Handvoll weißlicher Asche und verstrich sie sorgfältig auf ihrer Haut, bis sie mit einer gleichmäßigen Schicht bedeckt war; nur Augen und Brustwarzen blieben ausgespart. Mit leicht gespreizten Beinen beugte sie sich wieder und wieder vornüber und glitt dann plötzlich rückwärts zu Boden, als hätte sie das Gleichgewicht verloren. Man hörte keinen Aufprall, es war eher wie das Niederrieseln von Sand nach einem Sturm. Die vor kurzem noch ekstatische Tänzerin lag als hageres Knochenbündel am Boden; aus dem halb bewußtlos auf Kräutern liegenden Körper schien alles Leben gewichen. Die Brüste fielen schlaff und leer zur Seite, die Beckenknochen stachen wie Messer hervor, und die verzerrten Lippen murmelten Unverständliches.

Ich beschloß mitzuspielen und wartete erst einmal geduldig ab, genau wie Akuja.

»Was hast du gesehen, Tawija?« wandte sich die Priesterin plötzlich an den Jungen. Sie sprach völlig normal, als hätte sie sich nicht vor einem Augenblick noch in andere Welten geschraubt. Er antwortete ihr in einem fremden Dialekt. Es schien um mich zu gehen, denn die Alte warf mir mißtrauische Blicke zu. Ich spürte, ich müßte etwas sagen, um Akusuja Konfu gnädig zu stimmen, sonst würde sie mich fortschicken, ohne daß ich etwas erreicht hätte.

»Darf ich Sie etwas fragen?«

»Nur zu, Obroni.«

»Während Ihres Tanzes hörte ich eine mächtige Stimme«, flunkerte ich.

»Und was sagte die Stimme?«

»Es war nur ein einziger Name, den sie des öfteren wiederholte: ›Tano‹.«

Die Eingebung war mir gestern zuteil geworden, als ich in dem Band »Die Naturreligion des Goldküstenstammes Akan« blätterte, den ich auf dem Markt von Kumasi an einem Stand mit Kohlebügeleisen gefunden hatte. Dazu fiel mir Akujas Bemerkung ein, der Gott der Priesterin stehe mit strömendem Wasser in Verbindung. Im Register des Buches fand ich den Namen des in der Region angebeteten Flußgottes: Tano. Beim Aussprechen der beiden Silben läßt man die Zunge fest über die Zähne streichen, was ich mindestens eine Stunde lang vor dem Spiegel übte.

»Das ist es, was ich gehört habe: Tano«, versicherte ich ein weiteres Mal.

Akusuja Konfu war zusammengefahren, als hätte sie ein offen liegendes Elektrokabel berührt. Sie sprudelte, ohne Atem zu holen, fremdartige Worte hervor, und Tawija bemühte sich, die Sturzflut ins Tewei zu übersetzen.

»Die große Priesterin sagt, daß sie fünf geschlagene Jahre warten mußte, bis der Gott ihr seinen Namen verriet. Und dir entdeckt er das Geheimnis schon bei der ersten Zusammenkunft.«

»Was will der Obroni von Tano?« fragte die Priesterin den Jungen, diesmal sprach sie Tewei, damit ich sie verstand. Sie klang matt und ergeben, bereit, jeden Auftrag des Gottes auszuführen.

Jetzt durfte ich auf keinen Fall zögern, um den Eindruck zu vermeiden, ich würde den Gott nur zu meinem Vergnügen belästigen.

»Ich bitte den Gott um Hilfe bei der Suche nach dem Jungen Kofi, damit im Dorf wieder Ruhe einkehrt«, sagte ich rasch und bestimmt.

Akusuja Konfu griff nach einem Knochen, es mochte der Schenkelknochen eines großen Affen oder eines kleinen Menschen sein. Sie malte Zeichen in die Luft über den Kräutern, bis sie zu einem Ergebnis gekommen schien.

»Der Gott befindet, daß es für Kofi noch nicht an der Zeit ist heimzukehren. Doch du, Obroni, hast eine sehr gefährliche, eine äußerst gefährliche Aufgabe auf dich genommen. Deswegen wird Tano dir einen der kleinen Flußgötter als

Begleiter und Beschützer schicken. Allerdings mußt du ihn zurückbringen, wenn du seine Hilfe nicht mehr brauchst, genau hier zu diesem Stein.«

Sie deutete auf einen Felsbrocken in der Mitte ihres Hofes. Wohl war er groß und mit leuchtenden Flechten bedeckt, doch als Ort der Begegnung mit den Göttern erschien er mir nicht eindrucksvoll genug.

»Tano möchte wissen, wer für den Schutz- und Begleitdienst des kleinen Flußgottes bezahlt.«

Ich schlug das Stoffbündel auf, das ich bei mir trug, und legte der Greisin eine Flasche Dattelöl und vier Fünfhundert-Cedis-Scheine zu Füßen: der Lohn für die Bemühungen des Gottes Tano.

Nun war der Damm gebrochen: Akusuja Konfu bot mir Pulver gegen Magenwürmer für tausend Cedis an, den heiligen Fuß eines Stiers für zweitausend Cedis, und anschließend schlug sie mir einen Handel vor: Sie sei bereit, mich in die Geheimnisse der Heilpflanzen einzuweihen, wenn ich eine ihrer Enkelinnen, eine Schwester des jungen Trommlers, zur Frau nähme. In all diesen Angeboten lag keine Gier; ganz im Gegenteil, ich hielt sie für eine überaus großzügige Geste. Akusuja Konfu offerierte mir ihre heiligen Arzneien und Gerätschaften und wollte mir Geheimnisse anvertrauen, die zu kennen sie allein berufen war.

Akuja und ich saßen breitbeinig auf Schemeln und schrubbten unsere Wäsche in einer ausgebeulten Blechschüssel, jeder ein Stück grober, fettig schäumender Kernseife in der Hand. Im allgemeinen genoß ich diese intimen Stunden, wenn Akuja im Takt zu den Kirchenliedern, die sie trällerte, ihr Kleid ausspülte und unsere Finger sich im Wasser trafen, doch heute abend entzog Akuja mir ihre Hand bei jeder zufälligen Berührung so abrupt, als wäre sie auf den Schwanz einer Grünen Mamba gestoßen.

»Akuja, vielen Dank, daß du mich zu Akusuja Konfu geführt hast.«

»Das werden mir viele Leute übelnehmen. Als gute Katholikin hätte ich dich nicht zu der Alten bringen dürfen. Ich habe Angst, daß sie mich jetzt aus dem Kirchenchor verstoßen.«

»Das tut mir leid. Ich wollte dir nicht schaden. Es war die reine Neugier. Ich wollte die Priesterin des Flußgottes, von der hier alle sprechen, einfach einmal bei der Arbeit beobachten.«

Akuja zog sich rasch ihr gelbes Kleid über den Kopf und tauchte es ins Seifenwasser. Anfangs hatten wir immer nur meine Sachen zusammen gewaschen, doch nach einigen Wochen guten Zuredens erklärte sie sich bereit, auch ihre Wäsche mitzubringen, die Stoffstücke, die sie sich während der Periode um die Scham band, das gelbe Kleid, das sie sowohl bei kirchlichen Festen als auch zum Schweinehüten trug, und ein kastanienbraunes, Bestattungsritualen vorbehaltenes Gewand.

»Ich muß dir etwas gestehen, Akuja. Der Flußgott hat mir seinen Namen nicht verraten, ich habe überhaupt keine Stimme gehört. Das habe ich nur vorgegeben, um mich bei Akusuja Konfu einzuschmeicheln. Sonst hätte sie mir, einem Obroni, dessen Haut heller ist als das Fleisch der Königsfische, doch nie und nimmer über den Weg getraut.«

Akuja sah mich entsetzt an und bekreuzigte sich unwillkürlich mindestens viermal. Sie sah süß aus, mit den Seifenschaumtupfern an Stirn und Brustwarzen, dort, wo sie sich mit ihren eifrigen Fingern berührt hatte.

»Du hast Akusuja Konfu und ihren Gott belogen?«

»Es war ja nur eine winzige Lüge, die niemandem weh tut.«

»Wenn man vor den Gott tritt, dann stellt das für ihn eine Belästigung dar, deswegen muß man reinen Herzens kommen. Man ruft einen Gott nicht so einfach an, wie man ein Schneckenhaus aufhebt oder eine Kolanuß knackt. Wenn der Gott dir wegen deiner Lüge zürnt, dann ist er fähig, dir den Darm zu verschließen, dich im Schlaf zu erwürgen oder dir den Verstand zu rauben. Es besteht sogar die Gefahr, daß er dich mir wegnimmt.«

Der kleinere Schutzgott, den der mächtige Tano mir so großzügig zugeteilt hatte, mußte während seines Wachdienstes eingeschlafen sein.

Das Rütteln meines Betts riß mich aus dem Mittagsschlaf. Ich spürte das Krachen der Holzbretter. Das ganze Zimmer drehte sich. Ein Erdbeben, schoß es mir durch den Kopf, doch dann entdeckte ich, daß es mein magerer Körper war, der das schwere Bettgestell erschütterte. Dreiundsechzig Kilogramm zitterten haltlos an einem imaginären Spieß, der meine Mitte durchbohrte. Die Zahnreihen schlugen aufeinander, und das Geräusch, das dabei entstand, erinnerte an das Klappern von Emailletöpfen. Das heftige Schütteln schien mir die Gedärme durchzuwühlen. Laken und Matratze waren naß vom Schweiß. Mein Körper troff wie ein von Nadeln durchbohrter Bewässerungsschlauch. Ich fühlte mich schwach wie noch nie. Es war nicht die Schwäche einer Grippe oder einer Darminfektion. Jemand hatte mir, während ich schlief, seine kalten Lippen auf den Mund gedrückt und mir sämtliche Kräfte abgesogen, wie die jungen Burschen am Strand von Takoradi den glitschigen Inhalt der Muscheln mit einem einzigen lauten Schlürfen in sich hineinsaugen. Ich konnte mich nicht rühren und auch das wahnwitzige Zittern nicht stoppen. Nicht einmal einen Hilfeschrei brachte ich heraus.

Malaria.

Die Eigendiagnose traf mich wie ein Hammerschlag. Ich mußte mir einen Parasiten zugezogen haben, der gegen das Chloroquin immun war, von dem ich einmal wöchentlich in fast religiöser Zeremonie fünfhundert Milligramm schluckte.

Besonders grausam verfährt die Krankheit mit Kleinkindern, mit Greisen, mit Menschen, deren Immunsystem geschwächt ist, und natürlich mit frisch in Afrika eingetroffenen Obronis, die in ihrer Kindheit diesem Erreger nicht ausgesetzt waren. Sie droht, ihnen eine Gehirnhautentzündung, schwere Anämie, Schwarzwasserfieber, Lungenödeme oder eine gefährliche Hepatitisart zu hinterlassen.

Diese möglichen Komplikationen zogen an mir vorüber wie Helden eines Horrorfilms vor dem erschrockenen Publikum. Ich lag auf meinem Bett und konnte mich nicht rühren, aber ich mußte unbedingt zu meinem blauen Rucksack in der anderen Zimmerecke gelangen. Dort steckten meine Lariam-Tabletten, gegen welche die Erreger vermutlich noch nicht resistent waren. Möglicherweise würde dieses Mittel mich vor dem Endstadium bewahren, dessen Symptome ich im Krankenhaus schon oft beobachtet hatte: lautes Röcheln, angestrengtes Bauchatmen, farblose, wie geschmirgelte Haut, Augen voller Angst.

Nur fünf Meter trennten mich von meinem Rucksack,

eine immense Entfernung. Nie im Leben habe ich eine längere zurückgelegt. Über das feuchte Laken zu kriechen, bis ich mein Becken über den Bettrand schieben und mich fallen lassen konnte, schien mir schwerer als das Bezwingen steiler Klippen. Ich robbte mühsam voran, und jede kleine Wölbung im Beton schmerzte, als wären es scharfkantige Granitbrocken. Ich brauchte eine gute Stunde für die armseligen fünf Meter, eine Strecke von nicht mehr als acht Schritten.

Meine brennende Speiseröhre würgte an der Lariam-Tablette, als müßte sie einen der dornigen Büsche hinunterschlucken, die der Sturm manchmal ausreißt und wütend durch die Luft wirbelt. Doch als das überstanden war, konnte ich immerhin hoffen, daß ich nicht sterben würde.

Neben der Tablettenschachtel fand sich mein Fieberthermometer. Einundvierzig Komma drei. Ich versuchte, mir in Erinnerung zu rufen, bei welcher Temperatur Proteine zerfallen und wann die Funktion der Botenstoffe in den Gehirnsynapsen beeinträchtigt wird, doch es fiel mir nicht mehr ein. Dieses Wissen hatte ich während des Grundstudiums erworben, doch das war in einem anderen Land gewesen, jenseits des Tano, jenseits der Wüsten Malis und des Tschad, am fernen Ufer des Mittelmeers.

Akuja fand mich am Boden, ein hilflos auf dem Rücken zappelnder afrikanischer Goliath-Käfer, vor kurzem noch ein höchst lebendiges Geschöpf und nun eine leicht zugängliche Beute. Ohne zu zögern, streifte sie mir die klitschnasse Unterhose vom Leib und schleifte mich zurück ins Bett. Sie holte sich von draußen schwarze, feuchte Erdklumpen und rieb meinen ganzen Körper damit ab, vom Schädel bis zu den Fußsohlen. Sie vergaß kein Fleckchen und arbeitete rasch und gründlich, als wäre ich ein krankes Schwein aus der Herde des Herrn Danssu. Ich wollte die seltsame Behandlung unterbrechen, denn mir wurde übel vom fauligen Geruch, und ich spürte Hunderte von dicken Regenwürmern auf meiner Haut, aber ich war so schwach, daß ich kein Wort herausbrachte und einen Protest erst recht nicht.

An einem Ort, an dem niemand eine Uhr trug, war mir die Pünktlichkeit der Malariaanfälle, die sich genau alle achtundvierzig Stunden einstellten, unheimlich. Sie setzten ein mit einem haltlosen Zittern, ich glühte wie ein Stück Blech im Feuer, und mein Schweiß platschte in Tropfen auf den Betonboden. Manchmal traten alle Stadien gleichzeitig auf, manchmal folgte eins auf das andere wie eine ausgeklügelte Foltermethode. Doch stets verebbte der Aufruhr nach sechs Stunden und schwemmte die heftigen Schmerzen in den Augenhöhlen, den Schwindel und sogar den seltsamen Husten mit sich fort. In meinem Körper breitete sich Stille aus und eine unendliche Schwäche.

Sechs Tage lang schaukelte ich fiebernd in einem elenden Boot auf dem schwarzen Fluß, der sich durch das Totenland windet. Akuja wich nicht von meiner Seite, nicht einmal für einen Augenblick. Sie massierte mich mit alkoholgetränkten Tüchern, träufelte gelbliches Öl auf meine trockenen Lippen und zerkaute die Fleischstückchen in meinem Fu-Fu-Brei, damit ich sie hinunterschlukken konnte. Sie versuchte, mich mit Hilfe ihrer Flickenpuppen aufzuheitern, und an den langen Abenden flocht sie meine Locken zu kleinen, mit bunten Gummibändern geschmückten Zöpfen.

In der siebenten Nacht erwachte mein Schutzgott und schickte einen Boten an mein Bett. Der wickelte mich in weiche Handtücher, saugte alle Feuchtigkeit auf und verstopfte die tropfenden Poren. Trockenheit. Das war das erste, was ich am Morgen empfand. Trocken die Kopfhaut, trocken die Halsfalten, trocken Brust, Bauch und Schritt. Sogar die Matratze unter mir war trocken.

Ich war stolz, meinen ersten Malariaanfall überstanden zu haben. Jetzt trug ich, wie ein echtes Kind Afrikas, den Erreger Plasmodium falciparum bis ans Ende meiner Tag im Blut. Zumindest in dieser Hinsicht blieb ich nicht nur ein Obroni-Arzt, der gekommen war, um die Eingeborenen zu heilen, sondern hatte es geschafft, einer von ihnen zu werden.

Am dreißigsten Tag nach Kofis Verschwinden lud Akusuja Konfu mich zu einer Opferhandlung ein. Dem großen Flußgott Tano, der allein imstande war, Körper und Seele des Jungen zu behüten, ihn aus dem Totenreich heraufzuführen und seinem Vater zurückzugeben, sollte ein Schaf dargebracht werden.

Akuja führte mich an den Schauplatz der Zeremonie. Einen Bambusstab in der Hand, stapfte sie mir voran durch den Wald wie eine ältere Schwester, die auf ihren kleinen Bruder aufpassen muß. Sie drückte dornige Zweige und Brennesseln zur Seite und räumte Insekten, Kriechtiere, giftige Vielfüßler und auch einige schwarze Schlangen aus dem Weg, so daß ich die Lichtung wohlbehalten erreichte.

Herr Danssu und die greise Priesterin saßen nebeneinander inmitten eines dichten Kreises von Bediensteten. Ich wollte zu ihm gehen und ihm einige ermunternde Worte sagen, doch er harrte geistesabwesend des Kommenden und schien nicht ansprechbar.

Als der letzte Schein der Dämmerung zwischen den Bäumen verschwand, schnippte der Herr mit den Fingern, woraufhin seine Diener etliche Fackeln – in Dattelöl getränkte, um Eisenstangen gewickelte Lumpen – entzündeten. In ihrem Flackern sank der mächtige Mann demütig und hilflos auf die Knie. Die Maske des Diktators war abgefallen, und die echten Gesichtszüge kamen zum Vorschein. Ein tiefer Einschnitt zog sich von den Backenknochen bis zur Oberlippe. Das war kein Stammes- oder Standesabzeichen, sondern die Spur eines ärztlichen Eingriffs. Wenn in Asankangrwaa ein Kind vor Fieber zappelt, ritzt der Medizinmann ihm mit einem glühenden Messer die Wange auf, damit der Geist, der in der Seele rumort, durch den Schlitz ausfahren kann.

Die alte Priesterin setzte sich neben den Knienden. Akuja hockte sich in ehrerbietigem Abstand von den beiden auf den Boden und zupfte an meinem Hemd, damit ich es ihr gleichtäte. Von diesem Moment an führte sie mich mit natürlicher Selbstverständlichkeit durch das Ritual. Eine so klare und dabei wortlose Anleitung hatte ich nie zuvor erfahren. Akuja dirigierte mich mit minimalen Bewegungen, bedeutete mir, wann ich den Kopf senken und wann ich mich strecken mußte, wann ich den Mund aufsperren sollte, um vom gerösteten Fleisch zu kosten, und wann es angeraten war, der schwarzen Erde einen Schluck Gin zu gönnen.

Noch vor einigen Monaten hatte zwischen uns ein abgrundtiefer Standesunterschied geklafft. Manche Dörfler wagten mir, dem Obroni-Doktor, vor lauter Ehrfurcht nicht in die Augen zu sehen, wohingegen Akuja zu den »trockenen Blättern« zählte, wie hier diejenigen am Boden der Hierarchie genannt werden, jene, deren Stimme man nur dann hört, wenn man sie unter seinen Tritten zerquetscht. In der letzten Zeit hatte Akuja an Ansehen gewonnen. Nun war sie die Geliebte des Arztes und fähig, seine Seele in Fesseln zu legen und die Flüssigkeiten seines Körpers aufzufangen, die Tränen, die Schweißperlen, den ausgestoßenen Samen. Und ich? Ich hatte mich in diesen Monaten in Akuja verliebt, und meine Abhängigkeit von ihr wuchs unaufhaltsam.

Ein gefesselter junger Schafsbock wurde auf ausgebreitete Zeitungen geworfen. Vier Burschen packten seine Beine und überhörten ungerührt das jämmerliche Blöken, wenn dem verzweifelt sich wehrenden Tier die Knochen brachen. Aus dem Kreis der Diener trat ein Mann mit einem langen Messer hervor und schärfte die Klinge an einem nahen Felsen, bis die Funken durch die Finsternis sprühten wie ein Wasserfall. Das Schleifen des Metalls am Gestein erzeugte ein langes, mark- und beinerschütterndes Kreischen, den Schrei des heraneilenden Todes. Der Bock rührte sich nicht mehr, alle Anwesenden verharrten ebenfalls regungslos. Der Schlächter zog den Kopf des Opfers an einem Ohr hoch und durchschlug die Halsschlagader. Wie ein Springbrunnen stieg und fiel das Blut im schwächer werdenden Rhythmus des Herzens.

Mit einem weiten Armschwung lud der Schlächter mich ein, das Schaf zu zerteilen. Ich wollte dankend ablehnen, doch Akujas sanftes Schieben bedeutete mir, unverzüglich aufzustehen und mich an die Arbeit zu machen. Ich durfte mich dieser Ehrenbezeugung nicht entziehen, ich durfte Akusuja Konfu und ihren Gott auf keinen Fall beleidigen.

Der Bock blickte andächtig nach oben, als würde er im Tod beten. Ich wich den Augen aus und hütete mich vor einem zufälligen Blick auf die geschwollenen Lippen. Die Stücke mußten ansehnlich und gleich groß sein; neben Fett und Fleisch sollten sie auch einen schönen Knochen enthalten, den man aufbrechen und auslutschen konnte. Zum Rösten nahm man die besonders ergiebige Glut des Mapania-Baums, deren süßlich duftender Rauch die Neugier der Götter weckt und sie anlockt.

Drei Portionen Nacken und Rücken wurden neben der Priesterin auf die Erde gelegt, die restlichen Stücke unter den Anwesenden verteilt. Akusuja Konfu löste einige Wirbel aus dem Rückgrat und zerrieb sie mit einem Stein. Dann schwenkte sie die knochige Kette durch die Luft, wobei winzige Blutstropfen sprühten, und drapierte sie sich schließlich um den Leib. Kurz darauf schleuderte sie die Wirbelsäule in hohem Bogen in den Wald. Die Knochenkette wand sich durch die Dunkelheit, als wäre sie mit einer Seele begabt, und verschwand.

»Die Wirbelsäule des Bocks wird den Weg zu Kofi finden. Sie ist jetzt mit den Fähigkeiten Tanos, des großen Gottes, ausgestattet. Sie wird das Kind mit flüssigem Mark säugen und es dann zurückbringen und auf das Lager aus zerdrückten Wirbeln betten, das die Priesterin für ihn vorbereitet hat«, erklärte mir meine kluge Akuja.

Drei Tage nach dem Brandopfer, es war an einem Samstag, erschien ein Bote des Häuptlings und forderte mich auf, ihn zum Palast zu begleiten.

»Ja, jetzt sofort«, versicherte er auf meine erstaunte Nachfrage. Mir war die Einladung lästig, und zudem beunruhigte sie mich. Ich würde zu einer Mahlzeit gebeten, erklärte der Bote, doch warum ich ihm auf der Stelle folgen sollte, wollte er mir nicht verraten. Seinem Ton nach zu urteilen, schien es sich eher um eine Vorladung zu handeln.

Der Bote führte mich direkt auf den nördlichen Balkon des Obergeschosses. Nana Kosa der Zweite saß auf seinem Schemel, umringt von am Boden knienden Verwandten. Als er meiner ansichtig wurde, breitete er grüßend die Arme aus.

»Unser Doktor«, rief er munter. »Wissen Sie, daß mir heute morgen ein weiterer Enkel geboren wurde? Der dreiunddreißigste!«

»Herzlichen Glückwunsch, Hoheit. Und wie heißt er?«

»Das müßten Sie inzwischen eigentlich wissen. Bei uns werden die Kinder nach den Tagen benannt, an denen sie das Licht der Welt erblickt haben. Und da heute Samstag ist, wird dieser Enkel Kwame heißen, genau wie mein Erstgeborener. An welchem Tag sind Sie denn geboren, Obroni?«

»An einem Sonntag, Hoheit.«

»Oh, der Obroni-Doktor ist am heiligen Sonntag geboren. Dann wollen wir ihn von heute an ›Kuwassi‹ nennen und nicht mehr Obroni.«

Die knienden Verwandten brachen in schallendes Gelächter aus. Ich spürte deutlich, daß dies kein leutseliger Scherz gewesen war. Der Häuptling machte sich über mich Fremdling lustig. Verlegen wandte ich den Blick ab.

»Komm her, Kuwassi«, rief mein Gastgeber. Er meinte aber nicht mich, sondern ein Kleinkind, das mit einem Stück Huhn im Gaumen herankroch.

»Sieben meiner Enkel sind an einem Sonntag geboren und heißen Kuwassi«, prahlte Nana Kosa. »Sie alle sind in unserem Palast zur Welt gekommen und nicht in eurem Krankenhaus.«

Wieviel Verachtung aus diesen Worten sprach! »Unser« und »euer«. Erst belustigte er sich über meinen vermeintlichen Wunsch, einen ghanaischen Namen zu tragen, und jetzt setzte er das Krankenhaus der nigerianischen Nonnen und ihren weißen Arzt herab.

Die Fu-Fu-Schale stand in der Mitte des Familienzirkels. Alle Augen waren erwartungsvoll auf den Häuptling gerichtet. Er streckte einen Arm nach der Schale aus. Seine Hand hing schlaff herab wie die Hand eines Gelähmten, doch der Arm war übersät mit tiefen Narben, die er sich bei blutigen Übungen im Dolchkampf der Dschungelaristokratie zugezogen hatte. Sein Daumen endete in einem überdimensionalen, scharf gefeilten Nagel, eine weitere Waffe. Ein Gegner, der einen solch widersprüchlichen Arm zur Schau stellt, ist schwer einzuschätzen.

Nana Kosa der Zweite bediente sich als erster vom Fu-Fu-Brei, nach ihm tauchten die anderen Familienmitglieder ihre Finger in die Schale, wobei sie einer fest vorgeschriebenen Ordnung folgten: Nach dem Häuptling war die Reihe an seiner Frau, und danach nahm sich der älteste Sohn. Anschließend spürte ich eine leise Berührung am Ellbogen: Der Gast wurde aufgefordert zuzugreifen. Der Häuptling mochte mich verspottet haben, doch ich war sein Gast, und bei der Mahlzeit hielt er sich an die Spielregeln. Mit den Fingern trennte ich mir einen Brocken vom Kassave-Brei und von den gebratenen Kochbananen ab, rollte zwischen den Handflächen alles zu einer Kugel und rührte mit ihr in der dickflüssigen rötlichen Suppe, bis sie etwas von der Schärfe aufgesaugt hatte, und steckte sie mir schließlich ganz in den Mund.

Niemand im Kreis erhob einen Vorwurf gegen mich, der Name Danssu blieb ungenannt, niemand spottete über meine ärztlichen Fleischzerlegungskünste, und doch verpestete das Blut des Schafs, das ich ehrenhalber hatte zerstückeln müssen, die Atmosphäre. Ich spürte, daß man mir hier meine Teilnahme an der Opferzeremonie der alten

Priesterin und die daraus ersichtliche Zugehörigkeit zum Lager Danssu verübelte.

Der Häuptling erteilte knappe, von huschenden Dienern auf der Stelle befolgte Anweisungen, sprach besorgt von einer neuen Seuche, die die Bananenstauden dahinraffte, und erinnerte – der Zusammenhang blieb mir unklar – an die vierzig Jahre zurückliegende Überschwemmung des Tano, die auch den Palast überflutet und Nana Kosa gezwungen hatte, einen neuen Palast zu bauen. Unterdessen waren seine Augen starr auf mich gerichtet, als hätte man sie mit Schlangengift vollgespritzt.

Während die Fu-Fu-Schale sich leerte, wurde Nana Kosas Blick bedrohlicher, doch nicht einmal sprach er mich direkt an. Erst beim Tee sagte er: »Doktor, Sie dürfen eines nicht vergessen: Das Fenster des einen ist die Tür eines anderen. Wir sind aneinandergebunden. Das Gute, das Sie tun, nützt so manchem, und wenn Sie etwas Schlechtes tun, dann wird es so manchem schaden.«

Akuja zog sich das Kleid über den Kopf. Ihr nackter Körper glänzte in den Rosatönen einer geöffneten Muschel. Sie war bereit, ihr feuchter Mund erwartete den Kuß meiner rauhen Lippen. Doch ich war unfähig, mich zu rühren. Ich hob das Kleid auf, das am Fußende des Betts zu Boden gefallen war, und schnupperte daran. Der Stoff hatte alles aufgesogen: aus den Achselhöhlen das Aroma reifer Guaven, vom Bauchnabel den Geruch schmelzender Butter und den Duft nach feuchtem Waldgestrüpp, der ihrem Schritt entströmte. Einen verwirrten Augenblick lang wußte ich nicht, wo sich die wirkliche Akuja befand. Atmete sie dort im Dunkeln zwei

Schritte von mir entfernt, oder steckte sie in dem weichen, vom beständigen Streicheln ihrer Haut fadenscheinig gewordenen Kleid in meiner Hand?

»Obroni, du hast im Häuptlingspalast gegessen?«

Ich hörte die Enttäuschung über die ausgebliebene Umarmung in ihrer erstickten Stimme.

»Wo hast du das gehört?«

»Unsere Hütten stehen stets offen. Und wir einfachen Leute nehmen nicht viel Platz ein. Da bleibt viel Raum für Gerede.«

Ich wartete schweigend auf ihren Kommentar. Akuja war, wie sie selbst soeben gesagt hatte, ein einfaches Mädchen. Sie konnte weder lesen noch schreiben und hatte sicher noch nie etwas vom Unbewußten gehört. Aber ihre Analysen waren scharfsinnig und trafen meistens ins Schwarze.

»Hat der Häuptling dir die Narben auf seiner Schulter gezeigt? Die Alten erzählen, daß Nana Kosa sich als junger Mann gern an Schlägereien beteiligte, und in einer fernen Stadt hat ihm einmal jemand die Machete in die Schulter gestoßen.«

»Nein, Akuja. Diese Narbe hat er mir nicht gezeigt. Seine Schultern waren unter der Kente verborgen.«

»Hat seine Frau dir die Fu-Fu-Schale gereicht?«

»Nein, eine Dienerin hat sie gebracht.«

Akuja vergewisserte sich dieser Einzelheiten, weil sie mich beschützen wollte. Mir mochte es unwichtig erscheinen, wer mir die Schale gereicht hatte oder ob der Häuptling seine Schulter entblößte, doch Akuja wußte aus diesen Dingen auf die Wertschätzung des Gastes zu schließen. Würde man ihn bei den dörflichen Zeremonien in Ehren empfangen oder wegschicken wie einen Aussätzigen?

»Hat er die alte Priesterin erwähnt? Oder das Schaf, das zu Tano geschickt wurde, um Kofi zurückzuholen?«

»Nein.«

»Hat er Kofi erwähnt?«

»Genug, Akuja, es reicht. Hör auf mit der Fragerei. Ich werde schon zurechtkommen.«

Akuja schwieg für eine Weile. Es schien ihr schwerzufallen, mir zu sagen, was sie dachte:

»Obossum behüte dich, Obroni. Du wirst immer das gejagte Wild sein und nie der Jäger.«

Im Morgengrauen schlängelten sich weißliche Rauchfinger aus den Lehmöfen durch die Palmwedel der Dächer und zogen durchs Dorf. Frauen kneteten klatschend Teig, und in den Zweigen knirschten die zum Lüften aufgehängten Matten. Ich konnte seit vier Uhr nicht mehr schlafen. Heftiges Herzklopfen hatte mich geweckt. Dutzende von Trommeln schlugen in mir ihre Wirbel. Der Aufruhr steigerte sich während langer Minuten, bis mir schien, mein Herz sei am Zerbersten.

»Ich werde nicht verrückt, ich werde nicht sterben«, murmelte ich vor mich hin wie ein Mantra. Und tatsächlich beruhigte sich mein Puls nach einer Weile, aber eine diffuse Panik füllte meinen Bauch mit Schlamm.

Kurz nach Sonnenaufgang strömten die Dörfler über den Hauptpfad zur Arbeit in die Bananenplantagen, und ich hielt es auf meiner Terrasse nicht länger aus. Ich mischte mich unter die Einheimischen. »Memwadjo«, grüßten sie mich höflich, und aus ihren Blicken sprach so etwas wie Bewunderung.

Was mag dieser Angstanfall bedeuten? grübelte ich. Ich habe hier doch nichts zu befürchten. Niemand wird es wagen, mich anzurühren, mich zu erstechen, zu erwürgen oder zu steinigen. Schließlich brauchen sie mich, ich bin der einzige Arzt weit und breit.

Ich paßte meinen Gang ihrem Rhythmus an. Merkwürdig, wie sich mit den schneller werdenden Schritten auch das Denken beschleunigte. Wer würde sich an einem fremden Staatsbürger vergreifen? Hinter mir standen eine Regierung und eine Botschaft. Wenn mir etwas geschähe, würde die Zentralregierung in Accra eingeschaltet, würden Nachforschungen angestellt und der Täter dingfest gemacht werden.

Wir passierten Kakaoplantagen, abgelegene Hütten und Yams-Felder. Dann standen wir vor der Holzbrücke, die über den Tano führt. Ich blieb am Ostufer zurück, und plötzlich kam die Einsicht: Ich empfand die Bedrohung als so unklar und verwirrend, weil die Einheimischen sich einer nebulösen Sprache bedienten und ich ihre Andeutungen, Gleichnisse und Stammesweisheiten nicht immer verstand.

Die Männer hatten die Brücke schon halb überquert, und ich machte kehrt. Ich brauchte mich nicht in Undurchschaubares zu verstricken, ich mußte nichts allein und auf eigene Faust lösen. In der Nacht hatte ich mich über Akujas Fragerei geärgert, aber sie entsprang ja dem Wunsch, mir beizustehen. Um das Wesen der Gefahr näher zu ergründen, konnte ich jederzeit Akuja zu Rate ziehen, ebenso Pater John und vielleicht auch Oberschwester Decife. Ich hatte an diesem Ort schon Verbündete.

Der Schlamm in meinem Bauch löste sich auf.

Ich ging zu meinem Haus zurück, um das Stethoskop zu holen, ein einfaches, älteres Gerät der Marke »Littmann«, das ich aus Israel mitgebracht hatte. Der Gummibesatz der Hörer war schon abgeschabt und verlieh den Herztönen ein dumpfes Echo. Wenn ich es mir um den Hals legte, schenkte mir die Berührung mit dem kühlen Metall seltsamerweise Beruhigung und Wohlbehagen.

Akuja schlief noch. Sie lag in der Mitte der Matratze und beanspruchte auch meinen Platz, dabei lutschte sie mit sanfter Hingabe an zwei Fingern wie ein an der Mutterbrust eingeschlafenes Baby. An meinem Glied saugten ihre gierigen Lippen manchmal so wild, als würden sie auf einer Waldlichtung Gras rupfen.

Ich legte meine Hand auf ihren Unterleib. Sie wälzte sich ein wenig, beruhigte sich jedoch gleich wieder. Plötzlich kam mir der Gedanke, sie könnte von meinem Samen schwanger werden. Dann würde unser Baby dort, in ihrer Gebärmutter, heranwachsen. Warum hatte ich eine solche Möglichkeit bisher noch nie erwogen? Unzählige Mädchen wie sie, verlassen, aber zäh wie Wildkatzen, kamen ins Krankenhaus, um zu gebären, Vierzehn-, Fünfzehnjährige, von denen viele nur aufgrund von Komplikationen, starken Blutungen, Steißlage oder Querlage des Embryos bei uns auftauchten. Vor der Geburt lag Panik in ihren Augen, doch wenn ihnen das Kleine, noch naß vom Fruchtwasser, auf den Bauch gelegt wurde, dann lächelten sie halb bewußtlos, und dieses Lächeln ließ den süßen Saft der Muttermilch fließen.

Akuja war siebzehn, doch mir erschien sie stets noch jünger. Als würde ich nicht jede Nacht mit ihr schlafen, zwei- oder dreimal ohne Pause, als würde ich ihre Gebärmutter nicht regelrecht mit Spermien überschwemmen.

Wenn in Asankangrwaa ein unverheiratetes Mädchen

schwanger wird, verliert sie den Namen ihres Vaters und lebt ab sofort ohne Identität in einem leeren Raum, bis irgendein Mann sie gesetzlich zur Frau nimmt. Aber Akuja war ohnehin vaterlos aufgewachsen. Hätte sie nicht die breite Nase gehabt, die Herrn Danssu von der Zeugung freisprach und es seiner Frau ermöglichte, die Kleine mitleidig unter ihre Fittiche zu nehmen, dann wäre Akuja einem grausamen Schicksal ausgeliefert gewesen.

Wer ein junges Mädchen schwängert, muß sich zur Vaterschaft bekennen oder damit rechnen, daß jemand aus ihrer Familie die Unschuld rächt. Er kann sich aber auch freikaufen, indem er dem Vater des Mädchens eine bestimmte, von einem der Ältesten festgelegte Summe zahlt, und tut dann gut daran, aus dem Dorf zu verschwinden. »Das Klopfen an der Tür« wird dieses Lösegeld genannt, das entrichtet, wer an die geheime, zwischen den Schamlippen verborgene Tür einer Unschuldigen gepocht hat.

Das Lösegeld gilt nicht als Unterhaltszahlung. Das Kleine saugt zunächst ja ohnehin an den überquellenden Brüsten, derer sich hier alle Gebärenden erfreuen, und teilt sich später die Unterernährung unterschiedslos mit allen Kindern der Familie. Das Lösegeld dient lediglich dazu, das Gleichgewicht wiederherzustellen. Der Eindringling hat etwas vom Familienbesitz zerstört und zahlt jetzt gleichsam für die Wiederherstellung. Drei bis vier magere Schafe und eine Kiste Gin gelten als guter Preis. Ein lächerlicher Betrag, den ich natürlich ohne weiteres aufbringen könnte. Doch wenn Akuja wirklich schwanger würde, wäre ich dann schäbig genug, das Lösegeld im Hof des Herrn Danssu abzugeben und mich von meiner Bettgenossin und dem Baby zu verabschieden? Welche finsteren Höhlen meiner Seele hatte ich noch nicht erforscht?

»Ein Mensch sollte seine eigene Hand kennen«, hatte Pater John jüngst gepredigt. »Er sollte wissen, wann sie sich großmütig öffnet, um zu spenden, und wann sie sich zu einer Faust ballt, um zuzuschlagen. Wer die Bewegungen seiner Hand verfolgt, der erforscht seine Seele, denn sie ist es, die alle Gesten steuert.«

Ich bereitete meiner Geliebten ein Frühstück und stellte es ihr neben das Bett; sie sollte den heißen Tee und die Butterkuchen aus der »Bäckerei zur Heiligen Jungfrau« genießen, ohne auch nur einen Fuß auf den rauhen Betonboden setzen zu müssen.

Ein Paar betrat die Klinik. Der Mann trug die Kente der Reichen, aus feingekämmter, handgefärbter und mit Goldfäden durchwirkter Baumwolle, wie sie auch die Mitglieder der Häuptlingsfamilie trugen. Er zitterte haltlos, sein ganzer Körper bebte, kaum daß er die Stoffbahn unter den Achselhöhlen festhalten konnte. Die Frau stand gesenkten Hauptes neben ihm, als erwarte ihr anmutiger, wie der Stengel der Mangoblüte geschwungener Hals jeden Augenblick das Beil des Henkers. Der Mann sprach Tewei, doch obwohl ich es inzwischen beherrschte, verstand ich keines seiner Worte. Sein überbordender Zorn vermischte alle Silben zu einem zähen Brei. Wie ein gefangenes Tier schlug er immer wieder mit dem Kopf gegen die Wand.

Man rief eilends nach Schwester Viktoria. Obschon sie ihr Leben hinter stillen Klostermauern verbrachte, wußte sie Tobende besser zu beschwichtigen als jeder von uns. Sanft nahm sie die Hand des Schäumenden in die ihre, sah ihm aus nächster Nähe tief in die Augen und versicherte ihm leise, daß man sich im Krankenhaus all seiner Beschwerden annehmen würde. Dieses Versprechen wiederholte sie flüsternd, bis der Mann sich beruhigt hatte. Dann führte sie das Paar in mein Zimmer und schloß den Vorhang hinter sich. Ich hörte mir die Geschichte des Mannes an. Schwester Viktoria schickte mir besorgte Blicke. Anscheinend wollte sie mich vor etwas warnen, von dem ich nichts ahnen konnte.

Der Besucher hieß Ben und arbeitete in den Goldminen des Aschanti-Bezirks. Erregt schilderte er die tägliche Mühsal. Wie die Bergleute in Metallkörben tief in die Minen hinabgelassen werden, wie sie mit Hammer und Meißel Felsbrocken abspalten und die mit funkelnden Splittern besetzten Steine anschließend in Ledersäcke sammeln. Wie sie ohne Schutzausrüstung durch enge Gänge kriechen und bei jedem sandigen Rieseln vor Schreck erstarren. Viele finden den Tod bei Erdstürzen oder bei Grundwasserüberschwemmungen; die anderen altern schnell, als würden auch sie, wie die Felssplitter, in Säurebädern weichen. Aber man hat keine Wahl. Wer arbeiten will, muß die Auflagen erfüllen und sich auf allen vieren durch die »Wurmtunnel« schleppen.

Ben bekam trotz seiner Position als Vorarbeiter nur selten Urlaub. Er war oft monatelang nicht daheim. Vor zwei Monaten hatte seine Frau ihn besucht, und bei dieser Gelegenheit hatten sie miteinander geschlafen. Und nun war er gestern nach langer Zeit einmal wieder nach Hause gekommen und hatte seine Frau schwanger vorgefunden, den Bauch geschwollen wie eine Kokosnuß. Er hegte den Verdacht, daß das Kind nicht von ihm sei. Er wollte vom Arzt das genaue Alter des Fötus erfahren.

Die Frau wand sich wie jemand, dem das Gesicht gepeitscht wird. Plötzlich begann sie zu sprechen. Schnell und bitter. Das Eitergeschwür aus Unterdrückung und Verzweiflung brach auf und füllte den Raum mit fauligem Dunst.

Sie warf ihrem Mann vor, die beiden Kinder zu vernachlässigen, als wären sie nicht seine Nachkommen, sondern Bastarde des Satans. Sie hatte lange Hungernächte hinter sich, in denen die Kinder zu schwach zum Weinen waren. Sie schämte sich nicht zu erzählen, daß sie mit einem Blechnapf von Schwester zu Schwester gegangen war, um eine Portion Yams oder ein Stückchen Fleisch zu erbitten. Sie zeigte uns, wie sie Brennesseln zerdrückte, um den Brotteig zu verlängern. Sie war gezwungen gewesen, jede Arbeit anzunehmen. Sie sprach es nicht direkt aus, aber sie deutete an, daß sie auch ihren Körper für ein paar Hundert Cedis verkauft hatte, da sie an manchen Tagen keine andere Möglichkeit sah, die Hungerschreie der Kinder zu stillen.

Der Mann blieb stumm, doch die Drohung stand unmißverständlich im Raum. Wenn sich herausstellte, daß das Kind nicht von ihm war, würde er seine Frau töten.

Die Frau legte sich auf das Untersuchungsbett. Ihre Beine bebten. Schwester Viktoria half ihr, den Saum des Kleides bis zum Bauchnabel hochzurollen. Dann zog sie den Vorhang zu, nahm Bens Arm und führte ihn hinaus. Ich blieb mit der Unglücklichen allein.

»Wie heißen Sie«, fragte ich und legte ihr meine Hand auf den Bauch, um sie zu beruhigen.

»Jaha«, sagte sie und sah mir zum erstenmal seit ihrer Ankunft ins Gesicht, als wollte sie prüfen, inwieweit sie mir trauen konnte.

Es bestand kein Zweifel. Sie war mindestens im vierten Monat. Der Fötus maß bereits zehn Zentimeter; Herzklappen, Gehirnwände, Darmwände und sogar die Gehörgänge waren ausgebildet. Ich konnte seine Entwicklung nicht um einen Monat zurückdrehen. Ben war also nicht der Erzeuger. Ein anderer hatte sie befruchtet.

»Ich bitte Sie, Obroni, sagen Sie laut und deutlich, wie alt mein gesegnetes Baby ist. Nicht nur Ben und die gute Nonne sollen es hören, sondern das ganze Dorf. Alle sollen wissen, daß ich eine treue Frau bin und keine Ehebrecherin.«

Jaha bedrängte mich flehentlich, zu sagen, was ihr das Weiterleben ermöglichte – aber ich war der ärztlichen Wahrheit verpflichtet. Andererseits: Konnte ich ihr und ihrem Mann die richtige Diagnose zumuten? Um noch etwas Zeit zu gewinnen, legte ich die Hörmuschel des Stethoskops auf den steilen Bauch und lauschte den raschen Herztönen des Fötus.

Wenn ich jetzt löge, wäre ich für den Schwangerschaftsablauf verantwortlich. Ich müßte Jaha allmonatlich untersuchen, die Fortschritte des Embryos verfolgen, bei jedem Treffen Erklärungen für seine vorzeitige Reife erfinden und am Ende triftige Gründe für die Frühgeburt. Aber durfte ich denn überhaupt die Wahrheit sagen? Hatte ich als Arzt nicht geschworen, keinen Schaden anzurichten? Und in diesem Fall würde ich mit einem einzigen präzisen und medizinisch korrekten Satz eine Frau ihrem Mörder ausliefern. Sie käme nicht einmal bis zu den Zitronenbäumen am Weg, der vom Krankenhaus ins Dorf hinabführte. Ben würde ihr vorher die Kehle aufschlitzen.

Ich faßte einen Entschluß.

»Gott segne Sie, Jaha. Sie sind seit acht Wochen schwanger, und der Embryo macht gute Fortschritte«, posaunte ich laut hinaus. Jaha preßte die Lider zusammen, um ihre Tränen zu verbergen. Ich stellte mir vor, daß Schwester Viktoria auf der anderen Seite der Tür sich so heftig bekreuzigte, als hätte sie den Leibhaftigen gesehen. Ich selbst fühlte mich einfach wunderbar.

Die Gongschläger erschienen bei Sonnenaufgang. Sie gingen von Hütte zu Hütte, klopften mit Bambusstäben auf ihre Blechplatten und verkündeten aufgeregt kreischend die Botschaft des Häuptlings. »Nana Kosa der Zweite ruft alle Bewohner Asankangrwaas auf, sich heute mittag unter dem heiligen Baobab zu versammeln. Dort werden Anweisungen für das Yams-Fest erteilt. Der Häuptling Nana Kosa der Zweite wird auch zum Verschwinden des geliebten Sohnes von Herrn Danssu Stellung nehmen. Jeder Mann bringe seine Familie mit.«

Es war ein Sonntag, und normalerweise wurden an Sonntagen keine Stammesversammlungen abgehalten. Zwar fanden in den Dutzenden von Kirchen am Ort die Messen wie immer statt, doch die Betenden legten große Unruhe an den Tag. Kaum hatte der katholische Kirchenchor ausgesungen, da öffneten sich schon die Türflügel, und die Teilnehmer strömten hinaus. Wenig später endeten auch die konkurrierenden Anglikanischen, Apostolischen, Messianischen und Neuen Afrikanischen Gottesdienste, und die Gläubigen gesellten sich zu ihren katholischen Brüdern, die bereits erwartungsvoll zwischen den dicken Wurzeln des heiligen Baumes hockten.

Die Sitzordnung hatte sich herausgebildet, seit die Gründungsväter des Dorfes über den Tano gezogen waren: Söhne und Brüder des Häuptlings rechts und links neben dem Sofa, auf dem Nana Kosa der Zweite gleich Platz nehmen würde, zu ihren beiden Seiten im Kreis die Männer des Dorfes in der Reihenfolge ihres Verwandtschaftsgrads mit der herrschenden Familie. Die Frauen umstanden die Männer in einem zweiten Kreis, zwar etwas weiter entfernt, aber doch spürbar anwesend und ausgestattet mit dem Recht zu sprechen. Außerhalb des Geländes, das die Baobab-Wurzeln für sich beanspruchten, dort, wo schon Büsche wuchsen, standen die Kinder.

Sie waren die ersten, die den Zug des Häuptlings entdeckten, ein hüpfender bunter, sich von Süden her nähernder Fleck, der im gleißenden Mittagslicht aufschien und verschwand. Knaben tanzten der Kolonne voran; ihnen folgten gemessenen Schrittes die Stammesältesten, Gaben für die Ahnen tragend, und anschließend in hoheitsvollem Abstand beschatteten Hauptes der Häuptling, der nur den Sonnenschirmträger in seiner unmittelbaren Nähe duldete. Ein bunt gewandetes Grüppchen bildete in gebührendem Abstand die Nachhut.

Der Häuptling begann seine Rede. Er sprach von der besten Kakaopflanzmethode, vom notwendigen Trockenlegen der tödlichen nördlichen Sümpfe und natürlich vom nahenden Yams-Fest. Je weiter er ausholte, desto ungeduldiger wurden seine Untertanen. Alle warteten gespannt auf die angekündigte Stellungnahme zum Verschwinden Kofis. In den letzten Minuten vor der Versammlung hatte sich in Windeseile noch rasch ein Gerücht verbreitet: In den nördlichen Sümpfen sei eine Kinderleiche gefunden worden. Der Häuptling fuhr zu reden fort und schien vom Anwachsen der Spannung nichts zu spüren.

Aus nördlicher Richtung erhob sich Tumult. Obwohl ihr Häuptling sprach, konnten die Leute sich nicht beherrschen und drehten die Köpfe nach dem Lärm. In aufreizender Gemächlichkeit wandelte Herr Danssu samt Gefolge heran und nahm seinen Platz im Kreis der Männer ein.

Der Häuptling pausierte kurz, rührte mit seinem Stab im Staub und sprach dann weiter, als wäre nichts geschehen.

»Barmherziger Jesus«, brach es plötzlich aus Herrn Danssu hervor, »wo ist mein Sohn?«

Die Dörfler erstarrten vor Schreck. Danssu fiel dem Häuptling ins Wort und reizte ihn damit ein weiteres Mal, doch niemandem konnte der Schmerz entgehen, der sich in dieser kurzen Frage Luft machte. Der Häuptling wandte sich direkt an Herrn Danssu, als hätte er ihn erst jetzt bemerkt:

»Ich schwöre vor dem versammelten Dorf, daß niemand aus der Häuptlingsfamilie dem verschwundenen Jungen etwas zuleide getan hat.« Nana Kosa der Zweite wies darauf hin, daß seine eigene Seele sich aus den Seelenfasern aller Dorfbewohner zusammensetzte, und wenn er den Jungen verletzt hätte, dann hätte er doch gleichzeitig sich selbst verletzt.

Der Häuptling zog aus den Falten seiner Kente ein spitzes Holzstäbchen hervor und stach sich damit in den Daumen. Dann hob er die Hand, um allen den Blutstropfen zu zeigen. »So blutet mein Körper jede Nacht«, brüllte er bedrohlich, »weil die Söhne Satans sich im Dunkeln in die Hütten schleichen und euch ihr ketzerisches Gift in die Ohren spucken. Und wenn ihr morgens aufwacht, seid ihr verhext und schmäht die Familie des Häuptlings, wie es euch die Satansbrut eingeflüstert hat.«

Deswegen, so Nana Kosa der Zweite, müsse er böse Geister und Hexer aus dem Ort entfernen. Er werde jeden einzelnen Satanssohn ausfindig machen und samt Kindern und Kindeskindern vertreiben. Und die erste Hexe, die er verjagen würde, schrie er und wies auf den Kreis der Frauen, das sei Akusuja Konfu.

»Die Alte packt noch heute ihr Kalkpulver, ihre stinkenden Kräuter und ihre gespaltenen Zauberstäbe zusammen und verschwindet mitsamt ihrem geistesschwachen Enkel und ihren dreckigen, in fremden Höfen pickenden Hühnern aus Asankangrwaa!«

Lastende Stille. Immerhin besprenkelte Akusuja Konfu die meisten Neugeborenen mit heiligem Wasser und segnete sie auf ihre Art. Sie verstreute Asche in den Hütteneingängen, um böse Geister fernzuhalten. Sie stopfte Heilkräuter in die Scham junger Frauen, um eine Abtreibung auszulösen, und sie träufelte Kräutersäfte in die Scheiden der älteren, um sie feucht und geschmeidig zu halten. Doch jetzt traute sich niemand, den Mund aufzumachen und sie zu verteidigen.

Auch Herr Danssu schwieg. Er stützte sein Kinn auf die Kugel am Ende seines Stocks, und nur das nervöse Flattern der Lider verriet den im Inneren tobenden Zorn. Wie alle anderen wußte auch er genau, daß Akusuja Konfu vertrieben wurde, weil sie es gewagt hatte, sich auf seine Seite zu stellen und die Götter um Hilfe bei der Suche nach seinem verschollenen Sohn zu bitten.

Akusuja Konfu verließ das Dorf noch in derselben Nacht. Einige wenige Frauen, die Dienerinnen des Hauses Danssu und auch mein Mondscheinmädchen, begleiteten sie bis an den Dorfrand. Jede trug etwas von den Habseligkeiten der Priesterin: eine Strohmatte, eine Schmuckschatulle, ein ausgebeultes Faß, das Baumwollkleid für die Beerdigungen, einen Wassernapf. Akuja trottete am Ende des kleinen Trupps, in jedem Arm ein erschrockenes Huhn. Tawija, der Enkel, zog zwei schwere Säcke hinter sich her und konnte die Tränen nur mit Mühe zurückhalten. Akusuja Konfu schritt leichtfüßig und fröhlich neben ihm her, die Arme hoch erhoben, als wollte sie den Mond umarmen.

Am Ende des Dorfes, dort, wo die schwarzen Schlammsümpfe gluckten, blieben die Frauen stehen. Ein unangenehmer Dunst stieg aus dem Sumpf auf, es stank nach Fäulnis und nach den Kadavern versunkener Tiere. Von hier an mußten die greise Priesterin und ihr Enkel allein weiterziehen. Akusuja Konfu marschierte unbekümmert voran, auch dort, wo der Pfad im Schlamm verschwand. Schließlich wohnte der Gott in ihr; Geist war an Geist geheftet, Fleisch an Fleisch, und der große Tano verließ Asankangrwaa gemeinsam mit seiner Priesterin.

Seit der Nacht der Vertreibung Akusuja Konfus gerieten die Dinge aus dem Gleichgewicht. Als wäre ein Stern aus seiner Bahn getreten und als ließe diese kaum spürbare kosmische Veränderung nun zahllose andere Sterne aufeinanderprallen. Nicht nur, daß schwere Regenfälle einsetzten und die Hütten am Hang überschwemmten, nicht nur, daß eine Diarrhöe-Epidemie ausbrach und das Krankenhaus mit fast schon ausgetrockneten Kindern füllte, und auch nicht, daß die Häuptlingsfrau vom Palastbalkon stürzte, sich aber zum Glück nur die Handwurzelknochen zersplitterte, nein, mit solchen Vorkommnissen muß im Regenwald gerechnet werden. Wirklich beängstigend wirkten die kleinen Anzeichen des schleichenden Verfalls, der unterschwelligen Aushöhlung: Männer vergaßen den Obolus an die Ahnen, bevor sie eine neue Flasche Gin an die Lippen setzten. Frauen dachten nicht daran, ihren Töchtern zur Abwehr böser Geister Kettchen um die Taille zu schlingen. Lange Reihen roter Ameisen fielen urplötzlich über die neu gesetzten Kakaopflanzen her. Einer der angesehensten Priester brach mitten im Gebet vor seiner Gemeinde in Tränen aus. Niemand im Dorf konnte sich noch sicher fühlen.

Am Donnerstag war im Kloster Waschtag. Meine Laken wurden mit Kernseife eingeschäumt, in einen Bottich kochenden Wassers geworfen, zum Trocknen in die Bäume vor der Marienstatue gehängt und am Abend wieder über die Matratze gespannt. In der Nacht darauf klebten die frisch gewaschenen Laken feucht an meiner nackten Haut. Ich fühlte mich matt und schwach, in Schweißschichten gewikkelt wie eine Mumie in ihre Leichentücher. Akujas warme Brüste ruhten an meiner Schulter und hoben und senkten sich mit ihren tiefen Atemzügen. Doch ich war einsam, ein verschwindend kleiner Punkt im unermeßlichen Urwald.

Oben im Krankenhaus lagen siebzig Kranke auf rostigen Metallbetten, und ich war ihr Arzt. Möglicherweise taumelten in ebendiesem Augenblick Menschen über Urwaldpfade und brachten mir ein todkrankes Kind oder eine Greisin mit gebrochener Hüfte. Das zumindest war die gestrige Auslese gewesen. Zwei Kranke starben, bevor ich sie behandeln konnte.

Die Verantwortung für die Patienten im katholischen Krankenhaus, in der muffig-schwülen Tagesklinik, in Hunderten von versteckten Urwalddörfern erschreckte mich schon nicht mehr, zumindest nicht so, wie sie mich damals bei meiner Ankunft in Asankangrwaa erschreckt hatte. Seitdem waren erst einige Monate vergangen, die mir in dieser Nacht wie lange Jahre erschienen. Wie naiv, wie erlebnishungrig, wie anmaßend ich damals gewesen war! Ein junger Arzt, der soeben seine Zulassung entgegengenommen hatte. Während meiner Assistentenzeit ließ man mich ausschließlich unter der Aufsicht erfahrener Ärzte arbeiten. Bei Operationen führten sie meine Hände, und während des Krankenhausdienstes kontrollierten sie jede meiner Anweisungen. Und in Afrika fand ich mich nun als einziger Mediziner inmitten des Regenwalds wieder. Nur Gott, Obossum, sah mir hier auf die Finger.

In dieser Nacht lastete meine Isolation auf mir wie ein Bleigewicht, drückte mir die Brust ein und hinderte mich am Atmen. Ich schrumpfte unter dem Moskitonetz auf Zwergesgröße zusammen.

Glich meine Einsamkeit der Einsamkeit aller Fremden, der Unzugehörigkeit, die sie allmählich aufreibt? Ähnelte sie der bitteren Schicksalsergebenheit, die ich bei den Einwandererfamilien aus Burkina Faso beobachtet hatte, die erst vor kurzem im Dorf eingetroffen waren und ihre jungen Mädchen bereits als Prostituierte in die Trinkhütten schickten? War sie wie die selbstgewählte Zurückgezogenheit der nigerianischen Schwestern, die sich sonntags zum Gebet in ihre winzigen Zellen einschlossen, anstatt sich unter die enthusiastischen Gläubigen in der Kirche zu mischen? Oder war sie eine Art Seuche, wie sie die von Herrn Danssu aus dem Norden importierten Guineahühner befiel, die völlig entkräftet auf ihren Misthaufen hockten und innerhalb von Stunden eingingen?

Ich wollte nichts anderes als schlafen, ich wollte eine

Nacht lang tot sein, doch es gelang mir nicht einmal, die Lider zu schließen. So lag ich da und starrte in die Dunkelheit. Akuja neben mir atmete schwer, und die Mücken hinter dem Schleier sirrten begehrlich. Ich stellte mir die Erreger vor, die massenweise in ihren warmen Speicheldrüsen heranreiften.

Das erste teigige Morgenlicht trieb durch die Dunkelheit und ließ sich trübe auf meinem Laken nieder. Draußen waren schon gedämpfte Stimmen zu hören. Noch heiser vom Nachtschlaf begrüßten sich die Frauen am Brunnen. Als ich das Moskitonetz zurückschlug, schnalzten sie schon vernehmlich mit den Zungen und neckten einander mit der unschuldigen Freude, die dem neugeborenen Tag gehört.

Ich brachte es nicht fertig, gleich nach dem Aufstehen ins Krankenhaus zu gehen. Die abgrundtiefe Einsamkeit der Nacht ließ einen ziehenden Schmerz zurück. Ich mußte mit jemandem reden, doch wollte ich meine Nöte weder vor den nigerianischen Nonnen noch den Krankenschwestern ausbreiten. Wer käme im Dorf sonst in Frage? Pater John fiel mir ein. Schließlich hatte er mir geraten, mein Geschenk anzunehmen, statt der milden Korruption eine schlimmere zu wählen.

Entschlossen erklomm ich den Pfad zu Pater Johns Hütte. Hier oben lag einem das ganze Dorf zu Füßen. Der Priester saß, den Rosenkranz in Händen, im Eingang. Der Anblick ging mir zu Herzen, vielleicht, weil Pater John beim Beten seine bloßen Füße weit auseinandergestellt der wohltuenden Morgensonne darbot. Als er mich bemerkte, errötete er, als hätte ich ihn auf frischer Tat ertappt. Er lud mich zu einem Glas Dattelwein ein.

In seiner Hütte war es düster, und der Geruch nach zerbröselnden Holzmöbeln wehte mir entgegen – ein Raum wie zum Beichten geschaffen. Hier kam mir das Bekenntnis meines Gebrechens rasch und leicht über die Lippen. Ich entdeckte dem Priester meine tiefe Einsamkeit. Ich gestand, daß der zwischen dem Häuptling und Herrn Danssu aufgebrochene Haß mir angst machte.

»Was befürchten Sie denn?« fragte Pater John.

»Die Dorfbewohner sind aus einem langen Schlaf erwacht und müssen plötzlich feststellen, daß der Grund und Boden zwischen ihren Hütten von tiefen Rissen durchzogen ist, die Nachbarn, Brüder und Ehepaare trennen«, erklärte ich.

Der Priester schüttelte nur den Kopf, und ich spürte, daß er bis in die Risse meiner Seele sah.

»Auch ich selbst bedauere außerordentlich, daß die Sünde des Hasses und des Hochmuts unser Dorf spaltet. Aber ich sehe darin nichts anderes als das Aufleben eines alten Kampfes. Ein Kräftemessen zwischen den Inhabern der natürlichen Autorität, der Häuptlingsfamilie also, und aufstrebenden neuen Mächten, die dem Boden Asankangrwaas manchmal entwachsen. Das war schon immer so, und das wird auch so bleiben. Das ist der Gang der Welt.

Aber Sie, Obroni, sollten sich vorsehen«, warnte er mich und erzählte von einer amerikanischen Caritas-Organisation, die dem Bistum des Westbezirks Tausende von Gläsern spendete. Sechshundert davon waren für Asankangrwaa bestimmt.

»Kirchliche Mitarbeiter ließen die Amerikaner wissen, daß man bei uns aus Holzschalen trinkt, die nach der Mahlzeit auf die Erde geworfen werden, doch das war den Wohltätern egal. Sie hatten sich in ihre mit einer Rose bemalten Gläser verguckt. Die wurden dann auch angeliefert. Binnen einer Woche war der Boden des Dorfes mit unzähligen

Scherben bedeckt. Die Erde glitzerte Tag und Nacht, und das Krankenhaus füllte sich mit Hinkenden, denen die Schnitte in den Fußsohlen genäht werden mußten.«

Pater John lachte laut über die Dummheit der Fremden, und sein Gesicht glühte vom Alkohol.

»Etliche Leute hier im Dorf lieben Sie, Obroni. Ihre Behandlungen schlagen an, Sie selbst scheinen hier glücklich zu sein. Doch nicht jeder, der Ihnen wohlgesinnt ist, wird Ihnen helfen können, wenn Sie die Mächtigen des Ortes brüskieren. Sie sollten wissen, daß Ben, der Vorarbeiter in den Goldminen, zur Häuptlingsfamilie gehört. Auch wenn man ihn aus dem Palast mit Schimpf und Schande vertrieben hat, so bleibt er doch ein Blutsverwandter. Der Häuptling wird in seiner eigenen Familie keinen Bastard dulden.«

Ich schwieg.

»Paulus hat es ganz deutlich gesagt: ›Um Unzucht zu vermeiden, wohne jeder Mann seiner Frau bei und jede Frau ihrem Mann.‹«

»Worauf wollen Sie hinaus, Pater John?«

»Ich rate Ihnen, Doktor, die Sache mit Jahas vertrackter Schwangerschaft zufriedenstellend zu klären, bevor ein Unglück geschieht. Sowohl der Häuptling als auch Herr Danssu werden einen Obroni bedenkenloser opfern als einen Schafsbock aus ihrer Herde.«

6

Wer zählt die Tränen der Fische in der Tiefe des Meeres?

Eines Tages erschien Jaha wieder in der Praxis. Sie strahlte zuversichtlich und stützte ihren humpelnden Vater. Ihr Anblick bedrückte mich. Solange ich sie nicht sah, konnte ich so tun, als gäbe es sie und die unselige Schwangerschaft nicht. Ein Monat war vergangen; ihr Bauch hatte sich weiter vorgewölbt, und der Nabel hob sich deutlich unter dem Kleid ab. Der Embryo trieb fröhlich im Fruchtwasser und konnte nicht ahnen, wieviel Angst und Sorge sein bloßes Vorhandensein auslöste.

Jahas Vater drückte mir mit übertriebener Ehrerbietung die Hand und stellte sich vor: »Lavid«. Sein Englisch war altertümlich wie das der Heiligen Schrift.

»Ehrwürdiger Herr! Während meiner Zeit als Holzfäller wuchs mir am Hoden ein kleiner Klumpen, und inzwischen ist er zu einem Riesenpilz angeschwollen. Die Ärzte im Regierungskrankenhaus erklärten mir, es handele sich um eine Hernie und das Gewächs könnte in einer einfachen Operation entfernt werden. Warum sollte der Eingriff dann an einem fernen Ort erfolgen, wo ich doch in Asankangrwaa beheimatet bin und neben dem Missionshospital wohne, dessen neuer Arzt hochgelobt wird? Man sagt vom Obroni, daß er ein mitleidiges Herz habe und Tote beleben könne.«

Der Alte entledigte sich seiner Kente, und seine Tochter wandte sich verlegen ab. An seinen Armen und Beinen rasselten Kettchen, wie sie Kinder zum Schutz gegen böse Geister tragen.

Vorsichtig betastete ich seinen linken Hodensack und spürte sogleich das bösartig verhärtete Gewebe. Die weitere Untersuchung ergab, daß die Leber ebenfalls vergrößert war, und aus der Gesichtshaut erhoben sich grobe Körner. Ohne Zweifel Krebsgeschwüre. Natürlich hätte man sicherheitshalber noch Proben an ein Labor schicken können, doch ich wußte, daß Jahas Vater nicht mehr zu helfen war. Ich schrieb eine Überweisung an das Universitätskrankenhaus Kumasi und setzte eine schwungvolle Unterschrift darunter – ein sinnloses Unterfangen: Die Ahnen bliesen auf ihren Bambusflöten und riefen den Alten zu sich.

Lavid sah mich traurig an. Er schien erraten zu haben, wie es um ihn stand, denn er unternahm keinen Versuch mehr, mir zu schmeicheln oder um einen Eingriff nachzusuchen. Kaum hatte sich die Tür hinter den beiden geschlossen, da kam Jaha zurück.

»Ich habe meinen Kamm vergessen«, sagte sie, doch sie wollte etwas ganz anderes. »Können die Ärzte in Kumasi meinem Vater helfen?«

»Ich weiß es nicht.«

Ihre Augen füllten sich mit Trauer.

»Können Sie mir helfen, Obroni?«

Ausflüchte waren nicht mehr möglich. Ich mußte Farbe bekennen.

»Ja, Jaha. Ich will Sie schützen.«

»Ich werde nicht zuviel von Ihnen verlangen, Obroni. Wenn der Häuptling es befiehlt, bin ich bereit zu sterben. Aber bitte lassen Sie nicht zu, daß mein Kind getötet wird.«

Stolz parkte Viktor vor meiner Terrasse auf dem engen, von Danssus wiederkäuenden Rindern freigelassenen Streifen. Der Jeep war knallgrün lackiert. Viktor hatte den Lack auf dem Markt von Accra aufgetrieben und geraspelte Papayaschale hineingemischt.

»Das ist die Farbe hitziger Krötenweibchen«, neckten ihn die Nachbarn und lachten schallend, doch Viktor kümmerte sich nicht darum. Er hatte Dutzende von Arbeitsstunden investiert und sogar Türen, Kühlerhaube und Kofferraumdeckel abmontiert, um auch in die winzigsten Winkel zu gelangen.

Anschließend wurde der Wagen wie ortsüblich mit Aufschriften versehen. Auf der Kühlerhaube stand in roten, weißschattierten Lettern »Jesus dein Retter«. Die Rückansicht versicherte: »Jesus hat ewiglich recht.« Und mit dem gleichen begeisterten Schwung hatte Viktor auf die seitlichen Türen den vieldeutigen Ausspruch gepinselt: »Vergeben kannst du, aber nicht vergessen.«

Viktor brauchte einen Rat. Seine Freundin Fay lag ihm in den Ohren, er solle sie endlich heiraten. Und er konnte sich nicht entschließen. Immerhin kannten sie sich, seit beide sechzehn waren, und Fay hatte geschworen, er allein solle ihr zukünftiger Ehemann sein. Vor etwas mehr als einem Jahr war sie von einem anderen schwanger geworden, einem durch Asankangrwaa ziehenden Hufschmied, aber dennoch wollte sie Viktor heiraten, und zwar vor dem Altar der Neuen Afrikanischen Kirche, der sie angehörte. Sie wünschte sich einen goldenen Ehering und ein weißes Brautkleid.

»Wo liegt denn das Problem, Viktor? Warum sind Sie unentschlossen? Weil Fay sie betrogen hat?«

»Betrogen?« Viktor sah mich fragend und beleidigt an.

»Fay ist die Treue selbst. Sie würde mit keinem anderen vor den Altar treten.«

»Aber das Baby auf ihrem Rücken ist von einem anderen.«

»Oh, das Kind ist ein Geschenk Gottes. Und ich nehme alle Seine Geschenke dankbar an.«

»Wenn das so ist, was hindert sie dann?« Ich goß ihm noch einen Schluck Gin in den schwarzen Tee.

Es fiel ihm nicht leicht, am Ende mit dem wirklichen Grund herauszurücken: »Fay ist mit Plattfüßen auf die Welt gekommen. Und bei uns weiß jeder, daß eine plattfüßige Frau Unglück bringt.«

Erst jetzt rückte Viktor mit dem eigentlichen Anliegen heraus. Er wollte wissen, ob der Doktor den Fuß seiner Geliebten ummodellieren und mit einer gehörigen Wölbung versehen könnte. Gleichzeitig fragte er sich, ob er damit nicht, selbst wenn die technische Möglichkeit bestünde, Obossum, den Gott, herausforderte.

»Viktor, es besteht nicht die geringste Aussicht, daß ich mit dem Skalpell an Fays Füßen herumschnitze. Wegen eines solchen Unsinns schneide ich keine Sehne und keinen Muskel durch. Fays Füße könnten dermaßen verschandelt werden, daß sie ihr Leben lang humpelt. Und warum? Für nichts und wieder nichts.«

Ich wußte nicht einmal, wie eine solche orthopädische Operation vorzunehmen war, aber nicht deswegen hatte ich den Eingriff unverblümt abgelehnt. Viktor zog einen Brocken Rohtabak aus der Hosentasche, rieb sich den Gaumen damit ein und warf den Kopf in den Nacken, um lautstark zu lutschen. Als er ihn wieder aufrichtete, erklärte er: »Ich werde die Nonnen um eine Fahrt nach Kumasi bitten, dort wohnt ein Heiliger, der blickt einem nur in die

Augen und sieht den ganzen Lebenslauf. Der wird mir den richtigen Weg weisen.«

Jetzt fühlte ich mich beschämt und beleidigt. Viktor mißtraute meinen medizinischen Kenntnissen und zog es vor, einen lokalen Magier zu befragen. Mein dümmlich eitles Ego hat mich schon des öfteren zu peinlichen Fehlleistungen verführt. Deswegen kämpfte ich jetzt mit meinem verletzten Stolz. Plötzlich wußte ich ganz genau, was ich bezüglich Jahas Schwangerschaft zu tun hatte: Morgen mit Viktor nach Kumasi fahren und mich bei dem Gynäkologen des dortigen modernen Krankenhauses erkundigen, mit welchen Mitteln sich eine Geburt um mindestens drei Wochen hinauszögern läßt. Vielleicht würde es mir mit Hilfe der Medizin gelingen, den Ehemann, die Häuptlingsfamilie und das ganze Dorf in die Irre zu führen und Mutter und Kind zu retten.

Gegen Morgen walzte der Taro-Taro, der örtliche Autobus, krachend ein Bündel taubenetzter Palmwedel nieder und hielt vor der Neuen Afrikanischen Kirche. Zwei Kinder des Fahrers spähten durch die Scheibe. Der größere Junge schrie mit einer Begeisterung, die sonst der Ankündigung herrschaftlicher Hochzeiten vorbehalten war, »Kumasi, Kumasi«, das Mädchen stand hinten im Gang und wies den Fahrgästen ihre Plätze an. Beide Kinder waren mit einer Hasenscharte geboren, doch sie hatten gelernt, die Lippen zu einem O zu runden, so daß die Entstellung weniger auffiel.

Der Taro-Taro passierte Asankangrwaa zweimal wöchentlich. Der Fahrer hielt nur kurz, um Passagiere einsteigen zu lassen und Kühlwasser aufzufüllen. Wer sich nur noch ein wenig auf seiner Schlafmatte räkelte oder beim Gebet zum Erdgott um trockene Wege eine Minute zu lange verweilte, der konnte nur noch enttäuscht die Reifenspuren mustern und drei Tage auf die nächste Busfahrgelegenheit warten. Kein Wunder also, daß die Dörfler sich zügig in das Gefährt drängten, Yams-Säcke, gefesselte Hühner und Schafe im Gepäck.

Akuja war unter den ersten, die sich hineinzwängten. Sie setzte sich in die vorderste Reihe, neben eine Frau mit zwei Kindern. Ihr war heute morgen eingefallen, daß sie in Kumasi ein Pulver gegen Wurmbefall der Schweine besorgen mußte, aber wir wußten beide, daß sie mitfuhr, um auf mich achtzugeben. Vermutlich meinte sie, daß ein unbedarfter Obroni wie ich in der großen Stadt verlorenginge. Um mich nicht zu beschämen, hatte sie gleich hinter dem Fahrer Platz genommen und sah sich nicht nach mir um. Ich saß auf der hintersten Bank, eingeklemmt zwischen zwei dicken Frauen mit riesigen Brüsten, die mich ununterbrochen stupsten. Ich schloß die Augen und fühlte mich geborgen wie an der Mutterbrust.

Der Fahrer hielt in einem abgelegenen Dorf, das etlichen anderen Dörfer glich, die wir passiert hatten: achtzehn Hütten, ein Fäulnisgeruch ausdünstender Sumpf, Dutzende nackter Kinder und eine Weggabelung, die ins Nichts führte. Die Pause schien genau geplant zu sein. Ein Mann in grünem Anzug, dabei aber barfuß, anscheinend war er durch den Sumpf gestapft, näherte sich selbstbewußt dem Bus und bot Personalausweise zum Verkauf an, einfache blaue Pappkarten, die Platz für ein Foto und für persönliche, vom Käufer selbst auszufüllende Angaben boten.

»Dieser Ausweis wird überall anerkannt«, versprach der Verkäufer in Tewei und in fließendem Englisch, »in Amerika, in Europa, in Japan und sogar in Togo.« Einige naive Reisende zogen Tausend-Cedis-Scheine aus ihren Hosentaschen oder Büstenhaltern und erwarben die Pappstücke in dem festen Glauben, sie hätten jetzt einen gültigen Reisepaß. Doch wenn sie das Papier jemals an den Grenzübergängen nach Togo oder der Elfenbeinküste präsentieren sollten, würden sie nur Gelächter und Keulenschläge ernten.

Während der Fahrer das kochende Kühlwasser ersetzte, zog der barfüßige Händler englische Broschüren aus den Taschen seines Anzugs, die ihrem Besitzer eine einträgliche Arbeit in Kumasi garantierten, Ratgeber zur Kindererziehung und eine Sammlung erstaunlichen Wissens über das Universum. Diese Hefte fanden allerdings weniger Anklang, denn die meisten Reisenden waren des Lesens unkundig.

Der Bus fuhr an und ließ das Dorf hinter sich. Nach etwa zehn Kilometern stieß er gelblichen Qualm aus, als wären wir in einen Sandsturm geraten, und kam zum Stillstand. Wohl eine ganze Stunde lang versuchte der Fahrer vergeblich, den Motor wiederzubeleben. Keiner der Reisenden schien besorgt oder ärgerlich. Man setzte sich unter einen Baobab am Wegrand und breitete Mitgebrachtes aus: Brotlaibe, hartgekochte Eier, Schafsfett, in Scheiben geschnittenen Yams, und teilte alles miteinander.

Ich brachte dem Fahrer, der sich eifrig über den Motor beugte, auch ein Stück Brot. Die offene Kühlerhaube gab ein vollkommenes Chaos preis. Alle Teile waren mit dünnen Messingdrähten, mit Stoffstreifen oder sogar mit Pflanzenstengeln überaus dilettantisch zusammengezurrt. Nur der Gottessohn, dessen Bild an der Vorderscheibe prangte, schien das Auseinanderfallen der rostigen Motorteile zu verhindern.

»Damit kommen wir nie in Kumasi an«, sagte ich. Wir hatten noch neunzig Kilometer vor uns.

»Aber sicher kommen wir an, Obroni, und wenn die Reparatur ein paar Tage dauert.«

Glücklicherweise ratterte ein Lastwagen vorbei, der Schweine ins Schlachthaus brachte. Der Fahrer bremste und bot seine Hilfe an. Die Verhandlung ging zügig vonstatten. Gegen eine geringe Summe und eine Schale Grieß erklärte der Lastwagenfahrer sich bereit, auch die Busreisenden auf seiner Ladefläche zu transportieren. Wir alle fanden ohne weiteres zwischen den quiekenden Schweinen Platz und mußten uns nur gut festhalten, um auf dem von einer glitschigen Exkrementenschicht bedeckten Boden nicht auszurutschen.

Vier Stunden lang wurden wir gerüttelt und geschüttelt, dann hielt der Laster uns zu Ehren an der überfüllten Taro-Taro-Station neben dem Gedränge der Stände, Händler und Käufer.

Das Krankenhaus lag auf einem Bergausläufer und war leicht auszumachen. Spöttisch erhob sich das helle Gebäude über dem brodelnden Schuk von Kumasi. Akuja blieb am Eingang stehen: »Das ist kein Ort für mich. Zwar brauchen Menschen pausenlos Beistand, so sagt man jedenfalls hier bei uns in Ghana, aber in einem so feinem Haus wie diesem hier kann ich nichts ausrichten.«

Professor Massavon, eine eindrucksvolle Erscheinung mit vollem weißen Haar, breiten Schultern und den schweren Händen eines jungen Holzfällers, saß mir schweigend gegenüber. Je länger ich ihn ansah, desto sicherer war ich, daß sich hinter der fast derben Physis ein empfindsames Wesen verbarg.

Im Universitätskrankenhaus von Kumasi galt Professor Massavon als begnadeter Geburtshelfer. Sogar seine Kollegen sagten über ihn, daß Gott ihn sehr lieben müsse, da Er ihn Wunder vollbringen ließ. »Massavon entbindet aus der Steißlage immer noch vaginal wie ein Arzt des neunzehnten Jahrhunderts. Er umfaßt die Gebärmutter mit seinen schweren Händen und preßt den Fötus mit kreisenden Bewegungen gegen das Becken«, erklärte mir einer der Frauenärzte. »Ein unglaubliches Schauspiel. Das sollten Sie sich einmal ansehen. Trotz der Gefährlichkeit dieser Methode ist unter seinen Händen noch keine Gebärmutter gerissen.«

Der Professor hörte mir konzentriert zu. Er bewegte lautlos die Lippen, als er die Maße des Fötus noch einmal mit dem voraussichtlichen Geburtstermin verglich. Er antwortete mir nicht gleich, sondern erhob sich und brühte uns beiden schwarzen Tee.

»Meinen Sie, daß der Geburtstermin sich hinausschieben läßt, Professor?«

»Ich selbst habe eine Geburt noch nie ohne zwingenden medizinischen Grund verzögert. Aber wenn Sie es unbedingt wollen, könnte es Ihnen mit etwas Glück gelingen, die Entbindung zwei, drei Wochen lang aufzuhalten.«

»Wird der Embryo gefährdet?«

»Was Sie da vorhaben, ist eine rohe und möglicherweise auch kurzsichtige Einmischung in das Werk Gottes. Ein Weiser kann eventuell die Absichten des Häuptlings vorhersehen, doch nur ein Tor würde versuchen, die Pläne Obossums zu ergründen. Vielleicht ist es dem Säugling schon vorbestimmt, später auf die Welt zu kommen, und Ihre Bemühungen sind ganz überflüssig.«

»Darauf kann ich mich nicht verlassen.«

»Ihr Vorhaben stellt darüber hinaus einen bedenklichen

Eingriff in das Leben Asankangrwaas dar.« Er sah mir direkt in die Augen. »Das kann Sie den Kopf kosten, ist Ihnen das bewußt? Die unglückliche Frau trägt ein ungesetzliches Kind aus. Nur Gott weiß, welcher Mann sich in sie ergossen hat. Es kann ein Aussätziger gewesen sein oder ein ausländischer Lastwagenfahrer auf der Durchreise. Und doch gilt der Säugling später als Angehöriger der Häuptlingsfamilie.«

»Ja, man hat mich schon gewarnt.«

»Dann wissen Sie also, daß die Beleidigung eines Häuptlings einer Gesetzesübertretung gleichkommt. Die Häuptlinge hier bemühen die Gerichte nicht mit Privatsachen und verurteilen und bestrafen auf eigene Faust, wenn jemand an ihrer Autorität rüttelt.«

»Ja, Professor Massavon, das alles ist mir bekannt. Ich übernehme die Verantwortung für mein Handeln.«

»Wenn das so ist, dann werde ich Ihnen den Medikamentencocktail aufschreiben, der die Geburt verzögern sollte. Mehr möchte ich zu dieser Angelegenheit nicht sagen.«

Als er mir die Behandlungsanweisungen aufschrieb, erlitt er auf einmal einen Hustenanfall, der den ganzen großen Körper erschütterte. Bevor Massavon das Seidentuch, mit dem er den Auswurf auffing, in seiner Faust verschwinden lassen konnte, sah ich deutlich, was er verbergen wollte: blutige Tropfen.

»Ja, Doktor. Ich leide an Tuberkulose, und ich weiß genau, was Sie jetzt denken: Dem Alten sollte das Arbeiten verboten werden, wie leicht könnte er die Frauen im Kreißsaal anstecken. Aber wer kann mich hier ersetzen?«

»Das Weiterarbeiten in diesem Zustand muß Ihnen doch rein physisch schwerfallen.«

»Meine Schmerzen münden ein in die Schmerzen aller Kranken hier. Wer zählt die Tränen der Fische in der Tiefe des Meeres? Noch kann ich ins Krankenhaus kommen, und die wenigen Anfälle sind kurz. Sie kennen den Krankheitsverlauf. Er ist unabänderlich wie alle Pläne Gottes. Und doch wirkt er befreiend: Was kann mir jetzt noch passieren? Ich bin ja schon todkrank. Einzig und allein deswegen helfe ich Ihnen, Nana Kosa den Zweiten zu hintergehen. Ich habe von seiner Rache nichts mehr zu befürchten.«

Sorgfältig setzte er seinen Namen und seine Titel in Buchstaben von Kakaobohnengröße unter das Rezept.

Ich fuhr allein nach Asankangrwaa zurück, denn ich hatte an der Haltestelle vergeblich nach Akuja Ausschau gehalten. Wir erreichten das Dorf zur schönsten Stunde des Tages, zur Stunde des Sonnenuntergangs, wenn der Wald sanft und verführerisch im rotgoldenen Glanz liegt. Von schrägen Strahlen eingefangen, im letzten Lichtblitz, der durch die Baumkronen fiel, rumpelte der Taro-Taro in mein Dorf ein.

Ich dachte während der ganzen Fahrt an Professor Massavon. Die Tuberkulose vernichtete seine Lungen systematisch, sie verwandelte gesundes Gewebe in schwarze Löcher, doch er setzte seine Arbeit fort, als wäre er gesund. Er ließ sich vom nahenden Tod nicht lähmen und gönnte sich keine Ruhe, weil niemand außer ihm den gefährdeten Frauen helfen konnte. Er würde seine Verpflichtungen so lange erfüllen, bis ihm im letzten Stadium der Atem wegbliebe. Professor Massavon war eindeutig ein guter Mensch.

Hier im Regenwald, wo es fast völlig am schmückenden Beiwerk luxuriöser Attribute fehlt und wo weder analytische Theorien noch fragwürdige Ideologien das Urteilsvermögen beeinträchtigen, treten Charaktereigenschaften schonungslos zutage. Ohne Faxgeräte, Werbespots, Aktienkurse, goldene Uhren, Lebensversicherungen, Geschirrspülmaschinen, ohne Rechtsanwälte, Haarverpflanzungen und Brustvergrößerungen bleibt nicht viel verborgen.

Zahlt ein Vater für den Krankenhausaufenthalt seines Säuglings zehn Dollar, so müssen seine anderen Kinder sich einen Monat lang mit Kräutern und Wurzeln begnügen. Schenkt eine Frau ihren hungernden Nachbarn ein Ei, dann enthält sie es ihrer ebenfalls hungrigen Familie vor. Wer fünfhundert Milliliter seines Lebenssaftes für eine verblutende Gebärende spendet, der schwächt seine eigene Widerstandskraft gegenüber tödlichen, hier stets auf der Lauer liegenden Krankheiten von Malaria bis Aids. Angesichts der Unerbittlichkeit des Lebens hier sind der Gute und der Böse auf Anhieb auszumachen, ähnlich wie Schauspieler auf der Bühne durch rollentypische Kostüme, Gestik, Mimik und Sprechweise schnell einzuordnen sind.

In jenem letzten Lichtblitz, der noch durch die Baumkronen drang, erblickte ich Akuja durch die Busscheibe. Sie war also vor mir zurückgelangt. Eine Riesenschale Yams auf dem Kopf, erklomm sie den Pfad zu Danssus Anwesen. Ich erkannte sie an ihrem Kleid, einem gelben Fleck auf dem Pfad, doch ihre Art zu gehen erschien mir sonderbar fremd. Sie stieg mit kleinen zögernden Schritten bergan, als wäre sie sehr müde, und das Balancieren der beladenen Schale auf dem Kopf schien ihr große Mühe zu machen.

An jenem Abend war Akuja erzürnt, und ich wußte nicht einmal, weshalb. Sie saß neben mir auf der Terrasse, und die aufgerissenen Rachen der beiden auf ihre Schulter tätowierten Krokodile kamen mir zum Beißen nah. Meine Liebste füllte den engen Raum zwischen uns mit Feindseligkeit. Am Nachthimmel glänzte die Milchstraße. In ihrer Mitte entzündete sich ein mächtiges Feuerwerk, und von ihrem Rand sank brennende Asche zur Erde, ein wahrer Sternenregen, aber Akuja hob nicht einmal den Blick, um sich dieses Wunder anzusehen. Vornübergebeugt starrte sie auf ihre Füße.

Und ausgerechnet an diesem Abend begehrte ich sie maßlos. Mein trockener Mund sehnte sich nach ihren feuchten Schamlippen, meine Zunge wollte ihren rosa Honig kosten. Akuja weinte beim Höhepunkt, ein leises Weinen mit kullernden Tränen. Dann mußte ich an die Holzikonen der Heiligen Jungfrau denken, die vor den Augen erstaunt Betender jählings echte Tränen absonderten, Freudentränen ebenso wie Tränen der Trauer.

Wenn ich eine Frau sehr begehre, zeige ich mich nicht gerade von meiner besten Seite, vor allem, wenn die Frau mich empört zurückweist. Mein Körper überlistet mich und drängt und drängt. Deswegen gab ich mir nun große Mühe, mich zu beruhigen und mein erregtes Atmen zu regulieren. Aber mein Blick blieb immer wieder an dem appetitlichen bräunlichen Brustansatz hängen, der mir aus dem Kleidausschnitt zublinzelte.

Ich saß stocksteif da und schwieg. Jetzt begann Akuja zu sprechen. Laut und erschreckend zornig. So hatte ich sie noch nie erlebt. Die Zunge rollte in ihrem Mund wie ein Tier mit einem Eigenleben.

»Du hast keine Angst, Obroni. Das wird dir schaden.«

»Ich handele so, wie mein Gewissen es mir vorschreibt.«

»Du bist kein Häuptling und kein reicher Herr. Du bist ja nicht einmal ein richtiger Christ.«

»Was willst du von mir, Akuja?«

»Ich will die gute Seite deiner Seele. Am Ende wird man dich hier verscharren.«

»Keine Sorge, Akuja. Ich überlebe immer.«

»Überleben? Was heißt das? Das Wort kenne ich nicht.«

Ich versuchte, es ihr zu erklären. Sie hörte geduldig zu, doch sie schien mich nicht zu verstehen, oder das, was sie verstand, erregte ihren Unwillen.

»Eigentlich sollte Tano dich beschützen, Obroni. Doch wenn er dich beschützen will, warum sagt er dir dann nicht die Wahrheit?«

»Welche Wahrheit?«

»Ich habe Tano ein Gelübde abgelegt. Akusuja Konfu hat es von mir verlangt. Demzufolge darf auch ich dir nicht die Wahrheit verraten. Ich war noch dreimal bei der Alten und habe sie angefleht, ich habe ihr sogar alle meine Kettchen gegeben. Aber Tano weigert sich, mich vom Gelübde freizusprechen, das hat sie mir eingeschärft. Tano verbietet mir, dir die Wahrheit zu entdecken. Doch wenn du nicht sterben willst, mußt du sie kennen, Obroni.«

Als Schwester Evelyn barfuß über den Pfad rannte, um mich zu einer schwierigen Geburt zu holen, schlief Akuja, versöhnt an meinen Bauch gekuschelt. Evelyns Kreischen riß sie aus dem Schlaf. Sie schlug sich ein Laken um und sprang hinaus. Evelyn krümmte sich weinend auf der Terrasse. Sie saß auf einem Bein und streckte das andere mühsam vor. An den schlanken Fesseln bluteten zwei kleine Wunden: ein Schlangenbiß.

»Ich habe sie genau gesehen«, schluchzte Evelyn, »es war eine Grüne Mamba.«

»Die Grüne Mamba ist die Schlange der Sünder. Sie schleicht sich in die Hütten der Bösen«, erklärte Akuja entsetzt.

Das Krankenhaus hielt kein Serum gegen Schlangenbisse bereit und erst recht keins gegen das tödliche Gift der Grünen Mamba. Ich konnte nichts weiter tun, als Evelyn ins Krankenhaus zu bringen und zu hoffen, daß sie sich bei der Identifikation der Schlange getäuscht hatte. Aus dem Nebenzimmer drang das Stöhnen der Gebärenden, deretwegen die Schwester mich holen wollte, doch jetzt hörte sie dieses Stöhnen nicht einmal mehr; das Schlangengift strömte durch ihr Blut und raubte ihr allmählich das Bewußtsein.

Die Gebärende hatte ihr achtes Kind zur Welt gebracht; es war bereits aus dem Geburtskanal befreit, und eine der Schwestern hatte ihm behutsam in die Ferse gestochen, um mit den ersten Blutstropfen die bösen Geister austreten zu lassen, und dann bemerkte sie, daß die Plazenta noch nicht ausgetreten war. Die Hebamme tat, was sie gelernt hatte. Sie massierte den Bauch mit festen, kreisenden Bewegungen und versuchte mehrfach, die Plazenta mit bloßen Fingern zu fassen und herauszuziehen, doch das Gewebe hing an der Gebärmutterwand fest.

Die Frau war von Schmerz und Blutverlust benommen. Sie streckte nur die trockene Zunge heraus und bewegte sie mühsam von einer Seite zur anderen, damit man sie nicht für tot hielte und mit der Letzten Ölung versähe. Dann verlor sie das Bewußtsein. Die Schwestern fanden keinen Blutdruck, und der Herzschlag drang nur schwach und wie aus weiter Ferne durch das Stethoskop. Die Patientin erhielt zwei Bluttransfusionen und flüssige Nahrung. Und nun erwarteten die zu beiden Seiten des Bettes aufgebauten Schwestern vom Obroni nicht weniger als ein Wunder.

Im Zimmer war es glühend heiß, und unter der mehrschichtigen OP-Bekleidung rann mir der Schweiß in Bächen herab. Eine Schlachterschürze aus schwerem Plastik über der grünen Uniform, zwei Stoffmasken und zwei Paar zerbröckelnde Latexhandschuhe sollten verhüten, daß ich aus Versehen mit dem Blut der Patientin in Berührung käme.

Der Mutterkuchen saß eigenwillig fest. Ich befreite ihn vorsichtig an den Rändern, doch als ich mich an den Wänden der Gebärmutter entlangtastete, löste er sich plötzlich, legte sich wie ein glitschiger Handschuh aus lebendem Stoff um meine Finger und rutschte mit fast überraschender Plötzlichkeit heraus: rötliches, in sich zusammenfallendes Gewebe.

Erleichterung überflutete mich; es war, als würde ich, mit der Plazenta in den Händen in einen kühlen Fluß getaucht, von einer starken Strömung in den Tano gespült, durch seine Mündung in die Goldküste und dann hinaus ins offene Meer, die Ufer des Schwarzen Kontinents weit hinter mir zurücklassend.

Sterbensmüde und eingehüllt in Blutgeruch schleppte ich mich an Evelyns Bett und untersuchte sie. Ich befürchtete, daß ihr nicht mehr zu helfen war.

Auf dem Pfad zu meinem Haus stolperte ich über Felsen und Baumwurzeln. Meine Geliebte erwartete mich in unserem breiten Bett. Plötzlich wurde mir klar, wie gut und großherzig Akuja mir gegenüber war und wie sie sich bemühte, mich vor allen möglichen Mächten, die stärker waren als wir, zu schützen. Vor Nana Kosa dem Zweiten, vor Herrn Danssu, vor den nigerianischen Nonnen, vor der alten Hexe Akusuja Konfu und vor all den bösen Geistern, die dem Obroni in Brunnen, in stinkenden Pfützen, in gekochtem Fleisch und sogar in den Absonderungen kranker Körper auflauerten. Doch vor allem anderen wollte Akuja mich vor mir selbst retten, vor meiner dümmlichen Anmaßung, meinem Unverständnis angesichts der Mentalität des Regenwalds.

Akuja war vom Knirschen meiner Schritte auf dem Betonboden der Terrasse erwacht. Wie stets musterte sie mich besorgt.

»Evelyn lebt noch. Aber wenn sie wirklich von einer Grünen Mamba gebissen worden ist, wird sie bis zum Morgen sterben. Ein Tropfen Mambagift fällt sogar einen Elefanten.«

In dieser Nacht verspürte ich das Bedürfnis, Akuja zu beschenken. Sie hatte es gern, wenn ich ihren Körper mit Kokosöl einrieb, so wie Mütter es mit ihren Kindern tun. Ich stellte die Lehmschale mit der gelblichen Flüssigkeit neben unser Bett und begann, die nackte Haut meines Mondscheinmädchens zu massieren. Ich fing im Nacken an, glitt dann allmählich am Rücken entlang zu den prallen Pobacken und weiter hinunter zu den schlanken Beinen, die den lieben langen Tag hinter Schweinen herrannten. Akuja lag wohlig entspannt auf dem Bauch, einen Arm nach vorn gestreckt, wie um das einfallende Mondlicht zu streicheln, die andere Hand unter der Wange. Dann und wann stöhnte sie, wenn meine Finger bei einem verhärteten Muskel verweilten oder wenn sie es vor Wonne nicht mehr aushielt.

Ich wünschte mir nur, diese Nacht wäre unendlich. Heute wollte ich das Geschrei der Affensippe, das den Sonnenaufgang ankündigte, nicht hören, nicht das Knacken der trockenen, von wilden Hunden niedergetrampelten Halme und erst recht nicht den Boten, der käme, um Evelyns Tod zu melden. Wieder und wieder blickte ich zum Fensterrahmen und hoffte, das milchige Licht des Morgengrauens würde das reine Mondlicht noch lange nicht trüben.

»Mein Herr will dich sehen«, murmelte Akuja unvermittelt. Auf ihrer Miene spiegelte sich süßer Genuß, doch ich fuhr tief verletzt zurück. »Mein Herr«, hatte sie gesagt und mir damit ihren hingebungsvollen Körper entrissen und einem anderen Mann übereignet. Diesem reichen Lüstling, der die Gin-Brennerei besaß, den Gemischtwarenladen, Papaya- und Bananenplantagen, eine Rinderherde, eine Näherei, Kakaopflanzungen, einen russischen Diesellaster, vier Gespanne zum Pflügen, pralle Säcke voller Kassave-Saat, eine folgsame Dienerschaft und zu allem Überfluß auch noch das Recht, über Akuja zu verfügen.

Zwar hatte er sie mir überlassen, doch sie blieb sein Eigentum, hütete weiterhin seine dreckigen Schweine, säuberte den Boden seines protzigen Hauses und erbebte jedesmal, wenn er an ihr vorbeistolzierte. Mich packte die wilde Wut auf den wichtigtuerischen Ausbeuter, der mich zu sich rufen ließ, als schuldete ich ihm Gehorsam. Wollte er mir etwa enthüllen, daß Akuja mir lediglich auf Kredit gewährt worden war und ich ab sofort schmerzhafte kleine Monatsraten zu entrichten hätte?

Akuja drehte sich auf die Seite und wickelte sich in das Seidentuch, das ich auf dem Markt von Kumasi für sie erstanden hatte. Der bläulich schimmernde Stoff klebte an den eingeölten Rundungen. Sie lag neben mir, doch ich konnte all diese Schönheit nicht mehr berühren. Ich konnte sie nur noch wie gebannt aus einiger Entfernung betrachten und mir jede Linie ihres Körpers einprägen, jede Einzelheit ins Gehirn tätowieren. Seitdem suchen mich Sehnsucht und Reue heim und werden mir wohl ein Leben lang folgen.

Im Hof des Herrn Danssu herrschte auch nach Sonnenuntergang noch reges Treiben. Zwischen dem Brunnen und den Brennholzstapeln schien eine Massentaufe im Gange zu sein, doch es war nur die Badestunde der Kinder, die in Blechtonnen hockten und abgeschrubbt wurden. Manchmal versuchte ein schreiender Wicht, einen Schwall von Seifenschaum hinter sich herziehend, zu fliehen, aber flinke Hände packten sogleich fest zu und hoben ihn zurück ins Wasser. Pickende Hühner, hüpfende Kaninchen und spielende verflohte Hunde sorgten für schwindelerregende Bewegung.

Auf den Stufen saßen junge Mädchen in Gruppen und zündeten Kerzen an, die sie aus Wachsresten der Kirchenkerzen zusammengeschmolzen hatten. Pater John übersah diese kleinen Diebereien. »Was man im Licht sieht, passiert immerhin nicht im Dunkeln«, erklärte er gutmütig. Sie flochten einander Zöpfchen ins krause Haar, putzten sich die Schneidezähne mit Kreidepulver und schmierten sich lila Lippenstift, vermutlich ein Geschenk des Herrn Danssu an eine von ihnen, auf die blühenden Münder.

Herr Danssu empfing mich in dem wohlbekannten Salon. Wieder waren Luxusgegenstände ausgestellt, von leeren Coca-Cola-Flaschen über Glastabletts bis hin zu Jade-Eiern. Der Diener aus Ruanda bügelte ein weißes Hemd wie bei meinem ersten Besuch. Doch zu den Attributen des Wohlstands hatte sich ein neues Objekt gesellt: ein Wandgemälde riesigen Ausmaßes, eine krude Darstellung von Paradies und Hölle.

Beide Welten waren nur durch eine gewundene weiße Linie getrennt, die fast zu bersten schien angesichts der Vielzahl der Sünder, die in der Hölle schmorten, ein jeder mit dem Symbol seines Vergehens versehen: ein vom Hof des Nachbarn entwendetes und in den eigenen Topf geworfenes Huhn, eine die Begehrlichkeit anstachelnde Goldmünze, eine in der Öffentlichkeit vom Leib gerissene Kente. Neben den meisten Verdammten allerdings prangte ein aufgerissener Mund als Zeichen der Aufsässigkeit den Autoritäten gegenüber. Wildschweine wirbelten zwischen den Sündern Qual und Schmerz auf und entflammten die weißen Leinengewänder der Leidenden – ausnahmslos einfache Bauern, die keine Aussicht hatten, ihrer Sündhaftigkeit und ihrer schwarzen Haut je zu entrinnen.

In der Mitte des Paradieses stand Jesus, und seine Haut strahlte hell wie das Fell eines frisch geborenen Zickleins. Um ihn scharten sich die gekrümmten Gestalten der vierzig ugandischen Märtyrer, die ein Lokalhäuptling auf den Scheiterhaufen werfen ließ, weil sie es gewagt hatten, gegen seinen Befehl den christlichen Glauben anzunehmen. Ihre Haut strahlte weiß wie die des Messias. Er breitete liebevoll die Arme aus, und sein Blut tropfte auf ihre geschorenen Schädel.

Danssu folgte meinen verwunderten Blicken mit sichtlicher Befriedigung. Er schlürfte bedächtig ein zweites Glas Gin und schien die Eigenproduktion zu goutieren. Man sagte, daß er persönlich jedem Faß eine Messerspitze Kormoranexkremente hinzufügte, um die berühmte Bitterkeit zu erzeugen.

»Das Stück hat mich einhundertzwanzigtausend Cedis gekostet, einschließlich der Deckfarben. Ich ließ einen Maler aus Kumasi kommen, der sich vier Wochen lang hier eingeschlossen hat. Er hat in diesem Raum sogar übernachtet, denn er wollte am Morgen als erstes sein Gemälde erblicken.«

»Sehr beeindruckend.«

»›Sehr beeindruckend‹, sagen Sie?« Herr Danssu war beleidigt. »Das ist ein genaues Abbild des Himmels, es gründet sich auf die Heilige Schrift! Pater John selbst sagte mir, daß der Papst in seinem Palast genauso ein Gemälde hat.«

»Tatsächlich? Nun, Pater John weiß gewiß, wovon er redet.«

»Und ich weiß, daß Sie sich um die schwangere Jaha kümmern.«

Der Satz überraschte mich. Ich war sicher gewesen, daß Danssu mit mir über Kofi reden wollte, über das in tausend Stücke zerrissene Vaterherz. Doch siehe da, es gab etwas, das ihn noch stärker beschäftigte als das Verschwinden seines Sohnes: der gesegnete Leib einer ehebrecherischen Dörflerin. Ich zog es vor zu schweigen. Danssu galt als hervorragender Wali-Spieler. Die Bohnen, die er auf dem Holzbrett verteilte, beeilten sich zumeist, wie vom Zauberstab berührt, in die richtigen Mulden zu rollen. Aber jetzt waren ihm die Bohnen im Siegeseifer aus der Hand gerutscht.

»Meine Mutter hat mir einmal erzählt, daß die Gebärmutter einer Frau sich mit der Bahn des Mondes öffnet oder schließt. Wenn der Mond zu spät aufgeht, kann die Frau nicht empfangen, und wenn er zu spät untergeht, kann die Frau nicht gebären.«

Ich preßte die Lippen zusammen. Er entdeckte mir die leeren Mulden auf dem Spielbrett. Der Zeitpunkt der Geburt beschäftigte ihn, und dafür mußte es einen triftigen Grund geben.

»Ich hoffe, Jaha wird die Geburt gut überstehen«, fügte er noch hinzu.

»Wie schön, daß Sie sich um die Gesundheit der schwangeren kleinen Mädchen sorgen, Herr Danssu!«

»Jaha ist kein kleines Mädchen mehr«, protestierte er. »Sie wurde geboren, bevor ich die Brennerei eröffnete. Sie schläft schon seit Jahren mit allen möglichen Männern für einen Fetzen Stoff oder für eine billige Haarbürste.«

Der Diener aus Ruanda senkte verschämt den Kopf.

»Glauben Sie nur nicht, daß ich Jaha schlechter mache, als sie ist, Obroni. Die Häuptlingsfamilie hat sie für ihren erbärmlichsten Abkömmling erschachert wie ein fettes Huhn. Ben kann sich allein nicht einmal in seine Kente wickeln. Alles, was er in den Goldminen verdient, verpraßt er mit Huren und Trinkkumpanen. Seine Frau wäre längst verhungert, wenn sie nicht für sich selbst zu sorgen wüßte. Man läßt die beiden ja nicht einmal in der Nähe des Palastes wohnen, sondern hat ihnen eine Hütte an den schwarzen Sümpfen gebaut. Und nach der Regenzeit macht niemand aus der hohen Familie sich die Mühe, die verfaulten Palmwedel auf Jahas Dach auszuwechseln.«

Unversöhnlicher Haß zischte in seiner Stimme. Er erinnerte mich jetzt an den gestreiften Schakal, den er sich im Hof hielt und der zornig geifernd unablässig am Draht des Zwingers nagte, bis man ihm die Vorderzähne zog.

Das Spiel war entschieden. Ich hörte meine letzte Bohne in die richtige Mulde kullern; damit besiegte sie nicht weniger als sechs Danssu-Bohnen.

»Sie sind noch jung, Doktor, eine unreife, grüne Papaya. Und doch sehe ich in Ihnen manchmal so etwas wie einen Vater, verstehen Sie mich?«

Und ob ich ihn verstand! Danssus Rache an der Häuptlingsfamilie konnte süßer und infamer nicht sein: Er hatte sich eine ihrer Frauen zur Geliebten genommen. Sicher bebte er jedesmal, wenn er in Jaha eindrang, vor Schadenfreude und Haß.

»Ich verlasse mich darauf, daß Sie das Baby im passenden Augenblick aus dem Bauch seiner Mutter holen. So wie mein Bäcker das Brot aus dem Ofen zieht, bevor es verbrennt.«

»Ich werde der Mutter im rechten Augenblick beistehen.«

Am Morgen des Fronleichnamfestes weckte uns das unablässige begeisterte Zinnglockengeläut des Meßdieners bereits um fünf Uhr. Es kündigte die Prozession an, die in Kürze mit der in Fleisch und Blut Jesu verwandelten Brotscheibe um die Hütten ziehen würde.

Akuja erwachte träge und verführerisch, noch ganz erfüllt von den Düften des Nachtlagers. Sie fuhr sich durch ihr zerzaustes Haar und streichelte anschließend das krause Dreieck ihrer Scham mit der gleichen Selbstverständlichkeit.

»Ich habe einen Bärenhunger. Vielleicht können wir uns von den Leuten draußen eine Schale Fu-Fu kaufen?«

»Nein, das können wir nicht, Obroni. Die Frauen pressen ja gerade erst die Kassave und die Kochbananen. Heute mittag bringe ich dir Fu-Fu-Brei und Erdnußsuppe.«

»Weißt du was, Akuja? Im Laufe der Zeit habe ich mich an euren Fu-Fu-Brei gewöhnt. Jetzt finde ich, das ist ein richtiger Leckerbissen.«

Akuja lächelte süß und erzählte mir eine Legende:

»Es gab eine Zeit, da lebten Gott und die Menschen sehr eng beieinander. Die Menschen konnten sich ihm nähern und ihn mit ihren Fingern berühren, ihn spüren. Doch dann begann eine Alte Fu-Fu-Brei zu bereiten. Sie zerquetschte die Kassave und die Kochbananen mit einem Stößel, der höher aufragte als alle Baumstämme, und jedesmal, wenn sie ihn hob, versetzte sie Obossum einen Stoß. Daraufhin zog er sich weiter und weiter zurück, bis das Stößelende ihn nicht mehr traf. Als die Menschen merkten, was geschehen war, suchten sie nach einem Weg, Gott auf die Erde zurückzuholen. Wieder mischte sich die Alte ein. Sie schlug vor, alle Holzschalen aufeinanderzustapeln, so daß Gott auf ihnen herabsteigen könnte wie auf einer Leiter. Alle trugen eifrig ihre Schalen herbei. Am Ende stellte sich heraus, daß nur noch eine fehlte, um ihn zu erreichen. Die Alte redete ihnen ein, sie sollten die unterste herausziehen und oben auf den Stapel legen. Die leichtgläubigen Menschen taten, wie ihnen geheißen. Natürlich stürzte der ganze Bau ein, und viele von ihnen fanden den Tod.«

Akuja stand auf und schüttelte den Staub von gestern aus ihrem gelben Kleid.

»Als die Alte das Dorf verließ, dachte ich zunächst, Gott habe sich noch einmal von uns zurückgezogen«, fuhr sie fort, und ihre Stimme klang dumpf, weil sie sich gerade das Kleid über den Kopf streifte. »Aber jetzt weiß ich, daß es die Alte war, die Gott von uns fernhielt, noch bevor sie vertrieben wurde.«

»Meinst du Akusuja Konfu?« fragte ich verwirrt. Dabei hatte ich schon gelernt, Akuja nicht um Erklärungen für ihre Geschichten zu bitten. Wenn ich sie mit Fragen bedrängte, wurde sie ärgerlich und nannte mich »blinder Obroni«.

Akuja schenkte mir einen milden Blick. Die Falten des Kleides bedeckten ihre berückende Nacktheit.

»Du bist und bleibst ein blinder Salamander, Obroni. Dir könnte eine Fliege auf der Zunge sitzen, und du würdest sie nicht sehen. Ohne mich wärst du schon längst verhungert.«

Am selben Morgen noch beehrte der Häuptling das Krankenhaus mit seinem Besuch. Ich streifte mir nach einem Kaiserschnitt gerade die Handschuhe ab und trat aus der Entbindungsstation, als Nana Kosa der Zweite samt Gefolge anrückte. Langsam stolzierte er einmal rund um den Innenhof, als würde er seinen Besitz abschreiten. Bei der Statue der Heiligen Jungfrau blieb er stehen und machte Anstalten, ihr gegenüber auf der Erde Platz zu nehmen.

Die Dorfältesten erschraken. Einer von ihnen zog hastig ein Tuch aus seiner Kente und breitete es am Boden aus. Darauf ließ der Häuptling sich mit leicht gespreizten Beinen stufenweise nieder. Der Tradition zufolge kommt Unheil über das Dorf, wenn das Hinterteil des Häuptlings den bloßen Boden berührt. Genauso schlimm ist es, wenn er strauchelt oder sich verletzt, und deshalb wird er umsorgt wie ein kränkelndes Kind.

Das unangekündigte Erscheinen Nana Kosas überraschte mich, schließlich fehlte nur er noch bei den Fronleichnams-Feierlichkeiten. Das Orchester hatte sich schon müde gespielt, die tanzenden Frauen waren schweißgebadet, und Pater John schwenkte das Weihrauchschiffchen von Stunde zu Stunde gereizter.

Vom Krankenhaushof aus sah man die beiden Baldachine auf dem Hauptpfad verharren. Unter dem Jesus geweihten prangte inmitten von weißen Magnolienblüten ein goldenes Kreuz, unter dem zweiten sorgten eine rote Decke und drei

Kissen für die Bequemlichkeit des Häuptlings. Neben jeder Sänfte standen vier junge, muskulöse, vor Ungeduld tänzelnde Träger bereit, und um sie herum scharten sich Hunderte von Dörflern.

Von den drei Nonnen, die sich gerade auf der Terrasse der Mission aufhielten, traute sich keine, den im Hof sitzenden Häuptling und sein finsteres Gefolge zu begrüßen. Sie warteten vorsichtshalber auf ihre Äbtissin. Schwester Viktoria ließ das Euter der Kuh fahren, die sie gerade gemolken hatte, und eilte mit flatterndem Gewand herbei. Noch im Laufen trocknete sie sich die Hände, vergaß jedoch, sich den Mund abzuwischen, so daß ein cremiger Tupfer am Kinn über ihre kindliche Angewohnheit Auskunft gab, das Gesicht über den Milcheimer zu neigen und die Sahne von der Oberfläche zu schlecken. Die Äbtissin näherte sich dem Häuptling in demütiger Haltung, die Hände flehentlich aneinandergelegt, und erniedrigte sich vor ihm, als wäre sie eine der Missionsdienerinnen.

Von meinem Platz aus konnte ich das Gespräch der beiden leider nicht mit anhören, doch ich sah, wie rasch Nana Kosas Lippen sich bewegten und wie angriffslustig er das Kinn reckte, ganz so, als wollte er seine Worte dem Himmel entgegenschleudern. Schwester Viktorias Lippen rührten sich kaum, sie hielt den Blick zu Boden gesenkt.

Die Kürze der Unterhaltung erinnerte mich an die frappierende Schnelligkeit, mit der man in Asankangrwaa eine Hütte errichtet: vier Bambuspflöcke zur Bezeichnung der Ecken in die Erde gesteckt, die Zwischenräume mit Lehmblöcken gefüllt, darauf einen Holzrahmen gesetzt und mit Palmwedeln gedeckt – schon ist eine neue Behausung fertig. Oft begnügt man sich mit einem einzigen bedeutungsschweren Satz, oder wie man in Asankangrwaa sagt: »Wenn das Bananenblatt nur breit genug ist, kann es die ganze Welt verdecken.«

Erst nachdem der letzte Begleiter des Häuptlings aus unserem Blickfeld verschwunden war, kam Schwester Viktoria wütend zu mir herüber.

»Wissen Sie, warum der Häuptling das Missionsspital zum erstenmal in seinem Leben mit einem Besuch beehrt hat?«

»Das weiß ich sehr wohl, Schwester.«

»Nein. Das wissen Sie nicht. Er wollte Sie warnen, Doktor!«

»Warnen? Mich? Wovor, Schwester?«

»Der Häuptling ist der Meinung, daß eine Hexe uns verflucht hat und daß wir uns lieber an eine zweite Hexe wenden sollten, damit sie diesen Fluch abwendet.«

Zweifelsohne sprach sie von Akusuja Konfu. Obwohl der Häuptling die alte Priesterin aus dem Dorf vertrieben hatte, ließ sie ihm von ihrer ärmlichen Hütte hinter dem schwarzen Sumpf aus immer noch keine Ruhe.

»Sie glauben an Hexen, Schwester Viktoria?«

»Das dürfte Sie als Obroni befremden, aber wir Afrikaner glauben, daß der Mensch nicht nur aus Materie gemacht wurde, sondern auch aus Seelenstoff. Sie und ich, wir sehen nur den Körper des Menschen vor uns, doch die Hexen sehen auch seine Seele.«

»Dann glauben auch Sie selbst an Hexen?«

Schwester Viktoria zögerte nur einen Augenblick lang.

»Es gibt sie, Doktor, in jedem Dorf gibt es sie. Hier in Asankangrwaa wurde vor dem letzten Weihnachtsfest ein Kind mit sechs Fingern an einer Hand geboren, ein eindeutiger Beweis dafür, daß die Mutter sich mit Schwarzer Magie beschäftigt hat.«

»Würden Sie in Notzeiten Rat bei einer Hexe suchen, Schwester Viktoria?«

»Ich bin Christin. Ich glaube an Gott, den Herrn, der das Universum geschaffen hat – mitsamt den Hexen. Wenn ich in Not bin, bete ich zu Gott. Ich bitte ihn, er möge die Hexe, die mich verflucht hat, veranlassen, den Fluch zurückzunehmen.«

»Und doch haben Sie Angst vor dem Häuptling?«

»Nein.«

»Warum sind Sie ihm dann so demütig gegenübergetreten?«

Schwester Viktoria fuhr zurück, als hätte sie zwischen ihren Beinen eine Grüne Mamba entdeckt.

»Sie irren sich schon wieder, Obroni. Ich muß es Ihnen wohl noch einmal erklären: Die Menschen bestehen aus Materie und aus der Seele. Was vor Nana Kosa in die Knie ging, das war nur die Materie, denn immerhin ist er der Häuptling von Asankangrwaa. Meine Seele kniet einzig und allein vor Gott.«

Die Fronleichnamsprozession setzte sich in Gang. Wie ein Reptil mit geflecktem Kopf bewegte sie sich trotz ihrer Schwerfälligkeit erstaunlich rasch abwärts, an der Spitze die Chormitglieder in orangefarbenen Spitzenhäubchen und glänzenden Umhängen – heute morgen erst eingetroffene Geschenke des Bischofs zum Fest. Für Schuhe hatte das Geld nicht gereicht, und beim Tanzen lugten nackte Füße unter den prächtigen Kostümen hervor. »Von der Wiege bis ans Kreuz«, sangen die Gläubigen mit begeisterter Hingabe, »und vom Kreuz ins Grab.«

Dem Chor folgte das ekstatische Orchester. Trommler und Alvira-Spieler umtanzten mit freudig glühenden Augen den aus Leibeskräften blasenden Trompeter. Kinder drängten sich in den Kreis und fielen in den Gesang ein: »Vom Kreuz ins Grab, vom Grab zu den himmlischen Sternen, vom Holz zur Erde zum Licht.«

Von seiner Sänfte aus segnete der Häuptling seine Untertanen mit zwei erhobenen Fingern, die Silberketten an seinem Hals und den Handgelenken rasselten dazu. Er selbst jedoch saß starr und gedankenversunken da.

Umringt von zahlreichen tanzenden, weiße Tücher schwingenden Frauen, schaukelte die Sänfte des Erlösers in der Mitte des Zuges. Ihr folgten zwei Männer, die riesige Trommeln auf den Köpfen trugen. Die Trommler selbst marschierten hinter diesen her und schlugen mit Stöcken auf die straffgespannte Lederhaut der Instrumente. Für die Trommelträger war es nicht ganz einfach, aufrecht und mit geraden Schultern einherzuschreiten, damit die Schläge präzise fielen.

Dorthin hatte Akuja mich dirigiert, denn sie genoß das mark- und beinerschütternde Dröhnen, und nicht weniger genoß sie es, daß die in der Nähe tanzenden Dörfler sie stolz neben mir wandeln und sogar nach meinen Arm fassen sahen. Hier blieb es keinem verborgen, daß sie die einzige Frau des Obroni-Doktors war.

Die Prozession kam jählings zum Stillstand. Aus den Reihen der Feiernden stiegen Schreckensschreie auf. Ich ging einfach weiter, überholte die Sänften und das Orchester und entdeckte, an der Spitze angekommen, die Ursache der Panik: Ein kopulierendes Paar gefleckter Hyänen versperrte den Pfad. Die Tiere waren anhand des muskulösen Körperbaus, des bräunlichen Fells und des abfallenden Rückens eindeutig zu erkennen. Das Männchen hatte das Weibchen von hinten bestiegen und bewegte sein Becken brünstig und wild. Ein überaus rares Schauspiel, denn Hyänen wagen sich kaum einmal aus dem Wald bis in die Dörfer vor und noch seltener kopulieren sie in Gegenwart von Menschen, sind sie doch in diesen Momenten eine leicht zu erlegende Beute.

Zweifellos ein Werk des Teufels! In Asankangrwaa war man der Meinung, daß Hyänen zweigeschlechtlich seien und sich selbst befruchteten. Deswegen rief der Anblick eines kopulierenden Paars ein solches Entsetzen hervor. Nach und nach sanken alle Anwesenden in die Knie und beteten, Gott möge das Greuel hinwegnehmen. Nur die Sänfte des Häuptlings blieb erhoben. Nana Kosas Miene war von Ekel verzerrt. »Verjagt die Biester!« brüllte er.

Der Befehl donnerte durch das Gebetsgemurmel, doch die Leute waren vor Schreck gelähmt. Nicht einmal die Häuptlingssöhne rührten sich. Erst als einige der Frauen in Weinen ausbrachen, erhob sich Kwame, der älteste Sohn, und ging fast furchtsam auf die Hyänen zu. Das männliche Tier riß drohend die Kiefer auf. Sie waren sich sehr nahe. Die Machete hätte ins lebende Fleisch schneiden, das Tier seine Zähne in den Oberschenkel des Menschen schlagen können. Tatsächlich sauste die Machete herab, einmal, zweimal, durchschlug das Fell und legte einen Rückenmuskelstrang bloß. Erst jetzt ließ das Männchen vom Weibchen ab und schleppte sich blutend in den Wald.

Das Orchester setzte ein, doch die Freude kehrte nicht zurück. Die Trommel- und Trompetentöne klangen gebrochen, und die Füße der Tanzenden strauchelten. In Asankangrwaa sagte man, daß der Teufel sich zu den Begräbnissen nicht allein einfinde, sondern sich stets eine Hexe zur Freundin nähme und mitbrächte. Den Teufel hatten die Gläubigen schon in Gestalt der kopulierenden Hyänen gesehen, jetzt befürchteten sie das Erscheinen der Hexe. Und in der Tat, gegen Sonnenuntergang, während der letzten Runde des Umzugs, ereignete sich etwas, das wie die Ausgeburt eines Hexenhirns anmutete.

Die Arme der Sänftenträger zitterten bereits vor Anstrengung, und Magnolienblüten fielen wie weißer Regen zu Boden. Sonst stürzten sich die Frauen auf die heiligen Blumen, doch heute fanden sie nicht die Kraft, sich zu bücken und die Blütenblätter in ihren Tüchern zu sammeln. Als der Zug vor der Apostolischen Kirche hielt und die Gläubigen zum letzten Gebet niederknieten, stieg aus dem Gemurmel eine Stimme auf: »Was ist mit dem Sohn von Herrn Danssu passiert? Wo habt ihr den Jungen versteckt?«

Die Menge verstummte. Aller Augen richteten sich auf einen jungen Mann, der sich nun bebend erhob. Wer hatte es gewagt, dem Häuptling zu trotzen, ihn direkt anzusehen und ihn ohne Erlaubnis anzusprechen?

Erst als er sich zur Menge wandte, erkannte ich ihn: Es war Charles, der stille junge Mann, der mir jeden Morgen frisch geschöpftes Brunnenwasser brachte. Er war gegen Nana Kosa den Zweiten aufgestanden, ein lebensgefährliches Unterfangen. Charles schien vor Angst wie gelähmt, Schweißflecken verdunkelten sein Hemd von den Achselhöhlen bis zu den Hüften, doch er blieb stehen. Auch als Kwame, der älteste Sohn des Häuptlings, die Machete erhoben, die Arme noch befleckt vom Blut der Hyäne, auf ihn zuschritt, wich Charles nicht zurück. Er öffnete den Mund, um etwas zu sagen, doch er brachte keinen Ton heraus.

Kwame sah seinem Opfer nicht in die Augen. Für ihn war Charles, der Wasserträger, wertloser als die brünstige Hyäne, die er soeben verletzt hatte. Gelassen erfüllte er seine Pflicht, als sei dies nicht mehr als eine der ortsüblichen Zeremonien. Er schwang seine Machete. Charles hob seine Hände der Schneide entgegen, die sich gegen den Himmel aufrichtete und dann in einem vollendeten Bogen herabsauste. Der kleine Finger von Charles' rechter Hand fiel, haargenau an der Wurzel abgetrennt, zu Boden.

Pater Johns Stöhnen zerriß die Stille. Nach ihm erlaubten sich auch andere einen Seufzer oder einen Jammerlaut. Doch Nana Kosa der Zweite hatte dem Orchester schon das Zeichen zum Weiterspielen gegeben, und seine Sänfte schaukelte in Richtung katholische Kirche. Die Menge folgte ihm gehorsam, aber jetzt ähnelte der Festumzug eher einem Flüchtlingsstrom. Niemand sprach. Vermutlich dachten alle das gleiche. Wenn jemand gemeint hatte, Herr Danssu könnte die Herrschaft des Häuptlings bedrohen, so hatte Nana Kosa der Zweite mit einem einzigen Machetenschlag bewiesen, daß er die Zügel unerbittlich in der Hand hielt. Die Seelen der Vorväter, die Jungfernhäutchen der Mädchen, die Kakaoplantagen und die Yams-Ernten und sogar die Besitztümer des Herrn Danssu – das alles gehörte dem Häuptling oder unterlag seiner Schutzherrschaft.

Nur wenige wagten es, bei Charles zu bleiben und sich der Rache des Häuptlings auszusetzen. Akuja gehörte dazu. Behutsam hob sie den abgehackten Finger auf und wickelte ihn in ihren Kleidersaum. Ich verband Charles Hand notdürftig. Stolz und zufrieden lächelnd schritt er auf seinen zwei Beinen ins Krankenhaus.

Es war die Jahreszeit des Harmattan, wenn südlich der Sahara angesammelter Sand sich auf Westafrika senkt. Die Buntheit Asankangrwaas verschwand unter dunkelrotem

Staub. Er war überall: auf den Wegen, im Walddickicht, in den Falten der Gewänder, in Nasenlöchern, Mundhöhlen und Ohrgängen.

Das Yams-Fest stand bevor, und wenig später dann die Weihnachtsfeiertage, doch die Einwohner machten einen müden Eindruck, jegliche Festfreude fehlte. Die Staubwolken und das erbitterte Kräftemessen zwischen dem Häuptling und Herrn Danssu hatten die Dörfler erschöpft.

Auch mit Akuja ging eine Veränderung vor. Wie eine alte Frau saß sie auf der Terrasse und zerkaute Zahnstocher. Dabei starrte sie stundenlang in den umliegenden Regenwald, als suchte sie in seiner Tiefe nach der Lösung eines verborgenen Problems. Die ungeheure Energie, mit der sie sonst alles anpackte, zerrann. Manchmal verschloß sie sich mir völlig, aß ihren Fu-Fu-Brei aus einer gesonderten Schale und zog sich wie eine Schnecke in ihr Häuschen zurück, wenn ich sie nachts berührte.

»Alles in Ordnung, Obroni, untimin taki«, entgegnete sie unwirsch, wenn ich zuviel fragte. Sie versuchte, geistige Verbindung zu ihren Vorvätern aufzunehmen, was in ihrem Fall kompliziert war, denn ihre Ahnen lagen Hunderte von Kilometern entfernt begraben, in einem abgelegenen Ort des Staates Benin, und Akusuja Konfu konnte ihr nicht mehr als Medium dienen. Doch Akuja gab nicht auf. Sie glaubte fest daran, daß die Blutsbande den Geist der Verstorbenen über trockene Weiten der Savanne und mächtige Ströme hinweg letztendlich zu ihr bringen würden.

Akuja erzählte mir nichts von diesen Versuchen, doch ihr seltsames Verhalten ließ kaum einen anderen Schluß zu. Sie hatte schon früher des öfteren darüber geklagt, daß ihre Ahnen sie und die familiären Verpflichtungen ihr gegenüber vergessen hätten. »Die Toten müssen ihre Nachkommen beschützen«, hatte sie mir wieder und wieder erklärt. »Sie sitzen doch dem großen Obossum zur Seite und legen ihm die Bitten und Gebete ihrer Kinder vor. Jede Familie in Asankangrwaa hat lebende und tote Verwandte, mit denen sie ihre Mahlzeiten einnimmt, Wein trinkt und den Göttern ein Lamm opfert. Nur ich habe niemanden.«

Von Tag zu Tag suchte sie verzweifelter nach einer Verbindung zu ihren Toten und wurde dabei immer gereizter. Eines Abends stellte sie ein gebratenes Guinea-Huhn auf den Tisch, riß ihm eine ganze Keule aus und warf sie in den Hof, um den Hunger der Ahnen zu stillen. Bevor sie sich ein Gläschen Gin gönnte, goß sie einen gut bemessenen Schluck auf den Boden, und bevor sie sich schlafen legte, prüfte sie genauestens, ob der Wasserbehälter auch bis zum Rand gefüllt war, schließlich wären die Verwandten, kämen sie des Nachts zu Besuch, durstig von der langen Reise. Durch das Gärtchen legte sie einen Steinpfad an, damit die Geister den Weg ins Haus auch im Dunkeln fänden. Mit der Machete schlug sie einen zweiten Durchgang durch das Dikkicht, der allerdings nirgends hinführte, sondern lediglich die ungerufenen bösen Geister verwirren sollte. Beide Pfade pflegte sie täglich.

»Unsere toten Vorfahren stehen mit einem Bein im Land der Lebenden und mit dem anderen im Land der Toten. Deswegen sind sie klüger als die Menschen, deren Herz noch schlägt«, zitierte Akuja oft und gern die greise Priesterin. Bis die Geister eines Tages zu ihr fanden und ihr einen Wink gaben.

Akuja entzog sich mir allmählich, doch ich erschrak jählings. Meine Einsamkeit wuchs ins Unerträgliche. Ich gewöhnte mir an, Pater John allabendlich zu besuchen und ihm bei der Pflege seines Gemüsegärtchens zu helfen, doch die erhoffte Beruhigung blieb aus.

Pater John baute süße Kartoffeln an, Kassave, roten Pfeffer und Okra-Sträucher, von jeder Sorte nur drei Reihen, doch fand er für uns beide immer etwas zu tun. Mit einem angespitzten Bambusstab Saatlöcher in die Erde bohren, Wildwuchs jäten, überflüssiges Wasser ableiten – er erledigte alles liebevoll und bewegte die Werkzeuge bedächtig im Rhythmus seines Atems. Ich fühlte mich grobschlächtig neben ihm.

Wir beide arbeiteten schweigend, bis die Dämmerung uns in Schatten verwandelte. Dann lud Pater John mich in seine Hütte ein und stellte eine Flasche Wein auf den Tisch. Es war ein feiner, für das Abendmahl der Sonntagsmesse bestimmter italienischer Rotwein, von dem die Bistumsverwaltung in Takoradi irrtümlich Dutzende von Kisten geschickt hatte. Pater John beanstandete das Versehen nicht.

Eines Abends wagte ich die Frage, ob es denn erlaubt sei, geheiligten Wein einfach so zu trinken.

»Dieser Wein ist noch nicht geheiligt«, entgegnete der Pater prompt und scharf. »Das ist lediglich aus Trauben gewonnener Alkohol. Erst wenn ich, der Priester, ihn segne, verwandelt er sich in das Blut Jesu.«

Mehr fragte ich nicht. Ich gebe zu, es machte mir Spaß, den Keller der Kirche zu schädigen.

Pater John regte sich nicht auf, als in den Hütten unter ihm die Männer ihre Macheten schärften und deren Klingen – zum müheloseren Aufschlitzen menschlicher Kehlen – mit

Schweinetalg polierten. In aller Ruhe lauschte er neben mir dem Gezirpe der Vögel oder gab Reminiszenzen aus dem Theologischen Seminar von Kumasi zum besten.

Merkte er denn nicht, daß das Dorf sich auf ein Massaker vorbereitete? Er unternahm nicht einmal den Versuch, zwischen Nana Kosa dem Zweiten und Herrn Danssu zu vermitteln, wozu er kraft seines Amtes doch eigentlich berufen war. Schließlich zählte Herr Danssu zu den praktizierenden Mitgliedern der katholischen Kirche, und der Häuptling selbst stattete ihr dreimal im Jahr einen Besuch ab: zum Fronleichnamsfest, am Tag des heiligen Lukas und am Weihnachtstag.

Ich faßte mir ein Herz und sprach Pater John auf seine mir seltsam erscheinende Gleichgültigkeit an. Ebenfalls nur einmal. Es war gegen Sonnenuntergang, wenn der Himmel transparent wirkt und es scheint, als könnte man durch ihn hindurchschauen wie durch hellblaues Glas.

»Der Himmel ist von Geistern leer«, sagte Pater John plötzlich, »sie streichen alle durch unser Dorf.«

»Und Sie, Pater John, versuchen noch nicht einmal, das Dorf vor diesen Teufeln zu schützen!«

Seine Finger spielten mit dem weichen Saum des Talars.

»Das wäre ein sinnloses Unterfangen. Weder der Häuptling noch Herr Danssu wollen eine Aussöhnung, und wenn in ihren christlichen Herzen kein guter Wille wohnt, dann kann auch ich nichts ausrichten.«

»Dann glauben Sie also nicht daran, daß das Blutbad noch abzuwenden ist?«

»Das ist keine Frage des Glaubens, Doktor. Es ist eine Frage des rechten Zeitpunkts. Zur Zeit ist es ratsam abzuwarten. Nicht handeln. Abwarten.«

Abwarten. In den Monaten hier hatte ich gelernt, unauffällige kleine Vorzeichen zu beachten, eine winzige Veränderung der Luftfeuchtigkeit, der Windrichtung, der Bindehaut meiner Patienten, des Tonfalls der Verkäuferinnen auf dem Markt, die oft große Ereignisse nach sich zogen. Fremde übersehen solch minimale Vorgänge meistens, denn sie verlieren sich leicht in der immensen Fülle der Reize, der Farben, der Laute, der Gerüche. Doch die Einheimischen picken sie vorsichtig auf, so wie Nektarvögel die feinen Pollen der Papayablüten.

Man hatte mich gelehrt, den Mond zu beobachten, und wenn sein Hof orangefarben schimmerte, wußte ich, daß am nächsten Tag mit einem Harmattan-Sturm zu rechnen war. Wenn die Eidechsen mit den orangefarbenen Köpfen ekstatisch hin und her rannten, stand ein tropischer Regenschauer bevor. Und wenn ein Hepatitispatient von plötzlicher Unruhe erfaßt wurde, dann würde er bald das Bewußtsein verlieren und innerhalb der nächsten vierundzwanzig Stunden sterben.

Zuerst hatten die Schwestern mich ausgelacht, wenn ich, der Obroni-Doktor, den hektischen Arm- und Beinbewegungen eines Kranken wie hypnotisiert folgte und auf das Eintreten des Todes jederzeit gefaßt war. »Er hat vorhin noch sehr schön uriniert«, beruhigten sie mich oder: »Heute morgen hat er Fu-Fu verlangt.« Aber das Symptom täuschte mich nicht, es kündigte stets unwiderruflich das Ende an.

Doch wie sollte ich Vorzeichen entziffern, die ein ganzes Dorf betrafen? Wie in einem vielfältigen Gebilde mit Hunderten von Menschen Hinweise aufspüren? In diesem wimmelnden Organismus wirkten nicht nur die Körper, sondern auch die Okra, die von Gott verliehene und für ihn zu bewahrende Seele. Und der Sansam, der einzigartige Charakter eines jeden, der sich plötzlich in sein Gegenteil verkehren kann, von edel zu schändlich oder von feig zu mutig. Nicht zu vergessen der Einfluß der Ahnen und der unzähligen bösen Geister, die es darauf anlegen, die Gemeinschaft zu erschüttern und einen Mann anstacheln, seine Frau zu vertreiben oder seinen Bruder zu töten.

Ich beobachtete die kleinen Kinder, die auf ihren Köpfen Lasten trugen, Baumstämme oder Bananenstauden. Fasziniert folgte ich den Kleinsten, den Vier- oder Fünfjährigen, denen es noch nicht gelingen wollte, das Gewicht richtig auszubalancieren. Wie sie mußte auch ich lernen, mit einer schmerzenden Last auf dem Kopf voranzuschreiten. Ich spürte ihre Schwere ganz konkret, sie preßte mir den Schädel zu Boden, und die schweißnasse Kopfhaut darunter juckte höllisch.

Eines Morgens – ich bestaunte gerade die Kleinen, die Wasserkrüge vom Brunnen heranschleppten – rief Schwester Decife nach mir. Sie war den ganzen Weg vom Krankenhaus gerannt. »Ein schwieriger Fall. Ema, die Hebamme, bittet den Doktor um Hilfe. Eine Geburt muß eingeleitet werden.«

Die Gebärende lag schon im Kreißsaal, die gespreizten Beine an den Fesseln mit Bananenblättern am Bettgestell festgezurrt. Den ganzen Körper durchlief wildes Zucken.

Merkwürdig. Bevor ich mir die Frau ansah, musterte ich die Ampullen auf dem Tablett neben ihr. Vier intakte Ampullen Oxytocin. Das Mittel, das die Gebärmuttermuskeln zusammenzieht und die Geburt beschleunigt, war also noch nicht in die Infusionslösung gespritzt worden. Ansonsten schien alles für die Geburt bereit: Die Hebamme saß mit einem Rasiermesser in der Hand zwischen den Beinen der Frau, um die Fruchtblase aufzuschneiden. An der Wand standen vier Frauen aus der Familie der Gebärenden in rotschwarzen Trauerkleidern, als wüßten sie schon ganz genau, daß ein toter Fötus in das Handtuch fallen würde, das man zwischen die zuckenden Beine gelegt hatte.

Mir war, als sollte ich als einziger Uneingeweihter einer alten Zeremonie beiwohnen. Ich war nicht als Arzt zur Überwachung eines medizinischen Vorgangs gerufen worden, sondern als Gast, auf den man lieber verzichtet hätte. Ich ging zur Gebärenden, und erst, als ich neben ihren blassen Fesseln stand, erkannte ich Jaha.

Ema brach die Ampullen auf, saugte den Inhalt geschickt in eine Glasspritze und reichte sie mir. Ich legte die Spritze zurück aufs Tablett.

»Welche Komplikation ist bei Jaha aufgetreten?« fragte ich.

»Sie zittert und bebt am ganzen Leib, das ist das Problem, Doktor. Frauen wie sie stellen sich nicht regelmäßig zur Schwangerschaftsüberwachung bei einer diplomierten Hebamme ein, sie geben ihr Geld lieber für einen Stofffetzen oder einen Holzkamm aus. Und wenn sie ins Krankenhaus kommen, ist es meistens schon zu spät.«

Ema dachte offensichtlich an eine Schwangerschaftsvergiftung, und die von ihr geplante Behandlung war die richtige: sofortige Einleitung der Geburt. Doch im medizinischen Bericht auf dem Tisch fehlten die Blutdruck- und Temperaturwerte, eine Fahrlässigkeit, die nicht zu Emas sonstiger Professionalität passen wollte. Des weiteren konnte ich an Jahas Beinen keine Ödeme entdecken, nur blutige Schnitte vom verzweifelten Kampf mit den Bananenfesseln. Was mich am meisten befremdete, waren jedoch Jahas plötzliche Gemüts- und Verhaltensänderungen. Für einen Moment war sie bei klarem Verstand, und im nächsten schon verwandelte sie sich in eine Wilde und wollte der Hebamme in die Hand beißen.

»Es ist für alle das beste, Doktor, wenn wir dieses Baby jetzt zur Welt bringen. Warum auf Ungemach warten?«

»Die Frau ist noch nicht in der siebenunddreißigsten Woche.«

»Woher wollen Sie das wissen?« Ema bemühte sich nicht, den Spott in ihrer Stimme zu verbergen, er war scharf und schmutzig wie das Messer in ihrer Hand.

Schlagartig durchschaute ich die Lage. Die eilfertige Hebamme, die Frauen in Trauer, deren Männer jetzt höchstwahrscheinlich schon Gin trinkend im Häuptlingspalast saßen und auf die willkommene Nachricht warteten – sie alle hatten beschlossen, den problematischen Embryo zu töten. Auf die Anwesenheit des Arztes legten sie lediglich Wert, um den Vorgang offiziell abzusichern. Sie wollten vor Gott und den Einwohnern von Asankangrwaa rein und unschuldig dastehen.

Ich maß Jahas Blutdruck selbst und war nicht überrascht. Die leichte Erhöhung ließ sich zweifellos der Aufregung zuschreiben und war keineswegs mit dem drastischen Anstieg vergleichbar, den eine reguläre Schwangerschaftsvergiftung auslöst.

»Wollen Sie die Geburtshilfe bei dieser Frau selbst übernehmen, Doktor?«

»Ja, aber nicht heute.«

»Sie ist noch jung und gebärfreudig. Sie kann noch viele Kinder bekommen, selbst wenn sie dieses Baby verliert.«

»Auch dieses Kind möchte gesund auf die Welt kommen. Sie wissen doch, Ema, wie man hier im Dorf sagt: ›Wenn schon die Toten ihre Zahl vergrößern wollen, wie dann erst die Lebenden!‹«

Unverkennbare Wut verzerrte Emas Gesichtszüge.

Die Frauen der Familie brauchten kein weiteres Zeichen. Sie wickelten Jaha in Stoffe ein wie einen Säugling. An jeder Seite des Bettes griffen zwei von ihnen nach der Stoffbahn und hoben die Schwangere so mühelos hoch, als hätte sie Knochen und Muskeln, den Fötus und die schwere Gebärmutter eingebüßt und als wäre nur Okra, die Seele, noch bei ihr geblieben.

7

Willst du mit Gott sprechen, sprich mit dem Wind

»Komm mit mir zu Akusuja Konfu, Obroni«, bat Akuja mich unvermittelt. Wir saßen auf der Terrasse und zerdrückten rote Pfefferschoten. Die Schärfe des Pfeffers brannte mir in den Augen, doch dieser Schmerz schrumpfte zusammen neben der Angst, die Akujas Wunsch in mir auslöste. Sechs Monate waren seit der Vertreibung der Alten vergangen, und noch wagte niemand im Dorf, ihren Namen öffentlich zu nennen.

»Hab keine Angst, Obroni, du wirst auf mich achtgeben und ich auf dich.«

Ich hatte dennoch Angst. Ein Besuch bei der alten Priesterin kam einer Brüskierung des Häuptlings gleich. Wir riskierten Verbannung, Vertreibung oder gar körperliche Verstümmelung: abgehackte Finger, gebrochene Hände, durchschnittene Kniesehnen, eine ans Wangenfleisch genähte Zunge. Doch wie konnte ich Akujas Bitte abweisen? Ich spürte, daß sie mich einer Art Prüfung unterzog. Inwieweit war ich bereit, mich ihretwegen in Gefahr zu begeben, wie stark war meine Liebe zu ihr? Wenn ich sie jetzt enttäuschte, würde ich sie vielleicht verlieren.

»Wann denn?« fragte ich.

»Morgen mittag.«

Am nächsten Mittag stellte Akuja sich vergnügt kichernd bei mir ein, als wäre ihr früheres Wesen zurückgekehrt. Sie brachte eine große Schale Kinki mit, ein Maisgericht, das ich besonders gern mochte, und verteilte es auf zwei kleinere Schalen, eine für mich zum Frühstück und eine als Geschenk für Akusuja Konfu.

»Du hast dich verändert, Akuja. Bist du vielleicht schwanger?«

Ihr Blick war wärmer als das dampfende Kinki.

»Wenn schon die Toten ihre Zahl vergrößern wollen, wie dann erst die Lebenden!« Sie lachte laut und tanzte mit ihrem Strohkorb. Aus irgendeinem Grund beunruhigte mich die plötzliche Fröhlichkeit.

Ich hatte die schwarzen Sümpfe noch nie durchquert. Sie stanken, als verwesten tief auf dem schlammigen Grund Hunderte von Kadavern. Die Einheimischen fürchteten und mieden dieses Gebiet. Wenn sie Asankangrwaa in östlicher Richtung verlassen wollten, machten sie einen großen Bogen um die Sümpfe, selbst wenn dies ihre Reise um ein, zwei Tage verlängerte. Doch Akuja hatte beschlossen, mich auf einem Pfad quer durch den Sumpf zu führen, und wenn er in saugenden Schlamm überging, streifte sie ihre Gummisandalen ab und stapfte barfuß weiter. Sie ging mit sicheren, raschen Schritten, dabei berührten ihre Fersen den Boden nicht. Sie verlagerte ihr ganzes Gewicht auf den vorderen Teil des Fußes, was sie den Antilopen abgeguckt haben mußte. Akuja war nun schon seit einem Jahr meine Geliebte, doch diese federnde Gangart war mir neu an ihr.

Akuja kannte den Weg zur Hütte der Priesterin erstaunlich gut. Ihre Füße wichen jeder Kuhle geschickt aus, vor jeder Senke, selbst vor einer dicht überwucherten, verlangsamte sie ihre Schritte, und um den Hügel der roten Ameisen schlug sie einen Bogen, ohne überhaupt zu Boden geblickt zu haben. Vermutlich hatte sie diesen Pfad in letzter Zeit recht oft benutzt. Wenn sie Nana Kosa dem Zweiten dermaßen trotzte, mußte sie ihr Gespür für das, was in Asankangrwaa erlaubt oder verboten war, völlig verloren haben.

Aus der Ferne schon versetzte der Anblick der Hütte Akuja in große Aufregung. Als wir näher kamen, wirkte die Behausung verlassen. Im Eingang gewahrte ich ein Häufchen weißer Asche, daneben lag ein umgekippter schwarzer Eisentopf. Ich stieß ihn mit der Fußspitze an, aber außer einer verbrannten Fettschicht gab er nichts frei. Im Innenraum der Hütte sprang uns Leere an. Keine Spur mehr von fettigen Salben, von den Baumrinden, Wurzeln und Waldnüssen, die die Hexe zermahlen und zu Heilpülverchen vermischt hatte. Holzmörser, Messingglocke, der Lehmtopf, der Akusuja Konfu die Zukunft offenbarte – alles war verschwunden. Der Ort hatte jegliches Mysterium verloren, der große Tano mußte sich zurückgezogen haben.

Wir gingen um die Hütte herum. Vor der hinteren Wand blieben wir wie angewurzelt stehen. Dort saß eine völlig ausgemergelte Akusuja Konfu mit geschlossenen Augen, in ihren Armen den Enkel Tawija. Weder in der Hütte selbst noch in ihrem Umkreis hatte ich Essensreste oder organischen Abfall bemerkt, wie er normalerweise in der Nähe bewohnter Hütten anzutreffen ist. Die beiden schienen aber nicht nur unter Hunger zu leiden. Der Junge sah krank aus. Über den abgemagerten Gliedmaßen und dem dürren Rücken schwankte ein riesiger Schädel.

Tawija mußte uns gehört haben, denn er öffnete die Augen, und auf den rauhen Lippen erschien die Andeutung eines Lächelns. Er war zu schwach, um zu sprechen oder sich zu rühren. Er sperrte den Mund auf, höchstwahrscheinlich wollte er etwas sagen oder vielleicht sogar schreien. Seine Zunge war von einer weißen Pilzschicht bedeckt. Kranken wie ihm begegnete ich nur zu oft. Tawija ging an Aids zugrunde.

Wir setzten uns auf die Erde und warteten auf das Erwachen der Priesterin. Als sie die Augen aufschlug, glitt ihr Blick rasch über unsere Gesichter und heftete sich dann sofort auf Akujas Strohkorb. Obwohl sie wußte, daß Akuja ihr Nahrung brachte, streckte sie ihre Hand nicht aus, um das weiße Tuch zu heben. Den Anstandsregeln zufolge mußten brennende Begierden zunächst einmal unterdrückt werden. Es widersprach den guten Sitten, den Hunger, der mit scharfen Zähnen an den Magenwänden nagte, zu offenbaren.

Begrüßungsformeln wurden ausgetauscht:

»Äh te sän?« fragte Akuja

»Äh je, alles in Ordnung«, gab die Priesterin zurück. So interessiert, wie Akuja sich dann nach dem Ergehen des Enkels erkundigte, schien er in weiter Ferne zu weilen und nicht hier im Staub vor unseren Augen zu sterben. Anschließend fragte Akusuja Konfu genauso förmlich nach dem Wohl des Herrn Danssu und seiner Angehörigen, als hätte sie nie im Leben von dem Unglück gehört, das mit dem Verschwinden des jüngsten Sohnes über die Familie gekommen war, und wüßte auch nichts vom bedrohlichen Machtkampf zwischen Danssu und dem Häuptling.

Für eine Weile herrschte Schweigen. Akusuja Konfu nahm einen trockenen Zweig und kritzelte Zeichen in den Staub. Erst dann wandte sie sich wieder an Akuja und fragte nach ihrem Anliegen. Mich würdigte die Priesterin keines Blickes, als wäre ich ein bedeutungsloser Begleiter, eine Art Diener.

»Ich brauche Sie«, erklärte Akuja, »ich möchte Kofi ausfindig machen. Ich habe ihn aufgezogen, und ich bin bereit, barfuß ins Totenland zu wandern, um ihn zurückzuholen.«

Die Alte lachte heiser: »Der Gott segne dich, Akuja. Du bist ein gutes Mädchen.«

Akuja zog eine Flasche aus ihrem Korb und stellte sie vorsichtig auf den Kleidersaum der Priesterin. Es war der leicht rötliche Gin, den die Alte bevorzugte. Die Hersteller versicherten, daß er das Heilpflanzenkonzentrat eines Forschungsinstituts enthielte, gegen Gliederschmerzen, vereiterte Blasen und Malariaanfälle helfe und zudem die Manneskraft stärke. Akusuja Konfu liebte ihn allerdings wegen seiner Bitterkeit – auf das Brauen von Heiltränken verstand sie sich schließlich selbst.

Wie der Brauch es verlangte, schüttete Akusuja Konfu einen Schluck zu Boden, die Abgabe an die Ahnen, doch die Erde wollte die Flüssigkeit nicht aufsaugen. Die Priesterin fuhr mit einem Finger durch das Alkoholpfützchen und murmelte ein Gebet: »Ihr seid gesegnet. Niemand von euch ist an einer häßlichen Krankheit gestorben. Niemand von euch hat sich umgebracht oder einen anderen Menschen aus Eifersucht und Haß ermordet. Niemand von euch ist in Krämpfen zu Boden gefallen, niemand von euch hat seine Haut mit Lepraflecken verschandelt. Ihr alle wart unschuldig und mutig, ihr, die ihr wandelt in der Welt zwischen Leben und Tod.«

Der Enkel hing an den Lippen seiner Großmutter. Er litt an einer beschämenden Krankheit und durfte deswegen nicht auf einem Platz im erlauchten Kreis der Ahnen hoffen. Er würde sich in seine Teile auflösen, und nichts von ihm würde bleiben. Obossum nimmt die Seele zurück, die Erde saugt das Blut auf, und alles andere verfällt zu Staub.

Akuja öffnete den Korb und breitete das Mitgebrachte

vor der Priesterin aus: gebratene Fischstückchen, eine Schale Kinki, eine Schale Reis mit einer Sauce aus bitteren Blättern und eine reife Papaya. Akusuja Konfu griff zu. Rasch stopfte sie sich eine Handvoll Reis in den Mund, und mit der zweiten Portion fütterte sie ihren Enkel. Doch Tawija konnte kaum noch schlucken. Er krümmte sich vor Schmerz.

Die Schalen leerten sich rasch. Akusuja Konfu kratzte auch noch das letzte Reiskorn und einen versengten Fetzen Fischhaut vom Rand. Erst nachdem sie sich ausgiebig die Finger geleckt hatte, fragte sie: »Und weswegen habt ihr euch auf den langen Weg zu mir gemacht?«, als hätte sie Akujas soeben vorgebrachtes Anliegen bereits völlig vergessen.

Akuja griff noch einmal in den Korb und zog das letzte Bündel hervor. Ehrfürchtig schlug sie den Stoff auseinander und präsentierte der Alten die beiden ans Licht kommenden Gegenstände: ein kleines Holzrad, an dem verkrusteter roter Schlamm klebte wie eingetrocknetes Blut, und ein Hemdchen mit einem aufgedruckten springenden Delphin, der breit lächelnd seine Zähne zeigte. Diese Sachen hatten Kofi gehört, und Akuja hatte sie unter ihrer Matte gehütet, um sie zu spüren, wann immer sie sich schlafen legte. Das glatte Rad war über eine Achse mit einem Bambusstab verbunden gewesen, und Kofi war mit diesem seinem Lieblingsspielzeug oft über die Pfade des Dorfs gerannt.

Auch das Hemd wies Spuren des lebenden Jungen auf: gelbliche Flecken vom Bananenbrei, den er in den letzten Tagen vor seinem Verschwinden gegessen hatte. Kofis Bild stieg in meiner Erinnerung auf. Ein pummeliger Junge mit zerzausten Locken, der mich, seit er von der Tollwut genesen war, verschämt anlächelte, wann immer er mir über den Weg lief.

»Können Sie mich zu Kofi führen?«

Akusuja Konfu sah sich hilflos um. »Mein Kind«, flüsterte sie fast flehentlich, »am Tag, als Tawija erkrankte, habe ich alle meine Werkzeuge in der Erde vergraben. Das hier ist kein heiliger Ort mehr. Aber du brauchst mich nicht, um mit Obossum oder Tano in Verbindung zu treten. Du weißt doch: ›Willst du mit Gott sprechen, sprich mit dem Wind.‹«

Akuja sah wütend drein und schwieg.

»Akuja, mein Kind«, flüsterte die Priesterin Verzeihung heischend.

»Auf der anderen Seite der Hütte habe ich einen Haufen weißer Asche gesehen. Der letzte Regen hat ihn nicht durchnäßt. Die Asche ist höchstens einen Tag alt.«

Akusuja Konfu legte ihren Enkel sanft auf den Boden und erhob sich. Als sie zu uns zurückkehrte, war sie nackt, bis auf ein Stoffstück, das die Scham bedeckte. Sie bestrich ihren Körper mit der weißen Asche und stand dann vor uns wie ein weißes Gespenst. Sie streichelte Kofis Sachen und hob den Kopf mit geschlossenen Augen, wie auf ein Wunder wartend, zum Himmel. Dann ließ sie ihre Arme und Schultern beben und schüttelte ihren ganzen Körper. Doch nichts geschah. Es war nur eine klägliche Nachahmung jenes furiosen Tanzes, der mich bei meinem ersten Besuch so fasziniert hatte.

Die Besitztümer eines Menschen bewahren eine Beziehung zu ihm. Jeder Gegenstand, der etwas vom Schweiß, vom Speichel, etwas vom Geruch oder der Lebenskraft einer Person aufgesaugt hat, bleibt der Seele über jede räumliche Entfernung hinweg verbunden. Kofis Rad und sein Hemdchen mit dem springenden Delphin kannten den Weg zu ihm besser als alle Hexen, Priester oder Dorfältesten zusammen. Doch nun stellte sich leider heraus, daß Akusuja Konfu nicht mehr fähig war, die flüchtige Botschaft der Gegenstände einzufangen. Sie flehte Tano, ihren Gott, an, in sie einzudringen, doch ihr Körper blieb schlaff und leer.

»Bitte, finde Kofi für mich«, wandte Akuja sich selbst an Tano, aber auch sie schien die Anwesenheit des Gottes im Körper der Priesterin zu bezweifeln.

Die Alte blinzelte, als würde sie aus einem bösen Traum erwachen.

»Oh, mein Kind, selbst mein Lehmtopf ist mir in so kleine Stücke zersprungen, siehst du?« Sie wies auf ihren Daumennagel. »Welcher Gott sollte sich jetzt noch bereit finden, zurückzukehren und uns die Zukunft zu offenbaren?«

Akuja schnaufte verächtlich.

»Wollen Sie damit sagen, daß Sie den Weg zu Kofi nicht kennen? Daß Sie Kinki, Reis, Fisch und Papaya für nichts und wieder nichts gegessen haben?«

Akusuja Konfus Kopf fiel kraftlos auf die zuckenden Schultern.

»Komm, Obroni, wir gehen!« Akuja sprang auf. Sie sah nicht mehr enttäuscht aus. Im Gegenteil, sie lachte fröhlich, als wäre ihr in diesem Augenblick der Weg zu Kofi offenbart worden.

Das Badezimmer war finster wie die Zelle eines afrikanischen Gefängnisses. Unter meinen Füße fühlte ich die Sandschicht auf dem rauhen Beton. In dieser Jahreszeit lag der Sand überall, und die Luft war diesig und kalt.

Akuja atmete leise neben mir. Sie hatte heute beim Impfen der Schweineherde des Herrn Danssu geholfen und die Tiere niedergehalten, während ein Beamter aus Takoradi ihnen das Serum in die Hinterbacken spritzte. Akujas Haut hatte den Schweiß der Schweine aufgesogen, und der unverkennbare Geruch schwebte durchs Haus.

Ich hörte im Dunkeln das Rascheln ihres Kleides, als es schwungvoll über den Kopf gezogen wurde, dann das Abstreifen des Tuches, das Akuja manchmal trug und unter dem sie das Kettchen verbarg, das sie vor bösen Geistern schützte. Das Klirren der Steinperlen auf dem Betonboden verriet mir: Jetzt ist Akuja nackt.

Sie hob einen der mit Brunnenwasser gefüllten Eimer hoch und goß vorsichtig einen kühlen Strahl über uns beide. Dann schäumte sie meinen zitternden Körper mit einem Brocken Kernseife ein.

Wie seltsam. Akuja war ein muskulöses Mädchen mit harten, kräftigen Fingern. Sie hütete schon seit ihrer Kindheit Schweine, schleppte täglich schwappende Wassereimer zum Trog und zertrampelte Haufen dorniger Büsche mit bloßen Füßen, um ferkelnden Säuen ein weiches Lager zu bereiten. Und dennoch hat keine Frau mich je so sanft berührt.

»Was willst du mit Jahas Baby anstellen, Obroni?«

»Ich werde ihm auf die Welt helfen.«

»Dieses Kind wird nichts als Unheil verursachen.«

»Niemand will den armen Wurm haben. Alle wünschen ihm den Tod noch vor der Geburt. Sogar du, Akuja?«

»Dieses Kind sollte es lieber nicht geben. Seine Mutter beschäftigt sich mit Jo-Jo, mit Hexerei. Sie ist an ihrem Unglück selbst schuld.«

Akujas Stimme kam von weit her. Und ihre Finger, die meine Bauchmuskeln massierten, waren mir so nahe.

»Auch das willst du der Armen noch anhängen? Jo-Jo? Dafür ist sie doch gar nicht klug genug.«

»Und ob sie sich mit Jo-Jo beschäftigt! Guck dir nur

einmal die Tätowierungen auf ihrem Gesicht genauer an. Was glaubst du wohl, was die beiden verbundenen Dreiecke rechts über ihrem Kinn bedeuten? So etwas ritzen nur Hexen ihren Kindern unter die Haut, damit der Teufel ihnen seine Kraft verleiht. Das hat Jaha auch mit ihren ersten beiden gefährlichen Gören gemacht, und das wird sie mit ihrem neuen Baby genauso machen, wenn es zur Welt kommt.«

In den dunklen Raum, der Akuja, mich und unsere Liebe umgab, drangen jetzt Gebete aus der nahen Pfingstkirche. Dort vollführten fromme Christen Geisteraustreibungen. Ich sah kaum einen Unterschied zwischen der Magie, die mit den Missionaren ins Land gekommen war, und den Zaubereien der Stammesreligionen. Sie hatten sich ja im Laufe der Zeit sogar vermischt und Namen und Dämonen ausgetauscht. Der europäische Teufel wurde in Ghana zu Sasabonsam, dem Waldmonster, und die bösen afrikanischen Geister, die zu Hunderten in Krokodile und Darmwürmer fuhren, faßte man einfach unter dem Namen des Heilandsverräters Judas Ischarioth zusammen. Von Gedanken dieser Art wollte Akuja allerdings nichts wissen.

»Und was machst du mit dem Säugling, nachdem du ihm auf die Welt geholfen hast?«

»Worauf willst du hinaus, Akuja?«

»Er hat ›nturo‹ in sich, das Fundament eines fremden Mannes. So etwas bringt Krankheiten und Elend ins Dorf. Er ist ein Bastard.«

»Woher weißt du das?«

»Das weiß hier jeder: der Häuptling, die Ältesten, Pater John und sogar die Gongschläger, die die Nachrichten ausrufen. Und auch der Obroni-Doktor weiß Bescheid, nur gibt er es nicht zu.«

Akujas seifig-feuchte, streichelnde Hand war bei meinen Hoden angelangt.

»Die Männer hier trinken Danssus Gin und wälzen sich betrunken am Boden. Viel mehr bringen sie nicht fertig. Eines Nachts wird jemand sie wecken und ihnen sagen, sie sollten sich gegenseitig abschlachten, und sie werden es tun und sich wieder hinlegen. Keiner einziger im Dorf unternimmt etwas, um das Massaker zu verhindern, nicht einmal du.«

»Was sollte ich deiner Meinung nach tun? Ich bin doch ein Fremder in Asankangrwaa, ein Gast.«

Akuja ließ ihr spöttisches Schnaufen hören. Es war allerdings nicht jenes Schnaufen, das der Ohnmacht der Priesterin gegolten hatte. Dieses Mädchen verfügte über eine breite Palette verächtlicher Schnauflaute, vom harten, an das Zischen der Grünen Mamba erinnernden Atemausstoß bis hin zum groben Grunzen eines gefangenen Schweins, und alle setzte sie jetzt gegen mich ein.

»Doktor, du wirst der erste sein, der Jahas Baby erblickt, und auch der erste, den sie köpfen.«

»Das werden sie nicht wagen.«

»Du kannst beruhigt einschlafen, Obroni. Es hat sich jemand gefunden, der an der Rettung des Dorfes arbeitet.«

Eine schlimme Nacht näherte sich ihrem Ende. Die Schwestern hatten zweimal nach mir gerufen, und in beiden Fällen blieb mir nichts mehr zu tun. Eine junge tuberkulosekranke Frau erstickte an blutigen Lungenfasern, ein sechsmonatiges Mädchen starb auf der Schwelle des Krankenhauses.

Danach konnte ich nicht wieder einschlafen, und um vier Uhr morgens machte ich noch einen schnellen Rundgang durch die Abteilungen. Die Leichen der Frau und der Kleinen lagen auf dem nackten Boden, neben dem Tisch der Schwestern. Im Hof wuschen die Angehörigen der Toten in Blecheimern die guten Stoffe, um die Körper der beiden für die letzte Reise würdig einzuhüllen. Das erklärten mir die Schwestern, die am Tisch neben den Leichen ihr Frühstück einnahmen.

Zu Hause riß ich mir alle Kleider vom Leib und warf sie samt Ledergürtel und Sportschuhen in einen Wassertrog. Bevor sie starb, hatte die Frau blutigen Auswurf auf meine bloßen Arme gespuckt. Als es geschah, hatte ich mich weder erschrocken noch geekelt und alles einfach mit einem feuchten Tuch abgewischt. Doch jetzt plötzlich jagte das Bild des ausgemergelten Körpers, aus dem die Rippen fächerartig hervortraten, mir panische Angst ein.

Ich sehnte mich nach Akuja. Ausgerechnet heute war sie nicht in unser Bett gekommen. Der Arzt des Missionshospitals im Regenwald war angewiesen auf das einfache Dorfkind, auf die Schweinehirtin. Ich brauchte sie, sie sollte mir nur eines versprechen: daß ich nicht sterben würde.

Auch nachdem ich meine Sachen mit Kernseife und einer harten Bürste zwanghaft abgeschrubbt und am Seil des Moskitonetzes aufgehängt hatte, verließen mich die Panik und die würgende Einsamkeit nicht. Ich ging auf die Terrasse hinaus und suchte Trost im sanften Licht der aufgehenden Sonne. Der Pfad war noch leer, aber im Hof wimmelte es von Eidechsen. Die Köpfe der Männchen hatten sich leuchtendorange gefärbt, was den Beginn der Brunst anzeigte. Die etwas kleineren Weibchen rannten erschrocken davon und suchten auf Sträuchern oder unter Steinen Zuflucht.

Doch die kräftigeren Männchen waren schneller. Sie preßten die Weibchen mit dem Schwanz zu Boden und befruchteten sie gewaltsam. Ich wurde Zeuge einer Massenvergewaltigung.

Akuja tauchte auf, als ich mich gerade fürs Krankenhaus fertig machte. Sie berührte mich nicht, als seien wir Fremde, und gab auch keine Auskunft darüber, wo sie die Nacht verbracht hatte. Sie roch nach Rauch wie an den Abenden, an denen sie anläßlich eines Festes im Hause Danssu Schweinefleisch auf Holzkohlen geröstet hatte. Kühl und förmlich berichtete sie, daß der Flußgott Tano nach Asankangrwaa zurückgekehrt sei, um das Dorf vor einer Katastrophe zu bewahren, und bat mich, ihr zu folgen.

Sie führte mich ans Ufer des Tano. Im Tanz der Lichtstreifen schimmerte das Wasser in immer anderen Farbschattierungen. Der Fluß war wankelmütig und trügerisch wie sein Gott. Ich kannte den Platz. Vor einigen Monaten hatte Akuja mich schon einmal hierhergebracht und mir erzählt, daß dies der Ort sei, an dem der Flußgott sich dem Mädchen Akusuja Konfu zum erstenmal offenbarte. Hier war die Achtjährige aufgefordert worden, sich nach Bekwei zu dem alten Priester zu begeben und sich von ihm in die geheimen Rituale einweihen zu lassen. Um ihr ein Zeichen seiner Kraft zu geben, berührte Tano sie am Kreuz, am Steißbein, und sie trug eine tiefe Brandwunde davon.

Vor ihrer Vertreibung pflegte Akusuja Konfu sich an jedem Mittwoch, dem heiligen Tag des Tano, süßer Speisen, alkoholischer Getränke und verbotener Kontakte zum anderen Geschlecht zu enthalten und ihrem Gott hier an seinem Altar am Fluß zu dienen. In den vergangenen Monaten war der heilige Ort verödet, heute allerdings mußte jemand schon in aller Frühe die etwas erhöhte Betonfläche gefegt und die Ränder von Wildwuchs befreit haben.

Eine alte Frau löste sich langsam aus dem Bambusgebüsch am Ufer. Ich blinzelte in die Sonne hinter ihrem Rükken und wollte meinen Augen nicht trauen. Es war Akusuja Konfu, die vertriebene Priesterin. Ihre Anwesenheit hier konnte sie den Kopf kosten, wenn jemand sie sähe und im Palast anschwärzte. Sie kam näher, kletterte mühsam auf die Betonplatte und setzte sich in die Mitte wie in ihren besseren Tagen, doch ihr Blick gähnte leer, und sie wirkte elender denn je. Sie war allein. Vermutlich war ihr Enkel inzwischen gestorben, und sie hatte ihn in der Nähe der schwarzen Sümpfe verscharrt wie ein Tier.

Und dann tauchte plötzlich der Häuptling auf. Ausgerechnet er, der die Priesterin verbannt und ihr verboten hatte, sich den Grenzen des Dorfes zu nähern, eilte mit einigen Getreuen den steilen Pfad zum Heiligtum hinab und nahm vor dem Altar Platz.

Akuja erhob sich, ging wortlos zur Priesterin und setzte sich neben sie auf eine Steinstufe. Nur die Schweißperlen auf der Oberlippe sprachen von ihrer Angst. In meinem Schrecken schaffte ich es nicht mehr, sie zurückzuhalten, alles spielte sich in Sekundenschnelle ab. Bitte, Akuja, laß das sein, wollte ich ihr nachrufen, du darfst den Häuptling nicht reizen, du bringst dich in Gefahr, doch die Worte blieben mir in der Kehle stecken.

Akuja griff nach einer Blechschale und begann monoton zu trommeln, abwechselnd schnell und langsam, bis der rasche Rhythmus obsiegte. Wie aus einem bösen Traum erwachend, begann die Greisin sich zu recken und zu strecken, richtete sich schließlich ganz auf und verfiel in einen krächzenden Singsang:

»Ich rufe nach dem, der aus den Tiefen das Wasser bringt und aus der Ferne die Wellen.«

Wieder und wieder rief die alte Priesterin nach ihrem Gott, klatschte dabei immer heftiger in die Hände und schüttelte sich ekstatisch. Ihre Sprache wurde unklar. Sie vermischte Tewei mit einer fremden Mundart; manchmal schrie sie nur oder murmelte in sich hinein. Plötzlich erstarrte sie, als würde sie von Kopf bis Fuß von einer Eisenstange durchbohrt. Ihr Atem stockte, ihre Lippen färbten sich bläulich, und sie brach auf dem Altar zusammen.

Der Gott war wieder in ihren Leib gefahren, bediente sich ihres Körpers, sprach aus ihrem Mund. Er zeigte sich gutgelaunt und geschwätzig. Auf seine Frage nach den Namen der Anwesenden gaben alle gehorsamst Auskunft. Der Häuptling stellte sich mit seinem vollen Titel vor: »Nana Kosa der Zweite, Häuptling von Asankangrwaa.« Die anderen folgten. Der Gott drückte einem jeden die Hand. Er warf weiße Asche in die Luft, geruhte vom Gin zu kosten, stellte ein Schüsselchen Reis vor den Altar und lud einige Götterkollegen ein, das Mahl zu teilen.

»Mit welchem Wunsch kommt der Häuptling von Asankangrwaa zu mir?« erkundigte er sich schließlich.

Der Häuptling antwortete leise und bestimmt und ließ seine Worte von einem der Ältesten laut wiederholen. Er setzte der Verspieltheit des Gottes ein höchst würdevolles Betragen entgegen.

»Asankangrwaa leidet. Die Männer ziehen nicht mehr in die Plantagen, sie befürchten, daß ihnen zwischen den Kakaobäumen Feinde auflauern. Die Frauen verstecken ihre kleinen Kinder in den Hütten, damit die Nachbarinnen keinen Fluch über sie verhängen. Dieses Dorf gehört dem Häuptling, doch es gehört gleichfalls dem Flußgott. Der Flußgott wird gebeten, dem Häuptling bei der Erhaltung des Dorffriedens beizustehen.«

Der Flußgott kicherte fröhlich. »Tano liebt das Dorf und hat es schon des öfteren beschützt, wenn feindliche Nachbarn das Trinkwasser vergiften oder die Hütten in Brand setzen wollten. Doch zur Zeit hat er in Asankangrwaa nicht einmal einen Priester.«

»Die Alte wird zurückgebracht!« erklärte der Häuptling.

»Akusuja Konfu ist eine ausgelaugte Kuh«, spottete der Gott. »Sie muß noch vor dem Yams-Fest sterben.«

»Was befiehlt der große Tano?«

»Tano hat sich einen neuen Priester erwählt. Er ist noch nicht geboren, doch am Tag seiner Geburt soll er gemeinsam mit seiner Mutter in das Heiligtum von Bekwei gebracht werden. Sobald er entwöhnt ist, muß die Mutter gehen und das Kind den Priestern überlassen. Sie sollen ihn ernähren und unterrichten. Dies wird eine Zeit der Bewährung für Asankangrwaa sein. Ihr müßt den Schmutz aus meinem Fluß fischen. Erst wenn das Wasser rein ist, kann der neue Priester in Asankangrwaa einziehen.«

»Was du willst, soll geschehen«, versicherte der Häuptling ergeben. »Doch woran sollen wir das erkorene Kind erkennen?«

Die Alte lehnte sich zu Akuja hinüber und tuschelte ihr aufgeregt ins Ohr. Akujas Miene verzerrte sich vor Schreck. Sie schien unfähig, die Worte des Gottes öffentlich zu wiederholen, doch der Gott blieb unerbittlich.

»Tanos Sohn wird an einem Sonntag zur Welt kommen, wenn der Mond rund und voll ist. Der Flußgott erklärt, daß dieses Kind sein Sohn ist. Er selbst hat der Mutter beigewohnt.«

Akuja verstummte zögernd, doch die Alte klatschte erbost in die Hände und drängte sie weiterzusprechen.

»Die Frau, in deren Leib Tanos Sohn heranwächst, stammt aus Asankangrwaa. Sie ist die Tochter von Lavid und Viktoria Opong und heißt Jaha.«

Die Begleiter des Häuptlings bekreuzigten sich. Die Vorstellung, daß ein Gott eine Frau aus Fleisch und Blut befruchtete, war ihnen als Christen natürlich nicht völlig fremd, doch daß ein solches Ereignis sich im Regenwald zutragen sollte, verwirrte und erschreckte sie. Konnte es sich um eine Art unbefleckter Empfängnis handeln, oder hatte hier der Satan seine Hand im Spiel?

»Dann stammt der Embryo in Jahas Bauch also nicht von ihrem Ehemann?«

»Nein, ehrwürdiger Häuptling«, antwortete Akuja langsam, »der Gott erklärt, er selbst sei der Erzeuger.«

Schlagartig durchfuhr mich die Erkenntnis, daß Akuja dabei war, mich zu verraten. Das listige Kind hatte Ränke geschmiedet und mich verschachert wie ein Schwein oder einen Sack verfaulter Tomaten. Sie mußte schon wochenlang, während sie mich liebte und mit mir schlief, darüber nachgegrübelt haben, wie Nana Kosa weiszumachen sei, das umstrittene Ungeborene stamme vom Flußgott ab. Dabei wußte Akuja ganz genau, daß ich öffentlich erklärt hatte, Jahas Ehemann sei der Erzeuger.

Nun müßte nicht nur die Häuptlingsfamilie, nun würde jeder einzelne im Dorf, vom Schinder über den Frisör bis hin zu den Schwestern im Krankenhaus, denken, ich hätte ihn hinters Licht geführt. Schließlich war ich der einzige, der den Fötus abgetastet hatte. Wenn Akusuja Konfu das

Geschlecht des Embryos vorherzusagen vermochte, dann hätte der weiße Arzt mit den gewundenen roten Stethoskopschläuchen doch zumindest erkennen müssen, daß dieses besondere Kind keinen menschlichen Erzeuger hatte und schon gar nicht so ein verkommenes Subjekt wie Jahas Ehemann Ben. Ich fühlte mich blamiert bis auf die Knochen.

Akujas Vorgehen war mir ein Rätsel. Warum mochte sie mir das angetan haben? Ich konnte mir nicht vorstellen, daß sie mir schaden wollte, sie liebte mich doch. Hatte sie irgendeinen Grund, mich der Willkür des Häuptlings auszuliefern? Wollte sie, daß man ihrem Geliebten die Knochen am Baobab-Stamm brach, ihn lebendig begrub, ihm die Zunge an die Wange heftete? Oder meinte sie, dies sei ein Weg, den blutigen Machtkampf zu verhindern? Glaubte sie, mit dieser Intrige könnte sie ihren geliebten kleinen Kofi retten?

Je länger ich darüber nachdachte, desto unwahrscheinlicher erschien mir ein Zusammenhang zwischen Jahas Schwangerschaft und Kofis Verschwinden. Ich war zutiefst verletzt und wütend. Akujas Verrat ätzte in meiner Seele wie Säure.

Am nächsten Tag brachte man ein einwöchiges kleines Mädchen ins Krankenhaus, das unter Qualen an Tetanus starb. Sie war das zweite Kind ihrer Mutter, die vorher schon, kurz nach der Entwöhnung, die erstgeborene Tochter verloren hatte. Die Mutter hatte nun befürchtet, die tote erste Tochter kehre in Gestalt der zweiten zurück und mit ihr auch die bösen Geister, die ihren Tod verursacht hatten. Deswegen ritzte sie der Neugeborenen beschützende Zeichen ins Gesicht. Zu ihrem Unglück war das Messer, das sie dazu benutzte, infiziert. Tetanuserreger drangen in die Schnitte ein, und der Tod raubte ihr auch die zweite Tochter.

Etwas später wurde ein junger Bursche eingeliefert, der von einer Grünen Mamba gebissen worden war. Ein Medizinmann hatte das geschwollene Gewebe um die Bisse herum weggeschnitten und das Bein geschüttelt, weil er meinte, so würde das Gift aus der Wunde fließen. Dabei hätte man das Bein ruhigstellen müssen. Die Behandlung des Medizinmanns beschleunigte die Verbreitung des tödlichen Gifts im Blutkreislauf. Zwei Tage später war der Patient tot.

In beiden Fällen trachteten Menschen Unheil abzuwenden und verursachten, was sie verhüten wollten. Auch Akuja mochte gute Absichten verfolgt haben, doch ich konnte ihre Handlungsweise nicht billigen, denn sie zerstörte meinen Ruf und untergrub meine Stellung als Arzt. Vielleicht hatte auch Akuja sich geirrt, und ihr Wunsch zu heilen führte das Verhängnis herbei?

»Wenn einer seine Augen zu weit öffnet, fliegt all der Schmutz hinein«, erklärte der Häuptling, »also schließe ich sie manchmal, um nicht zuviel zu sehen.«

Er saß auf einem Hocker im Hof seines Palastes und verspeiste das prächtige Exemplar einer wilden Ratte, während er sich mit mir unterhielt. Der Braten füllte das Blechtablett, auf dem er serviert worden war, ganz aus.

»Auch in Ihrem Fall, Obroni, habe ich versucht, manches zu übersehen. Im Regenwald lauern grausame Krankheiten. Viele unserer Leute sterben zu jung. Wir können auf einen Arzt nicht verzichten. Doch es fiel mir schwer, Sie gewähren zu lassen.«

Der Häuptling griff nach dem Kopf der Ratte. Das Tier sah überrascht aus. Die aufgerissenen Augen waren blutunterlaufen, und im offenstehenden Maul prangten eine rote Zunge und zwei krumme Nagezähne.

»Sie haben uns ausgenutzt wie noch jeder Weiße bisher. Sie sind hier in Ehren aufgenommen worden, und Sie haben uns betrogen und belogen. Sie wußten genau, daß Jahas Baby nicht von ihrem Mann stammte. Das hätte großes Unheil über das Dorf bringen können. Die Götter toben, wenn der Bastard eines Aussätzigen oder eines hergelaufenen Stoffhändlers der Häuptlingsfamilie untergeschoben wird. Sie hätten uns Seuchen und Schlammlawinen auf den Hals geschickt. Eines ist sicher, Obroni: Wenn nicht Tano dieses Kind gezeugt hätte, sondern irgendein Lump, dann wären Sie heute ein toter Mann.«

Der Häuptling war hungrig. Begierig fingerte er im abgeschlagenen Kopf herum und steckte sich weißliche Stückchen Hirn in den Mund.

»Sie haben den Häuptling in aller Öffentlichkeit und vor den Ältesten beschämt. Wer das wagt, der bezahlt mit dem Kopf.« Er hob einen Stein vom Boden auf, zertrümmerte den Rattenschädel mit mehreren Schlägen und verschlang das Hirn im Nu.

»Wann werden Sie das Dorf verlassen?« erkundigte er sich angelegentlich und tauchte seine Finger in eine Wasserschale.

»Darüber habe ich noch nicht nachgedacht.«

»Sie können noch drei Wochen bleiben, bis zum Ende des Jahres. Nicht einen Tag länger.«

Jahas Kind kam an einem Sonntag zur Welt, genau wie der große Tano es vorhergesagt hatte. Allerdings erfreute sich der Gott der praktischen Beihilfe des Arztes. Jaha stellte sich am vorbestimmten Tag bei Sonnenaufgang in der Klinik ein, ohne Wehen und ohne Muttermundöffnung. Sie schien verängstigt und konnte kaum auf die Liege steigen, sogar das Heben des Kleidersaums fiel ihr schwer.

Alles geschah wortlos und in stillem Einvernehmen. Ich schickte die Hebamme Ema hinaus, um heißes Wasser zu holen, und eröffnete rasch die Fruchtblase. Noch bevor das Wasser auf dem Petroleumkocher siedete, setzten Jahas Wehen ein, und bevor sich das Gerücht im Dorf verbreiten konnte, schob sich der Kopf des Säuglings durch den Gebärgang. Dann aber saß die linke Schulter fest. Möglicherweise machte das Wissen, daß wir die Geburt hinter uns bringen mußten, bevor die Boten des Häuptlings eintrafen, mich nervös. Ich drehte das Körperchen vorsichtig im engen Kanal, denn ich wollte nicht zu stark an ihm ziehen. Und plötzlich glitt es mit einem Ruck heraus.

Ema untersuchte den winzigen Leib gründlich nach Anzeichen böser Geister und mütterlicher Hexereien, doch vergeblich. Der Säugling wirkte unschuldig und wies weder überzählige Finger noch rote Flecken auf. Ema war nicht so leicht zu überzeugen. Nachdem sie das Kind in ein weißes Tuch gewickelt hatte, bekreuzigte sie sich inständig und wusch sich mehrere Male die Hände.

Jaha ließ mich den Dammschnitt ohne Betäubung nähen. Sie schlug sich selbst ein Stück Stoff um die Scham, band sich ihr Baby auf den Rücken und ging mit ihm hinaus in den tropischen Regen.

Etwas später erschienen zwei der Häuptlingssöhne. Zunächst wollten sie nicht glauben, daß das Kind, das sie gemäß dem Befehl des Gottes Tano samt der Mutter in das Heiligtum nach Bekwei bringen wollten, ihnen entschlüpft war. Sie durchsuchten das Krankenhaus und rissen sogar alten Männern die Bettdecken weg. Sie durchwühlten das Medikamentenlager und die Laborhütte und wurden furchtbar wütend, als sie den Sohn des Flußgottes nirgends fanden. Sie brachen die Beine der Bettgestelle ab und zersplitterten damit die Glastüren der Arzneischränke. Einer erhob das plumpe Stück Holz auch gegen mich, zögerte dann aber, da er wohl nicht genau wußte, ob er den Obroni-Doktor verletzen durfte. Der Schlag sauste auf der nächsten Petroleumlampe nieder.

Wenig später durchkämmten die Boten des Häuptlings jede Hütte Asankangrwaas. Sie mußten den Auftrag erhalten haben, die Erniedrigung ihres Gebieters zu rächen und seinen Zorn deutlich zum Ausdruck zu bringen, doch gleichzeitig Zurückhaltung zu üben, die Dörfler nicht zum Kampf zu reizen und den Zorn auf die herrschende Familie nicht allzusehr zu schüren. So zerstreuten sie denn Kakaobohnenhaufen in alle Winde, zerschlugen einige Palmwedeldächer und schlitzten ein paar Ziegen und Schafen die Kehlen auf. Doch sie hüteten sich, Menschen anzugreifen, und ließen sogar die Tierleichen liegen, damit die geschädigten Besitzer sich zumindest noch am Fleisch laben konnten.

Am Dienstag gab Herr Danssu bekannt, daß Jaha sich unter seinem Schutz befand. Abends loderten hohe Flammen aus Danssus Geschäft am Hauptpfad. Es war der größte Laden des Ortes, und er enthielt so viele Dattelölkrüge, Margarinepäckchen, Gummisandalen, Gewürzsäckchen, Büffelfleischkonserven und Ingwerbonbons, daß er die ganze

Nacht lang brannte. Niemand, nicht einmal Danssus Arbeiter, machten Anstalten, das Feuer zu löschen. Man schien die Brandstiftung allerseits als angemessenen Gegenzug einzuschätzen.

Am nächsten Morgen schleppten Abgesandte Dattelwein, Gin, Kolanüsse und auch einige gefesselte schlachtfertige Ziegen zwischen dem Häuptlingspalast und Danssus Anwesen hin und her. Die Dörfler beobachteten den Austausch mit großer Spannung. Sollte die Mission scheitern, müßten sie die Macheten zücken. Die Abgesandten ihrerseits stellten zufrieden lächelnde Mienen zur Schau, aber ihre gute Laune mochte auch dem Gingenuß während der Besprechungen entspringen.

An den Verhandlungen beteiligten sich die angesehensten Männer des Dorfes, für Frauen war hier kein Platz. Akuja allerdings begleitete Danssus Boten bis zum Palasteingang und tuschelte ihnen unterwegs Geheimes ins Ohr, und wenn sie nach Stunden zurückkehrten, empfing sie sie, auf einem niedrigen Schemel neben Herrn Danssu hockend. Mit mir sprach sie in diesen Tagen nicht über den Inhalt der Verhandlungen, und wenn ich mich danach erkundigte, schnalzte sie nur knallend mit der Zunge, ein weiterer Schmählaut aus ihrem Repertoire.

Ich hatte allerdings auch nicht viel Zeit zu fragen. Eine plötzlich ausgebrochene Meningitis-Epidemie hielt mich in Atem. Zu allen Tages- und Nachtstunden wurden mir halb bewußtlose Kranke gebracht, die sich erbrachen und auf meine Fragen nicht antworteten. Ein unbeweglicher, wie in Zement erstarrter Nacken und angewinkelte, versteifte Beine ließen an der Diagnose keinen Zweifel. Innerhalb von zehn Tagen wurden neunundsiebzig Patienten eingeliefert, von denen elf bereits kurz nach ihrer Ankunft starben. Plötzlich belastete die bevorstehende blutige Schlacht mich nicht mehr, und auch den Schmerz über Akujas Verrat verdrängte ich.

In der katholischen Kirche beging man das Fest des heiligen Antonius, und in der Nacht darauf schlief Akuja ein letztes Mal bei mir. Sie war still und versöhnlich, als sie kam. Sie wußte bereits, daß der Häuptling und Herr Danssu sich am nächsten Morgen auf dem Platz vor der katholischen Kirche treffen würden, um endgültig über das Schicksal des Dorfes zu entscheiden, doch sie behielt dieses Geheimnis für sich.

Sie stellte einen Plastikbehälter mit Pito, einem milchigen alkoholischen Getränk, auf den Tisch und goß etwas davon in zwei getrocknete Kürbishälften. Sie achtete darauf, nicht mehr und nicht weniger zu trinken als ich. Wenn ich meine Schale geleert hatte, leerte sie auch die ihre und schenkte uns beiden erneut ein. Sie wartete geduldig darauf, daß der Alkohol mein Hirn benebelte.

»Möchtest du ein Kind von mir, Obroni?« fragte sie unvermittelt im Dunkeln. Ich schwieg und versuchte, einen klaren Gedanken zu fassen.

»Mir würde es nicht schwerfallen, Mutter zu sein. Ich habe ja schon Kofi und seine beiden Schwestern aufgezogen. Ich kann Babys baden und ihnen Koko-Yam kochen und sie pflegen, wenn sie krank sind.«

Allein der Gedanke, mich von Akuja trennen zu müssen, füllte mich mit Panik. Gleichzeitig fragte ich mich, ob unsere Verbindung jenseits der Kakaoplantagen, der roten Pfade und der schwarzen Sümpfe Asankangrwaas Bestand haben könnte. Wie sollte ich mein Mondscheinmädchen, die junge Schweinehirtin, die mir geschenkt worden war, in meine vorherige Welt hinüberretten?

»Ich kann Reiswasser zubereiten, wenn das Baby Durchfall hat, und ein Jodbad, wenn ihm Pusteln ausbrechen.« Ihre Stimme schien aus der Ferne zu kommen, vom anderen Ufer des Tano-Flusses. Sie weinte. Ich drang in sie ein, doch ich ergoß mich außerhalb ihrer Scheide.

Als ich am nächsten Morgen erwachte, war Akuja schon nicht mehr da. Auf ihrer Seite des Betts fand ich im blütenreinen Laken der nigerianischen Nonnen nur noch Spuren meines Spermas, das ironischerweise auf die hellblauen Buchstaben des eingestickten offiziellen Ordensnamens getröpfelt war: »Maria von der unbefleckten Empfängnis«.

Wolken sanken vom Himmel und legten sich auf Asankangrwaa. Die Luft an jenem Morgen war feucht und trübe und erschwerte das Atmen. Die Sicht betrug nur wenige Meter. Sogar der wohlbekannte Anstieg zur katholischen Kirche machte mir Mühe. Ich mußte zweimal innehalten, um die Lungen mit Sauerstoff zu füllen und den Muskelschmerz zu lindern. Beim Weitergehen stolperte ich über Felsbrocken.

Die Kirche schien im Dunst schwerelos über der Erde zu schweben. Herr Danssu wartete bereits im Hof, zwei seiner jüngeren Brüder neben sich. Akuja entdeckte ich unter den Frauen.

Ich wurde nur kurz begrüßt. Alle blickten in Erwartung Nana Kosas und seines Gefolges an mir vorbei auf den roten

Pfad. Zuerst hörten wir das Trappen von Gummisandalen und das Klopfen hölzerner Stöcke, dann tauchte der Häuptling in Begleitung seines ältesten Sohnes und vier der Dorfältesten aus dem Nebel auf. Sie zogen eine gefesselte Antilope hinter sich her, doch nichts in ihrer Haltung erinnerte an den Einzug erfolgreicher Jäger. Sie schleppten das Tier, als seien sie selbst mit knapper Not soeben der gleichen Falle entronnen.

Die Gruppe des Häuptlings nahm den Wartenden gegenüber Platz. Die jetzt einsetzende Zeremonie vollzog sich ohne ein überflüssiges Wort. Herr Danssu bot den Angekommenen bittere grüne Kolanüsse an, die lustlos akzeptiert, mit den Zähnen geknackt und zermahlen wurden. Unterdessen stellte Herr Danssu, offenbar eine in den letzten Tagen ausgehandelte Bedingung, dem Häuptling eine Kiste voller Ginflaschen vor die Füße. Nana Kosas Sohn öffnete die erste im Namen seines Vaters, goß den Ahnen zur Ehre einen Schluck auf die Erde, trank dann selbst und spuckte aus. Alle wahrten Zurückhaltung, niemand zeigte Gefühle.

Das Stöhnen der Antilope untermalte die Eröffnungsrituale. Ihr Fell war vom Schleifen über Fels und Gestein aufgescheuert und blutbefleckt. Der Häuptling trat dreimal auf den bebenden Leib. Als er zu seinem Platz zurückstolzierte, hinterließen seine Gummisandalen blutige Spuren auf dem Boden. Einer der Ältesten zog gelassen ein scharfes Messer aus den Falten seiner Kente und schnitt dem Tier kurzerhand die Kehle durch.

Mich mutete das Schauspiel äußerst seltsam an. Ich war in Asankangrwaa eben auch nach einem Jahr noch ein fremder Gast. »Ein Holzstück kann so lange im Wasser schwimmen, wie es will, es wird doch nie ein Fisch«, hatte Akuja mich oft geneckt. Jetzt schickte sie mir einen langen, besorgten Blick.

Ich verstand, was sie mir immer hatte erklären wollen, und erschrak: Auch mein Schicksal hing vom Ausgang dieses Treffens ab. Wenn jemand die offizielle Versöhnung untergrub, ein überflüssiges Wort äußerte, dem Häuptling aus Versehen den Rücken zukehrte, einem Ältesten die verpönte linke Hand reichte oder die Götter beleidigte, dann war mein Leben in Gefahr. Wenn jemand den unterschwelligen Haß wieder schürte und im Dorf die Messer gezückt würden, dann wäre ich eines der ersten Opfer. Wie die gefesselte Antilope läge ich mit durchschnittener Halsschlagader im Schlamm, die Kehle vom gerinnenden Blut noch leise röchelnd.

Allmählich löste die Wolkendecke sich auf und gab Stück für Stück das Dorf unter uns frei. Das Antilopenfleisch war bereits geröstet und verteilt, doch niemand rührte seine Portion an, alle warteten auf ein Signal des Häuptlings.

»Wo ist mein Geschenk?« donnerte Nana Kosa, als wandte er sich an alle Anwesenden, doch jedem war klar, daß der drohende Ton Herrn Danssu galt.

»Dort«, antwortete dieser und wies zum Hang unter uns. Im Schatten des Baobabs stand eine junge Frau, auf dem Rücken ein Baby, von dem nur das Stück Tuch, das seinen Kopf bedeckte, sichtbar war. Die Frau wiegte sich hin und her, um das Kleine einzuschläfern. Ich erkannte Jaha.

Auf ein Zeichen Danssus hin begann sie den Aufstieg. Sie schwankte und drohte bei jedem Schritt zu straucheln, doch niemand stand auf, um ihr zu helfen. Alle Beteiligten beobachteten schweigend den näher wankenden weißen

Flecken. Sie passierte den Brunnen der Kirche und erschien auf dem Hof. Um die Reste der Antilope machte sie einen Bogen und ging direkt zum Häuptling. Sie öffnete die verknotete Stoffbahn und legte ihm den nackten Säugling auf die Knie.

»Der Sohn des Flußgottes Tano hat sich entschlossen, bei uns zu bleiben«, verkündete Nana Kosa. In Asankangrwaa glaubt man, daß ein Neugeborenes während der ersten sieben Tage auf dieser Welt nur zu Gast ist und wählen kann, ob es bleiben oder in den Himmel zurückkehren will. Jahas Sohn war geblieben. Erst jetzt gab man ihm einen Namen.

Vor dem Häuptling standen zwei Karaffen, eine mit Wasser, die andere mit Dattelwein. Nana Kosa tauchte einen Finger ins Wasser und befeuchtete die Zunge des Kleinen dreimal.

»Kuwassi«, sprach er ihn an, »wenn du sagst, daß du Wasser schmeckst, dann soll dies Wasser sein.«

Dann tauchte er einen Finger in den Dattelwein und befeuchtete die kleine Zunge wiederum dreimal.

»Kuwassi, wenn du sagst, daß du Dattelwein geschmeckt hast, dann soll dies Dattelwein sein.«

Auf der strengen Miene des Häuptlings erschien ein schelmisches Lächeln, und er fuhr sich, wie ein Baby lallend, mit der Zungenspitze über die Lippen.

»Kuwassi, wenn du sagst, daß das, was du siehst, schwarz ist, dann ist es schwarz, und wenn du sagst, daß es weiß ist, dann ist es weiß.«

Tränen der Erleichterung rollten über Jahas Wangen. Ihr Sohn war eines Namens gewürdigt worden, der Häuptling hatte ihn Kuwassi genannt, »der, der an einem Sonntag geboren ist«. Jetzt stand ihr Sohn unter dem Schutz der herrschenden Familie. Dafür würde sie Kuwassi in Kürze bei den Priestern in Bekwei abgeben müssen, ein schmerzlicher Preis, der aber großen Nutzen versprach: Niemand würde es jetzt noch wagen, dem Kind oder seiner Mutter nach dem Leben zu trachten.

»Und wo ist mein Geschenk?« konterte nun Danssu. Der Häuptling holte weit aus, als wollte er andeuten, daß, wie in guten Tagen, alle Wälder der Umgebung sein alleiniges Eigentum seien, und lächelte noch einmal schelmisch:

»Dort!«

In der Kirchentür erschien ein Riesenweib in einem braunen Sackkleid, einen kahlgeschorenen kleinen Jungen an der Hand. Als sie näher kamen, erkannte ich frische Tätowierungen unter seiner Haut: zwei blaue Vierecke auf der rechten Schulter und um den Ellenbogen herum drei blaue Striche. Sogar mir war die Bedeutung dieser Zeichen vertraut: Das Kind hatte im Heiligtum des Gottes Tano die erste Phase der Einweihung abgeschlossen und gehörte nun für immer dem Gott.

»Hier hast du ihn wieder«, rief der Häuptling, »wir brauchen ihn nicht mehr.«

Herr Danssu bedeckte das Gesicht mit den Händen. Er wollte in Nana Kosas Gegenwart auf keinen Fall Anzeichen von Schwäche zeigen, schreien oder weinen.

»Wir wollten den Jungen eigentlich gar nicht«, erklärte der Häuptling, »aber Akusuja Konfu bestand darauf. Sie behauptete, der Flußgott hätte Kofi zu ihrem Nachfolger bestimmt. Uns wäre für dieses Amt ein echtes Kind aus Asankangrwaa lieber gewesen, warum mußte es ausgerechnet der Danssu-Sohn sein, dessen Familie von Eidechsenfressern aus dem Norden abstammt? Der große Tano hat unsere Bitte erhört und seine Wahl geändert. Heute hat er uns seinen wirklichen Sohn geschickt, den kleinen Kuwassi hier auf meinem Schoß. Nimm du deinen Kofi zurück, Danssu, er hat im Heiligtum nichts mehr zu suchen.«

»Kofi, komm her«, rief Herr Danssu.

Kofi wirkte verschreckt und zitterte am ganzen Körper. Zögernd ließ er die Hand seiner riesigen Hüterin los und entschloß sich, zu seinem Vater zu rennen.

Akuja starb am einunddreißigsten Dezember nachmittags um siebzehn Uhr zwanzig.

Sie war seit dem Tag, an dem Kofi zurückkehrte, verschwunden. Ich suchte sie in Dutzenden versteckter Regenwalddörfer, im verlassenen Kloster der Erdgöttin Assasse Afija, einem Unterschlupf für Sünderinnen, und entzündete in der katholischen Kirche Hunderte von Wachskerzen. Doch Akuja blieb spurlos verschwunden wie eine junge, in einer Falle gefangene Antilope, deren Wimmern sich in der Wildnis verliert.

Ich war verrückt vor Angst und Sehnsucht. Nicht einmal die alltäglichsten Verrichtungen wie kauen, schlucken, duschen, rasieren, schlafen, Gin trinken, um zu vergessen, wollten mir gelingen. Vier Tage lang hatte ich wie im Fieber nach meiner Geliebten gefahndet, dann kamen die Männer aus dem Dorf Hali und legten sie mir in einem weißen, mit zwei langen schmalen Bananenblättern verschnürten Tuch auf die Terrasse.

Akuja blieb zehn Tage lang bewußtlos. Ihr Körper reagierte nicht einmal mehr auf die stärksten Schmerzreize. Am letzten Tag krümmte sich ihr Rücken, Arme und Beine zappelten, verkrampften sich und lockerten sich wieder. Ich spritzte ihr mehrmals Valium, doch die Anfälle folgten einander in immer kürzeren Abständen.

Mittags fiel ganz plötzlich starker Regen und wusch das Dorf rein. Danach kam große Ruhe über Akuja. Sie lag gelöst und friedlich auf dem Rücken wie früher, wenn ich ihren nackten Körper mit Kokosöl einrieb oder wenn sie an meiner Brust schlief. Und so, versöhnt, verschied sie.

Ich hatte sie zehn Tage lang gepflegt und war nur wegen der allernotwendigsten Krankenhausvisiten kurz von ihrer Seite gewichen. Ich hatte beobachtet, wie die Seele sich dem wunderbaren Körper allmählich entwand.

Ich grollte Akuja nicht mehr. Ich verstand, daß sie bereit gewesen war, mein Leben für Kofis Rettung aufs Spiel zu setzen. Manchmal allerdings nagte der Verdacht an mir, sie hätte auch Herrn Danssu vor Unheil bewahren wollen. Dann loderten in meinem Inneren Zorn und Eifersucht noch brennender als der Brodem Satans. Ich fragte mich, womit meine Geliebte die alte Priesterin wohl erpreßt hatte. Wie hatte sie Akusuja Konfu dazu gebracht, die Wahl des Gottes zu revidieren?

Danssus Diener kamen und holten den Leichnam. Der Herr müßte nun die Ausgaben für eine zeremonielle Bestattung bestreiten: ein Leichentuch, einen prächtigen Holzsarg, Getränke, ein Faß Dattelöl, Ziegen- und Schafsopfer, Trauerkleider für die Frauen der Familie, rote Stirnbänder für die Ältesten, die Kosten für Trommler, Kora-Spieler und die besten Klageweiber. Akuja hatte ihm seinen Sohn zurückgebracht – er konnte weder sie noch sich selbst mit einem einfachen Begräbnis beschämen.

Ich streife zum letztenmal durch Asankangrwaa, über die roten Pfade, vorbei an den ärmlichen Hütten. Morgen in aller Frühe wird der Taro-Taro mich forttragen. Der Obroni-Doktor geht so fremd und leer, wie er kam.

Bei meiner Ankunft hatte ich in aller Unschuld – oder war es Größenwahn? – gemeint, es stünde in meiner Macht, einen jeden hier zu heilen. Doch dem tetanuskranken Baby hatte ich ebensowenig helfen können wie dem an Aids dahinsiechenden Enkel der Priesterin oder der fröhlichen Schwester Evelyn, die an einem Biß der Grünen Mamba starb. Ohnmächtig stand ich dabei, wenn Kinder im Krankenhaus an Leberentzündung, Meningitis, Tuberkulose, Diphtherie, Hepatitis oder Aids zugrunde gingen, manchmal sechs oder sieben in einer einzigen Nacht.

Der Leichnam Akujas lag gewaschen und geschminkt im Hause Danssu. Nicht einmal mein Mondscheinmädchen hatte ich gerettet und, wie vom Priester Liberti prophezeit, auch meine Seele nicht.

Wenn man Akuja zu Grabe trägt, werde ich schon nicht mehr hiersein. Mein blauer Rucksack ist gepackt. Nach einem Jahr in Asankangrwaa habe ich ihm nichts hinzuzufügen, nur das gelbe Baumwollkleid Akujas und eine ihrer krausen Strähnen.

Die Sonne ist untergegangen, das Dorf bereitet sich auf die Nacht vor. Die letzten weißen Rauchfahnen der Feuerstellen vergehen im Abendrot, und auf der feuchten Erde werden die Schlafmatten ausgebreitet. Die Säuglinge lassen ihre Krausköpfe zwischen die immer mit reichlich Milch gesegneten Brüste der Mütter sinken und schließen sanft die Lider.

Heute ist der reife Mais geerntet worden, und in den Lehmhütten schlafen die Kinder zwischen Haufen nahrhafter Kolben.

»Gute Nacht, meine Kleinen«, murmele ich leise zum Abschied, »mögen die gelben Körner euch leuchten wie tausend himmlische Sterne.«

MALIK

Lieve Joris

Der Tanz des Leoparden

Mein afrikanisches Tagebuch. Aus dem Niederländischen von Barbara Heller. 400 Seiten mit 16 Seiten Farbbildteil. Gebunden

»Mein Baumwollschlafsack, das Moskitonetz, die Leselampe, die Wasserfiltertabletten, die parfümierte Seife, meine Notizbücher: all das gibt mir Sicherheit und eine Art ›Heim‹ für die aufregenden Monate meiner Reise, die vor mir liegen.« Unter Einsatz ihres Lebens versucht Lieve Joris ihr Gepäck zurückzubekommen, das in den Wirren des Machtwechsels verlorenging, als der »Leopard« Mobutu vom »Löwen« Kabila abgelöst wird. Seit ihrer ersten Reise in den Kongo, ins Herz Afrikas, hat sie die Faszination für dieses Land nicht losgelassen. Sie trifft Menschen, die, obwohl gezeichnet von korrupten Diktatoren und Bürgerkriegen, mit sprühendem Einfallsreichtum und Optimismus den Widrigkeiten des Alltags trotzen. Und bringt uns dabei die Schönheiten und einzigartige Atmosphäre eines Landes näher, wie wir sie aus Zeitungen und Fernsehen nie erfahren werden.

»Besseren Reisejournalismus gibt es nicht.«
The New York Times Book Review

02/1045/01/R

PIPER

Lieve Joris

Das schwarze Herz Afrikas

Roman. Aus dem Niederländischen von Barbara Heller.
300 Seiten. Serie Piper

»Das Wasser ist rostfarben, und Inseln von Wasserhyazinthen treiben auf uns zu. Lautlos gleiten junge Männer aufrecht in ihren Einbäumen sitzend an uns vorüber. Ich habe das Gefühl, als segelte ich direkt in eine Photographie im Album meiner Großmutter ...« Schon als Kind fasziniert von den merkwürdigen Erzählungen ihres Onkels, eines Missionars in Belgisch Kongo, unternimmt Lieve Joris als junge Frau selbst ihre erste Reise nach Schwarzafrika – an Bord der *Fabiolaville*, die bevölkert ist von Glückssuchern und Abenteurern wie sie selbst. Mutig und unvoreingenommen begibt sie sich bis ins von Joseph Conrad besungene Herz der Finsternis, um dem Leben jener Menschen näherzukommen, die für »gestern« und »morgen« dasselbe Wort benutzen. Dem von Kolonialmacht und Diktatur gezeichneten Kongo – der zur Zeit ihrer Reise Zaire hieß – stellt Lieve Joris einfühlsam die unvergleichlichen Schönheiten des Landes und seiner Menschen gegenüber.

01/1341/01/L